JN233521

新歴史主義からの逃走

箭川 修
Osamu Yagawa
佐々木 和貴
Kazuki Sasaki
川田 潤
Jun Kawata

松柏社

目次

◆

序——表題をめぐるいくつかの連想

箭川　修

『新歴史主義からの逃走』という表題についていくつかの連想を提示することで、この論文集に多少の——初期近代イングランドに関する論考を集めたという以上の——統一感が付与されればと思いつつ、この「序」を開始する。

I　新歴史主義について

新歴史主義［New Historicism］の理論と実践については川田論文が詳しいのでそちらを参考にしていただくとして、ここではむしろ新歴史主義に対する批判へと接続するために、若干の概説書を参考にしながら、新歴史主義を歴史化するところから始めたい。

A　新歴史主義とは何か

ジュリアン・ウォルフリーズの編集になる『文学理論』で「新歴史主義」の序文を担当するジョン・ブラニガンによれば、

一九七〇年代末および一九八〇年代初頭に、文芸批評家たちは文学と歴史との関係にこれまで以上に関心を抱くようになった。イギリスでもアメリカ合衆国でも、文学雑誌の内容、批評書の主題、大学の授業、学術会議の題目は、文学は歴史をどのように反映し、形成し、表象するかの検討に関心を募らせていたことを反映している。文芸批評におけるこうした展開の前線に立っていたのは、フェミニズム、マルクス主義、ポストコロニアルの批評家たちであったが、一九八〇年代および一九九〇年代に歴史主義的な文学研究が優勢になった主たる要因は、新歴史主義者として知られるアメリカの批評家集団だった。（『文学理論』四一七）

単純に言えば、文学批評全般が――脱構築や記号論といった、ある種哲学的かつ超越的な批評への反動であるかのように――テクストがもつ歴史的側面を再評価しつつあった時期に新歴史主義という存在が認知されるようになったのである。

新歴史主義が登場した具体的な時期としては、スティーヴン・グリーンブラットの『ルネサンスの自己成型』とルイス・モントローズの「〈羊飼いの女王エリザベス〉と権力のパストラル」が世に出た一九八〇年を考えて構わないだろう。しかし、新歴史主義は当初から新歴史主義として存在したわけではなかった。現在の私たちに馴染みの「新歴史主義」という名称は、グリーンブラットが『ジャンル』誌の一九八二年の特集号として編纂を依頼されたルネサンス関連の論文集に序文を書く際に、多岐にわたる研究をある程度包括するため編みだしたものである。グリーンブラット自身は「新歴史主義」という名称の産みの親であるにもかかわらず、これにさほどの思い入れを抱いているようには見えない。H・アラム・ヴィーザー編の『新歴史主義』に収録された「文化の詩学に向けて」["Toward a Poetics of Culture"]のなかで、グリーンブラットは自身の研究がもともとは「文化の詩学」["a Poetics of Culture"ないし"Cultural Poetics"]として構想されたことを明らかにしているし、『シェイクスピアにおける交渉』の序章ではこの名称に回帰している。

名称の起源はもちろんのこと、こうした批評的実践の起源を探る必要があるだろう。グリーンブラット的な研究が認知される批評的素地はすでに存在していた。

新たな文化の詩学の到来は予定外のことでも歓迎されないものでもなかった。スティーヴン・オーゲル、ロイ・ストロング、D・J・ゴードンらは――ルネサンス期のテクストについて彼らが行なった研究は、文化コードと政治権力との関連を明らかにしている――誰も新歴史主義などという名称を考え出さないうちに新歴史主義を実践していたし、さらに以前のワールブルク＝コートールド研究所はこうした先駆者たちに影響を与えたのであった。(『新歴史主義』xiii)

「新歴史主義者」と呼ばれるようになった批評家たちはそれぞれに固有の批評的背景を持ち、それぞれに異なる活動を行なっていた。それゆえ、「新歴史主義は文明にめがけて発射された一発の銃弾などではまったくなく、混成的特質を有していた。新歴史主義は文学、民族誌学、人類学、芸術史、その他硬軟を問わず、さまざまな学問分野や科学を包括する」(『新歴史主義』xi)のである。こうした事情を踏まえれば、新歴史主義を一義的に定義することがいかに困難をきわめるかが理解できる。先に挙げた『新歴史主義』と題名はよく似ているが、新たに編集した『新歴史主義読本』でヴィーザーは、「〈新歴史主義〉という用語には十全な指示対象がない」という『新歴史主義』での自身の表現を採録しながら、新歴史主義の批評家のあいだに「集合的アイデンティティ危機」(『新歴史主義読本』一)の存在を認めている。

とはいえ、ヴィーザーが新歴史主義を定義する努力を怠っているわけではない。ヴィーザーは新歴史主義には五つの鍵となる前提が存在すると考えており、これらは多くの批評家に引用される地位にある。その五つの前提を列挙しておこう。


一．あらゆる表現行為は物質的実践のネットワークに埋め込まれている。

二．あらゆる暴露、批判、敵対行為はみずからが非難する道具を用いており、みずからが露呈させようとする実践の餌食となる危険を孕んでいる。

三．文学テクストと非文学テクストは切断不可能なかたちで循環している。

四．想像的なものにせよ、公記録にせよ、言説はいかなるものであっても、不変の真理に到達したり、改変不能な人間本性を表現したりはしない。

五．資本主義下の文化を記述するための批評手段と言語はそれらが記述する経済に参画する。

(『新歴史主義』 xi)


ブラニガンは、ヴィーザーによる五つの前提を踏まえた上で、新歴史主義者に共通する特徴を指摘している。

第一に、新歴史主義者は多岐にわたるテクストを検討する傾向があるが、これはそうしたテクストが国家内における権力関係を媒介する際に鍵となる役割を果たすことを明らかにするためである。第二に、新歴史主義者は文学テクストを他のテクストや他の形式から切り離せないものとして、テクストが埋め込まれている社会的・政治的コンテクストから切り離せないものとして扱う。第三に、新歴史主義者は、文学は他の文字による資料と同じように国家転覆の可能性を提示するが、これはそうした転覆を包摂し安全なものとするために行なわれるにすぎないとする見解を共有している。第四に、あらゆる新歴史主義的分析に共通のこととして、同じ時代に属するテクストを広く検討し、それぞれの時代にはそれ独自の権力様式があると仮定したり論じたりする。

（『文学理論』四一一―一二）

文学批評としての新歴史主義ということを意識するならば、新歴史主義が文学と歴史との関わりをどのようにとらえようとしているのかをもう少し詳しく語る必要があるだろう。ここでもブラニガンの叙述を引いておこう。

新歴史主義が了解している重要な点のひとつは文学と歴史が不可分だということである。歴史は、文学テクストが反映するものや反映しないものを発見するために、テキストに単純に適用可能な客観的知識からなる一貫した体系ではない。文学は歴史表象のためのひとつの手段であり、歴史的瞬間の形成に関する洞察を含んでいる。しかし、文学は歴史に対して受動的に振る舞うのではない。言い換えれば、文学は鏡として歴史を映し出すのではない。文学は歴史的変化を形成し構成している。文学テクストは歴史の流れに、つまり当時の社会的・政治的な理念や信念に影響を与えることもある。新歴史主義の研究対象は、テクストでもテクストのコンテクストでもなく、文学でも文学の歴史でもない。そうではなくて、歴史における文学である。これは文学を生成途上にある歴史を構成する不可分の一部と見なすことであり、それゆえ、歴史がもつ想像的な諸力や混乱や矛盾に満ちたものととらえることになる。(『文学理論』四一七―一八)

しかしながら、新歴史主義という多様な批評的実践にこれ以上の共通理念を追求することは、正直言って私の手に余る。ここから先は、新歴史主義批評に対する批判をいくつか紹介することで、新歴史主義者たちが何をどのようなかたちで探求しようとしてきたのかを概観してみたい。

B　新歴史主義への批判

新歴史主義への批判に関しても文学と歴史の関係の問題から入るのが妥当であろう。ふたたびブラニガンから引用する。

かりに新歴史主義が、文化的および歴史的な差異をみずからの研究のなかで理論化することができず、テクストや出来事の時間および属性に関する固有性を認識できないような種類の文学批評や歴史研究に対抗して出現したものであるにせよ、新歴史主義は一九八〇年代半ばまでに同じ批判に晒されるようになった。それ以来、新歴史主義に対する批判は拡大し強力になった。とくにこうした批判は、新歴史主義に見られる歴史表象のすべてを同じ権力関係の基本モデルに還元しようとする傾向、テクストを皮相的かつ普遍化された読みに従わせて、こうしたテクストの解釈可能性を尋ねてみることもせずに、テクストの表向きの位置を推論的な編成の解釈格子のなかに位置づけようとする傾向に焦点を合わせてきた。（『文学理論』四二四）

新歴史主義は「歴史表象のすべてを同じ権力関係の基本モデルに還元しようとする傾向」にある、という指摘から想起されるのは「権力闘争としての歴史」のカール・マルクスと「権力が構築する歴史」のミシェル・フーコーであろう――しかし、どちらもマルクスないしフーコー本人というよりは彼らのディスコースの歴史的・社会的影響力ととらえた方がよいかもしれない。

マルクス主義と新歴史主義の関わりについて、ヴィーザーは次のように述べている。

新歴史主義への抵抗は増大しつづけている。たとえば、新歴史主義による用語の誤借用を検討すべきであると主張する批評家もいる。帝国主義、植民地主義、論理といった語はかつてかなり安定した指示対象を有していたのだが、現在では自由に漂っている。新歴史主義、言語植民地主義、帝国主義の詩学、学問上の帝国主義、そして解体の論理といった造語が若い教授たちが口にする雑談のかなりの部分を占めている。こうした用語にはマルクス主義者の側から不快の念が少なからず表明されている。マルクス主義者たちはこれらの言葉の正確な意味をめぐって何十年にもわたって問答を繰り返してきたのである。純粋なマルクス主義者の数は多くないが、ポスト・コロニアリズムの批評家たちも「帝国主義」と「植民地主義」、「搾取」と「占有」といった左翼的な用語のでたらめな誤用を嘆いている。……たとえば、英文学科が歴史学科および人類学科に対して抱く〈帝国主義的企図〉などという言い方をすれば、〈帝国主義〉という用語からその活力をまったく削いでしまうことになる。マルクス主義の闘争の哲学という赤い血を失ってしまえば、〈帝国主義〉という言葉は、闘争の哲学が現実に起こっている世界規模での帝国主義に対抗するための理論的武器として有していたかもしれない論争のための力をすべて失ってしまうのである。しかし、新歴史主義はきわめて説得力のある反論を返すことができる。世界規模での領土をめぐる帝国主義は、家庭というドメスティックかつプライヴェートな空間を含め、はるかに広い社会的領野を横断してせっせと複製されているのだと。（『新歴史主義読本』九）

新歴史主義のフーコーへの傾斜も批判にさらされてきた。「新歴史主義が信奉していると言われる強力な包摂の立場、また、あらゆる転覆的な行動は包摂され逸らされ権力に利用される運命にあるという論証に基づく静観主義という批判は……きわめて活発でありつづけている」（『新歴史主義読本』七）のである。

歴史の「男性」性とりわけ父権制社会の論理を暴露することで新歴史主義に対する批判を展開しようとする批評家も存在する。ヴィーザーは「新歴史主義は——帰属もはっきりさせないままに——確立されて久しいフェミニズムの議論や戦略をリサイクルしているというジュディス・ニュートンの批判、また、グリーンブラットは父権制の前提に取り込まれているというマルゲリート・ウォラーの主張はともにさらなる議論に値する」と述べている（『新歴史主義読本』七）。もちろん、フェミニズム自体にも統一的な綱領や理念が存在しないことは指摘するまでもないであろう。

二　〈逃走〉について

さて、「逃走」という用語は読者にどのような印象を与えるだろうか。実を言えば、この用語にはある種の批評的伝統が存在している。タイトルに「逃走」を冠した著作としては、浅田彰の『逃走論』とジェイムズ・W・バーナウアーの『逃走の力』が思い浮かぶ。浅田とバーナウアーが「逃走」にどのような意味を込めているかは以下で見ることにするが、ここでは類似の用語とそれに対応するであろう英訳語を紹介することによって、「逃走」がもつイメージを垣間見ておきたい。

バーナウアーの原著は *Michel Foucault's Force of Flight: Towards an Ethics for Thought* である。かりに浅田の著作が翻訳されるとして、*On Flight* ないし *Of Flight* といった題名が選択されるか否かは不明であるが、とりあえずここでは「逃走」を“flight”と理解しておこう。逃走が逃避や逃亡と似ていると述べても大きな反発は生じないだろう。浅田は逃走する主体を逃亡者と呼ぶことで、逃走と逃亡をほぼ同義にとらえているが、これらの用語は少々異なるニュアンスを伝えているように思われる。「逃避」［escape］は心理学に強い連関をもちながら、「周囲に対して自己を閉ざす」というイメージが有力である――「逃避行」は少々言及する領域が異なるだろう。「逃亡」［runaway］は追跡者の存在を含意するように思われる。そして、「逃走」は抑圧的なものの存在を喚起する。逃走がどうして必要なのか、逃走はどのようにして実現されるのか、そして、逃走の先には――その果てには――何が待っているのだろうか。

A　スキゾ的逃走

浅田は現代文明がすでに一九八〇年代に逃走を開始したと述べる。社会のさまざまな側面に見られる逃走は「一時的、局所的な現象じゃなく、時代を貫通する大きなトレンドの一つの現れなのだ」そうだ（『逃走論』一〇）。浅田は積分＝統合化に向かう定住型人間と微分＝差異化に向かう遊牧型人間の区分を基本におきながら、偏執型《パラノ》と分裂型《スキゾ》とを提示する。近代文明は〈パラノ・ドライヴ〉に基づく資本主義の隆盛によってこれほどまでに成長したとする浅田の視点からすれば、資本主義の対極に存在するのは社会主義でも共産主義でもない。社会主義も共産主義も、どこからどう見ても、パラノ的な体制に他ならない。資本主義に対置されるべきは遊牧《ノマド》である。遊牧が現代経済においてどのような形をとりうるのかは問題であるが、スキゾをパラノ的に欲望することは可能である。浅田はこれを「差異化のパラノイア」と呼び、これに喜びを見いだしている。

批評も同じようにどうしようもなくパラノ的な行為であり、その本質においてパラノ的な側面を完全に放棄してしまうことは不可能である。しかしながら、浅田に「言わせれば、「逃走の線」というのは囲い込む努力と同時に起こってくるもので、初めから逃走すると本当にスキゾフレニック」になってしまう(『逃走論』二三六)。ならばパラノからの逃走はパラノ的な努力の果てに存在することになる。近年圧倒的な増殖を見せている文化史的な批評は近代ヨーロッパの価値観を疑問視することをその目標に立て、その多くは近代ヨーロッパ文化の周縁へと向かう意識を有している。ジェンダー論しかり、ゲイ・スタディーズしかり、ポストコロニアル批評しかりである。これらがまたその拠点ではパラノ的な運動を展開していることは疑いないにせよ、とりあえず、パラノの王道としての近代ヨーロッパ社会の価値観からの逃走を目指していることはまちがいない。

B　監禁からの逃走

バーナウアーは「フーコーの問題構成の方法の徹底性、学問分野の境界と自分が作り上げたばかりの構図を絶えず侵犯してゆく思考の展開」こそが聴衆の注意を引きつける力をもっていたと述べている(『逃走の力』一九)。端的に言えば、フーコーの研究は既存の学問体系という監禁装置からの逃走だったのである。だからこそ、そのような種の監禁装置の発生を視野に収める研究が考古学という位置に立つことになる。少々長くなるが、印象的な一節を引用してみよう。

フーコーは、コレージュ・ド・フランスの教授職の名前として、また自分の仕事全体の名前として「思考の体系の歴史」という呼び方を選んだが、この名前からも示唆されるように、フーコーの研究は哲学的な真理ではなく、歴史的に真であるものに向けられていた。フーコーが研究したのは、歴史の異なった時期において、どのような種類の知が真理として機能していたか、これらの知は、ある種の規範性を形成する権力の行使や、自己との関係にどのように関わるかという問いである。講義でのフーコーの問いかけによって、授業を聞く者たちに刻み込まれたのは、われわれが理性とその不在について理解する方法、われわれの有限性を宣告している症候、人間の発達のための学問分野、そして最後に自己の経験を形作り、その経験に対して問いかける際に使用している技術の背景において、文化的な発展の歴史が力を発揮していることを把握する必要があるということであった。このように、フーコーの教育の実践において独特だったのは、フーコーが考察するために選び出した分野とこうした分野を考察するために実験的に採用した研究方法である。フーコーは文化を分析する際に、次の三つの領域が交差する地点で形成された関係を取り上げる。すなわち学問の場はどのように構成されるか（知）、どのような力がこの学問に働きかけているか（知―権力）、自己の形成が、この両方とどのように結びついているか（知―権力―自由）である。これらの三つの領域に対してフーコーが採用した研究方法は、それぞれの領域の歴史性を「問題」として構成するものであった。すなわち、これらの特定の関係が実際にどのように機能したか、これらの関係が実際にこうした布置を取るようになった理由は何かということに、まず驚きを行使することである。「思考の歴史」の研究とは、知―権力―自由の関係、あるいは主体化＝従属の関係を考察するものであるが、思考の実践とは、こうした関係を、特定の文化的な問題構成に対する対処の仕方として理解することである。フーコーの思考のスタイルは、すでに発見された問題を解決することを目指すものではなく、現代における思考の実践のための方法を決定するために、これらの歴史的に偶然的な問題構成が、あたかも問題のない地位を占めているかのように装っている状態を覆すことを目的とするものである。フーコーの思考のスタイルは「知の専制」と闘うものである。この「知の専制」とは、知られていないことは、かかわりのないことだとみなしたり、現在通用している問いかけの方式によって、われわれの無知を解消できると考えるものである。優れた教育の理想が、学生に疑問を抱かせることだとすれば、フーコーは学生に、自分の疑問に対する疑問を抱かせたと言えるだろう。(『逃走の力』一九—二〇)

この一節はいくつかの点で重大な問題を示唆している。フーコーが新歴史主義にとって重要な精神的支柱の一人であることは疑いない。とりわけ、「主体化＝従属」の概念は新歴史主義の批評装置の重要な一部である。しかし、フーコーの教育性、すなわち「自分の疑問に対する疑問を抱かせ［る］」といった側面は新歴史主義の流れのなかで尊重されてきただろうか。

たしかに初期の新歴史主義は文学批評の領野を一新させるだけのインパクトをもっていたが、隆盛期に出現した批評の多くは、方法論にせよ結論にせよ、グリーンブラットを模倣しているだけのような観を呈した（日本での情況はさらに恐ろしい）。新歴史主義はグリーンブラット的な「近代的主体」をめぐる概念装置を一種のイデアとして祭り上げてしまったのかもしれない。主体の本質的構成は疑われないままに、作者間あるいはテクスト間の相違はこのイデアからの距離の違いとして扱われてきた――どの作者のどの作品において近代的主体はもっとも十全なものとして表象されているか？――ように思われる。フーコー的な思考法からすれば、すべての批評的実践は批判的実践であるべきであり、学問に王道や固執すべき方法論などあって良いはずはないのだが、グリーンブラットの偉大な業績が一九八〇年代の新歴史主義による「知の専制」を招来してしまったと言ってもよいかもしれない（すでに指摘したように、グリーンブラット自身が「新歴史主義」という傘の下から脱出しようとしていることは皮肉にも象徴的である）。

C　スイング・バイ航法

このような状況が生まれてきた原因を新歴史主義の理念や方法論に帰すつもりはない。このことは過去の文学批評理論の消長を眺めてみれば容易に理解できる。いかなる批評理論であれ、理論は実践による裏打ちを要求するものであり、批評の言説の集合体はいわば重力場を構成するのである。この重力場が（時間的にか空間的にか）遠ければ影響は少ない。私たちは望遠鏡で遠い銀河を眺めるがごとく、平穏に観察し、そこに働いているさまざまな力を観察することができる。もちろん遠すぎて視野に入らない場合もあれば、細かな特徴をとらえ切れない場合もあるだろう。しかしながら、重力場が近い場合、あるいは本人がこの重力場に捕捉されているとき、事態はかなり困難になる。地球の重力下にある人間は、これを逃れようとするとき多大のエネルギーを必要とする。ほんの少しのジャンプではすぐに地表へと引き戻されてしまうのである。SFもどきの話をするなら、反重力装置でもあれば重力そのものを推進力として飛べるかもしれない。そこまでの夢物語は望まないにしても、現代の宇宙航法の理論はもう少し具体的なイメージを与えてくれる。スイング・バイ航法である。巨大重力体の重力を加速度に使いながら、その脇を辛くもすり抜けて別の宙野へと旅立つのである。新歴史主義からの「逃走」は新歴史主義を巨大重力体に見立てた批評のスイング・バイ航法として実現できると思われる。しかしながら、これは個別の運動としてしか実現できない。巨大重力体に接近する軌道とその速度によって脱出の方向は大きく異なるのである。しかも文学批評の場合、コンピュータで計算された宙航とは異なり、行き先はランダムである。もう少しアナロジーを続けるならば、批評の宇宙のなかに巨大重力体は数多く存在する。太陽系内部に重力のシステムが存在するのと同じように、太陽系自体がより大きな銀河のなかに位置づけられている。批評の巨大重力体もより大きなシステムの内部に位置づけられているのである。

＊

本書の主眼は、新歴史主義の重力を利用することによって歴史主義的批評の新しい領野を開拓する可能性を探ることにある。もちろん、各論者の新歴史主義に対する評価はそれぞれに異なる。とはいえ、各論者の理論的な位置を規定するために抽象的な議論を長々しく続けるよりは、各論考の特徴を簡潔に紹介することでこの「序」を閉じよう。

川田の「地政学的ユートピア――文学／歴史から文化へ」は二部構成を採用している。第一部（理論編）は――〈地政学〉という用語に絡めて言うならば――新歴史主義という大河に流れ込むグリーンブラット、モントローズ、ナップという三大支流の流域を渉猟し、新歴史主義がいかなる批評的実践であるかを概観する（とはいえ、これらの支流は河口寸前でようやく合流する、あるいは、これらの支流の水は批評界という消費の海においてのみ混じり合うと言うほうが適切かもしれない）。川田は「三人の新歴史主義批評家に共通している傾向は、歴史と文学の新しい関係性を思考する点にあった」という総論に、「グリーンブラットは〈自己〉と〈制度〉の関係を考え、モントローズはジェンダーを手がかりに〈女王と臣下〉と〈植民地〉を扱い、ナップは植民地主義における〈国家の形成〉をヨーロッパと新世界というコンテクストに置く」という各論を加える。第二部（実践編）は、グリーンブラットの『ルネサンスの自己成型』でもナップの『不在の帝国』でも冒頭で扱われ、それぞれの著作全体の基調をなしているとさえ言える、トマス・モアの『ユートピア』を検討する。結果、『ユートピア』のテクストにおける「歴史と物語の邂逅」は、「近代と中世の狭間に」、「新世界と旧世界の狭間に」、「国家と国家の狭間に」、位置づけられる。〈地政学〉の意味とその役割については実際に論文に当たってもらいたいが、川田はたんに文学と歴史の関係性を問うことにとどまるのではなく、文学研究を文化研究に開いていこうとする――テクスト（文学テクスト／非文学テクストの区別はとりわけ新歴史主義を通じてすでに解消されている）のみならず、多様な文化的表象をも解読の対象に拡大する――意識を提示している。

佐々木の「「失われた時」を求めて――『フィラスター』&『シンベリン』再読」は、新歴史主義に特徴的な――そしてそれゆえにこそ、ある種金太郎飴的とさえ言えるような批評的実践を生産してきた――概念装置からの脱却をはかることを主眼とする。装置が一定ならば、類似した入力は類似した出力に帰着するというのは一定の科学性を有するかもしれない。しかしながら、同じ時代、同じ社会に生きていても人がそれぞれに異なるように、テクストがそれぞれに異なることは当然である。そして人もテクストも、ある種の存在証明・自己主張を行なう。新たに生産されるテクストには――それ以前に存在するテクストを踏まえた――固有の表象戦略が存在しているのである。これらを充分に読み解こうとするのであれば、概念装置を固定させることは足枷にしかならない。佐々木は「ほぼ同時期に上演され、プロットにも明らかな並行関係が見られる」演劇二作を俎上に上げるが、『フィラスター』ではクウィア・スタディーズ経由でセクシュアリティのねじれが暴露され、『シンベリン』ではこの作品に固有のローマ表象がポリティカルな視点で論じられる。歴史的な視点は固守するにしても、ひとつの概念装置にこだわらないこと、つまり、作品を読み解く鍵は一つだけではないという意識それ自体が逃走的精神を反映している。新歴史主義は過去の遺物として保存されるべきものではなく、しなやかに（この語が十分なインパクトを持ちうるのも二〇〇〇年から二〇〇一年にかけてのきわめて限定的な期間であろう）未来へと展開されるべきものなのである。

箭川の「〈文化の美学〉と『アストロフェルとステラ』」は、〈新・新歴史主義〉のひとつの実践として新歴史主義からの逃走を志向している。〈新・新歴史主義〉という名称は、従来のあまりに政治的な新歴史主義的研究に対する批判として登場してきた社会的な新歴史主義的研究に対して、その唱道者の一人であるパトリシア・ファマトンが用いたものである。グリーンブラット的な〈新歴史主義〉とファマトン的な〈新・新歴史主義〉と割り切ってしまうことは問題であるが、両者の違いを端的に述べるとすると——例としてはあまり柄がよろしくないが——暴走族という社会現象を体制への異議申し立てとして政治的な議論を行なおうとするのが〈新歴史主義〉であるとすれば、暴走族に固有の美学（髪型・服装など）を時代のなかに位置づけようとするのが〈新・新歴史主義〉であると言えるかもしれない。もちろん、この論考に暴走族は出現しない。取り上げられるのは、シドニーの『アストロフェルとステラ』である。グリーンブラットがみずからの研究を〈文化の詩学〉と呼んでいたことを茶化すかのように、みずからの研究を〈文化の美学〉と称したファマトンは小さなソネットの美学をルネサンス・イングランドの貴族の些末なものにこだわる美意識の内部に位置づけたが、大きなソネット・シークエンスの美学はこれといかように接続しうるのかというのが箭川の出発点である。ソネット・シークエンスの美学を鍵としながら、文化的余剰としか見えない装飾的存在が初期近代イングランド貴族社会の隅々まで行き渡り、その根幹にまで食い込んでいることが明らかにされる。

参考文献

浅田彰『逃走論——スキゾ・キッズの冒険』筑摩書房、一九八四年

Bernauer, James. *Michael Foucault's Force of Flight.* Humanities Press International, 1990.［中山元訳『逃走の力——フーコーと思想のアクチュアリティ』彩流社、一九九四年］

Greenblatt, Stephen. *Renaissance Self-Fashioning: From More to Shakespeare.* Chicago: U of Chicago P, 1980.［高田茂樹訳『ルネサンスの自己成型』みすず書房、一九九二年］

——. *Shakespearean Negotiations: The Circulation of Social Energy in the Renaissance England.* Berkeley: U of California P, 1988.［酒井正志訳『シェイクスピアにおける交渉——ルネサンス期イングランドにみられる社会的エネルギー』法政大学出版局、一九九五年］

Montrose, Louis Adrian. “Eliza, Queen of Shepherds,’ and the Pastoral of Power.” *ELR* 10 (1980): 153-82.

Veeser, H. Aram, ed. *The New Historicism.* New York and London: Routledge, 1989.

——, ed. *The New Historicism Reader.* New York and London: Routledge, 1994.

Wolfreys, Julian, ed. *Literary Theories: A Reader & Guide.* New York: New York UP, 1999.

第一章　地政学的ユートピア——文学／歴史から文化へ[*1]

川田　潤

序

一九八〇年にスティーヴン・グリーンブラットが『ルネサンスの自己成型』を出版し、瞬く間に、〈新歴史主義〉という言葉が新たな批評理論としてその地位を確立するまで、遠く離れた日本ですらあまり時間を要しなかった。賛否両論に曝されることとなったこの著作の表紙には、ハンス・ホルバイン（一四九七頃—一五四三）の「大使達」［'The Ambassadors'］が飾られ、第一章でこの絵と結びつけて分析されているのがトマス・モア（一四七八—一五三五）である。[*2] 絵画と文学作品との関係を考察する研究はそれ以前にも、たとえば、ワイリー・サイファーによる優れた研究が存在していたし、[*3] 歴史と文学の結びつきを考える手法もE・M・W・ティリヤードの（旧）歴史主義、[*4] A・O・ラブジョイの〈観念史《ヒストリー・オブ・アイディアズ》〉が存在しており、[*5] 格別、画期的な手法というわけではなかった。それにもかかわらず、グリーンブラットの〈新歴史主義〉あるいは〈文化の詩学〉は、賛成反対の立場の差はあれ、何かしらの無視しがたい力を有しており、新歴史主義以降、私たちが研究を行なう際に、意識的にしろ無意識的にせよ、大なり小なりその影響を被ることとなった。

現在、必ずしも新歴史主義の影響ではないものも含め、かつて当然のものと思われてきた前提に対して、さまざまな異議が申し立てられている。私たちは、もはや〈作者の声〉、〈テクストの声〉、〈社会の声〉、〈時代の声〉を直接的に聞くことができるとは言いがたい。〈作者の声〉に対しては、作者と作品の反映論的解釈への懐疑、つまり、作品に作者の思想や意見が直接的に表現されているとの考え方への疑問という比較的な穏当なものにとどまらず、作者という存在自体への根本的な異議申し立てが行なわれている。すなわち、作者が独立した存在であるとする考え方への疑問というかたちで。[*6]また、〈テクストの声〉も、全体としての単一の意味という有機的統一性は失われ、断片化・細分化されてしまい、もはや、ひとくくりに「作品が訴えかけていること」などという台詞は口に出せなくなってしまった。同様に〈社会〉もそれぞれの下位区分に分断され、統一的な社会像は過去のものとなり、〈時代〉すらも、その伝統的な区分への疑義が呈される一方、かつての全体性を失い、もはや〈時代精神〉などという言葉は、すっかり忘れ去られようとしている。[*7]さらに、歴史的な研究に関しても、過去の事実をありのままに描写することが可能なのかという疑問が提示され、その結果、「歴史もひとつの物語にすぎない」という主張までなされることとなり、単純に、テクストと歴史を結びつけることは難しくなりつつある。[*8]もちろん、どの概念も明確に否定され、拒絶されているわけではなく、依然として、〈作者の声〉、〈テクストの声〉、〈社会の声〉、〈時代の声〉はかたちを変えながら生き残っており、歴史記述も〈事実〉の記録という地位を完全に失っているわけではない。しかしながら、少なくとも以前よりは、考えないですむものが減ってきたことも事実だろう。

その結果、現在文学研究を行なうとき、私たちは文学テクストだけではなく、歴史、哲学、思想、あるいは数学など、学際的にさまざまな分野の膨大な量のテクストと対峙する必要に迫られている。また、〈過去〉のテクストを扱う批評行為において、「いつ・どこで・誰が・何を・どのように」という〈現在〉の自分たちをも組み込む――少なくとも意識する――要請を受けつつある。そのため、「なぜ、今、日本で、私が、このテクストを、このように論じるのか」という自問自答の作業が求められることとなった。そして、さらには〈国際文化〉、〈比較文化〉、〈言語文化〉、そして〈文化研究〉としての文学研究とは何かという疑問に答えることも迫られている。

どうして、ここ二〇年程のあいだに、こんなにも劇的な変化が生じたのだろう。そして、このような変化の中で新歴史主義はどのような役割を果たしたのだろう。さらには、このような変化の中で、どのような断絶が起こり、どのようなものが継続しているのだろう。本論では、このような疑問に対して、具体的にあるひとつのテクストを扱いつつ、何らかの作業仮説を提示できればと考えている。すなわち、新歴史主義の批評家たちが、ある種、特権的なテクストとして選んできた、モアの『ユートピア』[*Utopia*]（一五一六）を中心として、〈文学〉研究のあり方を考察したいと考えている。そのために、本論は大きく理論レベルと実践レベルという二部に分かれている。まず最初に、『ユートピア』の批評史における新歴史主義的な研究の軌跡を確認し、その功罪を明らかにしたのち、いったい新歴史主義的な批評にどのような未来があるのかを考えたい[*9]。次に、この理論的な考察を踏まえた上で、〈地政学的〉あるいは〈地政文化的〉な観点から、より具体的に『ユートピア』への新たな観点を模索し、この複雑多岐なテクストと歴史との新たな関係を再構成したい。最終的には、現在そして今後の〈文化〉研究がどのような道をすすんでいくか、その際に、新たな研究環境において、〈文学〉批評がどのような立場を取りうるのか、両者の節合の可能性を明らかにすることを目的としている。

一　理論編

（一）分裂する主体と権力制度の交渉
――スティーヴン・グリーンブラット――

『ルネサンスの自己成型』はモアを扱った章から始まる。最初に確認しなくてはならないのは、タイトルの「自己」と「成型」がどのような意味で用いられているかということだろう。グリーンブラットの言う「自己」とは、モアが〈作り出す〉ものであって、けっして、通常考えられているような、無条件《アプリオリ》に存在するものでも、外部から切り離されて存在する、内的であらゆる外的束縛から逃れた自由な存在でもない。このように、ごく一般的な自己に対する考え方を否定することによって、それまでの研究との違いが明らかになる。従来の研究が、ややもすると〈作者〉あるいは〈登場人物〉を、〈統合された自律的な存在〉としてとらえ、その前提から作品の解釈を行なってきたのに対して、グリーンブラットはその前提に疑問を呈する。「自分を成型することと、家庭や宗教、国家といった文化的な制度・機関によって成型されることとは、不可分に絡み合っている」（三三八）という言葉に、その理念は端的に示されているだろう。“subject”が、〈主体性／従属性〉という相反する意味を併せもつことを踏まえ、従来のヒューマニズム的な主体像を否定することこそが、その出発点である。しかしながら、ここにとどまるなら、グリーンブラットの議論にさほどの新味はない。同様の主張は構造主義以降、さまざまな立場から繰り返し提起されていた。グリーンブラットの議論の特徴は〈成型する〉と〈成型される〉のあいだに、軋轢や衝突や妥協など、さまざまなやりとりが生じることを認識し、そのやりとりの最終的な〈産物＝結果〉ではなく、〈過程〉にこそ〈自己成型〉を見ている点にある。このような観点から、以下では、モアの分析における、グリーンブラットの分析手法とそれ以前の研究との異同を確認したい。

『ユートピア』は、従来から非常にさまざまな解釈が施されてきており、まったく異なる立場からの解釈が多数存在する。[*10] そして、これまでの『ユートピア』批評では、作中の異なる断片・部分を全体に敷衍することで、『ユートピア』あるいは作者モア像が作り上げられてきた。曰く、原始共産制を称揚する作品、中世的な修道院的価値観を保持する作品、ヒューマニストの遊びの要素に満ちた作品等々。もちろん、このような単純化も従来の批評に対しては不当なものかもしれない。それぞれの批評は、必ずしも全体像を示しているわけではなく、作品内に存在しているひとつの特徴を示していると言える。しかしながら、他の要素を軽視し、重要性の名のもとに価値判断を行ない、他の解釈の可能性を否定する、あるいは無視するかたちで持論を正当化する傾向があったと指摘しても、あながち不当ではないだろう。そして、それぞれの解釈の妥当性を証明するために、〈モアの伝記〉や〈囲い込み運動の記録〉など、さまざまな〈歴史〉がその根拠とされてきた。

このような従来の批評とグリーンブラットの解釈が決定的に異なるのはどのような点なのだろう。それこそが、表紙絵における大使と歪んだ髑髏との関係に象徴される存在形式の認識である。彼の言葉を借りるならば「同じテクスト空間を占める二つの別個の世界を提示し、しかも、両方が同時に存在するのは不可能だということを強調する」（二一七）形式となる。つまり、グリーンブラットの『ユートピア』分析の眼目は、モアの自己が分裂しているということ、そして、分裂した二つの別個の世界のあいだを絶え間なく往復するモアの自己成型と同様に、『大使達』や『ユートピア』というテクストは〈視点の運動〉を受け手に要請する、ということの認識にある。従来の批評が一枚岩的解釈を作品の内容に行なってきたのに対して、グリーンブラットの解釈は初めから分裂を含み、そして、その往復運動を自己のあらわれとしてとらえる。当時の歴史は、一方では作品の内容、他方ではモアの自己のあり方とすりあわされ、その関係性が示される。グリーンブラットは、これまでの研究で用いられてきた歴史資料を利用しており、とりわけ新しい資料を〈発見〉したわけではない。しかしながら、それまでは切り離されていた歴史的断片を結びつける作業、そして、それぞれの結びつきの過程が明らかにされるところが、新しいところであった。もちろん、資料の結びつけ方の恣意性や、ある種の統一への指向への批判などがあるだろうが、以下、もう少し具体的に『ユートピア』のどのような箇所にグリーンブラットが注目したかを明らかにしてから、このような批判について考察を加えたい。

　しかしながら、先へ進む前に次のような疑問にまず答えるべきかもしれない。すなわち、「大使達」という絵画に用いられ、グリーンブラットが強調した〈歪み絵《アナモルフォーズ》〉という形式が、この時代においてどのような位置を占めていたのか、というものだ。[*11]この絵画とモアは同時代に存在したという事実以外にいったいどのような関係があるのだろう。『ルネサンスの自己成型』では、この絵画の歴史的な位置づけは明示されず、ただ並列的に挙げられているにすぎない。このような絵画の用い方に批判の余地は十分にあるだろう。絵画に関する美術史的な研究を振り返る必要はあるに違いない。この批判に対する明確な答えは用意されてはいないが、グリーンブラットの手法がフーコーの『言葉と物』における「侍女達」[‘Las Meninas’]と近代の関係の分析に影響を受けているということは言うまでもなく、後述するモントローズも、初期の論文の中で、絵画と文学作品との分析を行なっていることからすると、ここに何かしら新歴史主義的な特徴があることはまちがいない。[*12]おそらく、画家とモアの直接的な結びつきはグリーンブラットにとってはさほど重要ではない。それゆえ、ホルバインによってモア家の肖像画が描かれているという、より直接的な関係は言及されない。[*13]グリーンブラットは、ホルバインという同時代の画家が描いた絵画、そして同じ時代に存在した文学テクストという、従来の解釈では結びつけられることが少なかったこれらの存在を併置して考えることで、そこには非常に似通った性質、すなわち〈一見すると完結した統一体に異質なものが存在している〉性質を明らかにしている。そして、彼の主張とは、この特徴が時代や社会にとって主流だったというものではなく、モアの自己成型の過程と似通ったものが美術テクストとして流通するくらいには一般的であった、つまり、受け入れがたいほど異様ではなかったという主張にすぎない。

このような確認を踏まえた上で、グリーンブラットの『ユートピア』分析を見てみよう。するとまず、従来の解釈が二つの対立項に整理されていることに気づく。モルス［Morus］というモア像とヒスロダエウス［Hythlodaeus］というモア像とに、作者モアは分割される。このような指摘はとりわけ目新しいものではない。しかしながら、ただ〈分裂している〉との指摘にとどまることも、あるいは、それぞれを「宮廷人」と「哲学者」と解釈するにもとどまらなかったところに、グリーンブラットの分析の優れた点がある。すなわち、分裂しているということは結論ではなく、出発点にすぎないのだ。そして、二つに分裂した自己を歴史的な状況とすりあわせる作業が始まる。

グリーンブラットは、モアの作品に頻繁に登場する〈演技性〉の比喩を取り上げ、モアの自己が「作り物」であるとする。

歴史上のモアとは、物語として語られる虚構なのである。自身に役を振りあてそれを演じること、芝居の舞台に押し出された登場人物として、状況に応じて不断に自己を刷新しつつ、そして、常に自己の非現実・非実在性を自覚しつつ、自らの生を生きること。(三九)

本当の私ではなく作り上げられたペルソナとしての私、という現在ではいささか使い古された感すらある図式がここに見えるかもしれない。しかし、内的な〈何か〉は常に存在しているかもしれないが、その〈何か〉が直接外部に提示されることはなく、外部の〈制度〉との関係によってはじめて、さまざまにかたちを変え、表面に提示されるという主張は、それまでの研究とは一線を画していた。さらに、モアの場合、その役割の変化が非常に自覚的に行なわれており、それこそがモアの自己成型の過程とされる。『ユートピア』という作品自体は、モア像の片割れであるモルス的な「仮定の状況と芝居がかった即興の演技」による「輝かしい戯れの精神の発露」(四一)という側面を具えている。一方、〈私有財産の放棄についての是非〉の議論を出発点にした、服装の統一、住居デザインの統一、男女の区別の無い労働体系など、ユートピア国内では徹底した〈自我の領域の滅殺〉が行なわれる。一見すると自由に見えるこの国には、旅行の制約、宗教の制約など、さまざまな制限がついてまわり、「自由の予告と、その後退」運動が起きる。つまり、ユートピア国内には、先程の自意識的な演技性と対立する、〈自己の弁別と私的内面性の思い切った縮小〉=〈自己消去〉の過程が存在しているのだ。

このような自己消去が行なわれると、個々の行為体《エージェント》が消失することによって、責任の所在が不明確となり、国家としての運営に支障が生じる。そのため、ユートピア国の統治には、常に観察されているという意識、絶え間ない不可視の監視システムに基づく、恥[shame]の概念が導入されることとなる。[*14]この結果、モアの〈演技的な自己〉はユートピア国内では不要となる。そして、自覚的に振る舞うモアは、一方で演技する主体を消し去ることを欲望する。このような作品を書いたのちに、モアは〈演技的な自己〉が要求されるヘンリー八世の宮廷人という人生を選択し、常に自己を抹消してしまう欲望と自意識的に自己を演ずる欲望との狭間で揺れ動くこととなり、その往復運動こそモアの自己成型の過程とされる。そして、グリーンブラットは、ヤーコプ・ブルクハルト以来の〈参加と隠遁の弁証法〉を援用つつ、モアが世俗と信仰の狭間でいかに揺れ動いていたかを明らかにする。両者が統合されることはなく、結局モアの自己は分裂したままであり、やがてモアは、国王至上法への宣誓を拒否し、カトリックと一体化することで自己を滅却する人生の結末を選ぶ。このような自意識的な演技と集団への没入のあいだで揺れ動くモアの自己成型の過程は、特定の歴史的コンテクスト、伝記的コンテクスト、そしてテクストの〈内容と形式〉という三者を結びつける作業を通じてはじめて現われる。ユートピア国内の描写というテクストの内容は、遊びの要素をふんだんに盛り込んだヒューマニスト的なテクスト形式と結びつき、同時にヘンリー八世による支配が始まるイングランドの政治的状況、そしてカトリックの在家信者としてのモアの自己と絡み合って形成される。このような分析の結果、統一的なモア像は拒絶され、二つに分裂した自己成型の過程に、当時のモアが置かれていた歴史の閉塞状態が示されることとなる。

グリーンブラットはモア一人の自己成型をルネサンスの典型とするのではなく、さらに五人の自己成型の過程を探ることで、当時の自己成型のあり方の多様性を示し、その関係図を描き出す。『ルネサンスの自己成型』の中で、モアは次のような場所に位置づけられる。否定の原理／聖書への忠誠の二項で揺れ動くティンダル（一四九二頃―一五三六）と対峙し、演劇性／世俗への忠誠を二項とするワイアット（一五〇三―一五四三）へといたる過程として。そして、作家と作品の分析からテクスト内の登場人物の分析に移る後半において、正統な権威への忠誠の上にアイデンティティを築くスペンサー（一五五二頃―九九）、秩序の破壊の瞬間にアイデンティティの基盤を置くマーロウ（一四六四―九三）、即興演技に基づくアイデンティティをもつシェイクスピア（一五六四―一六一六）という自己成型の過程の範囲が『ルネサンスの自己成型』には記録される。このように、制度との関係の中で、〈公の自己〉を作り出すさまざまな過程こそが、グリーンブラットがこの六人に見たものであり、それがルネサンスという時代の多様性を示し、その関係図にこそある種の統一性が現われる。しかし、一方で、自己を成型したいと考える存在とは何なのかという疑問は残る。また、モアを扱った章の場合、グリーンブラットの議論が、宗教と政治との対立の時代という〈大きな歴史〉と、モアの葛藤という〈小さな歴史〉との非常に曖昧な結びつきの上に成立しているという感も否めない。そして、その大きな歴史と小さな歴史の結びつけ方は、同じ新歴史主義批評家によって修正されることとなるのだが、その際の重要な課題は、両者の関係をどのように理論的に処理するかということである。

(二)ジェンダー化された主体と権力制度の交渉
――ルイス・モントローズ――

ルイス・モントローズは、グリーンブラットとは異なり直接モアを対象としていないが、本論において重要な概念を提示しているので、以下グリーンブラットとの相違点に注意しながらモントローズの理論的な問題意識を明らかにしたい。グリーンブラットによる歴史と自己の関係を分析する手法をモントローズは受け継いでいるが、彼は曖昧であった歴史とテクストの関係を明らかにする。〈テクストの歴史性、歴史のテクスト性〉というあまりに有名な彼の言葉は、新歴史主義における歴史と(文学)テクストの関係を簡潔に示してくれているだろう。

テクストの歴史性によって私が言おうとしていることは、あらゆる様式の著作――たんに批評家が研究するテクストだけでなく、私たちがそのテクストを研究する時に周囲にあるテクスト――に見られる文化の特定性、すなわち社会の埋め込み状態である。歴史のテクスト性によって私が言おうとしていることは、まず最初に……媒介を受けない十全で真性な過去、つまり唯物的存在としての生きられた過去への接近方法を、私たちがまったくもてないことだ。また、これらのテクストの諸痕跡自体が、歴史家たちに「小文字の歴史」と呼ばれるテクストの基盤となる、「記録」として解釈されるときには、それらは一連のテクスト的媒介の影響を受けることである。ヘイドン・ホワイトが強烈に私たちに思い起こさせたように、そのようなテクストとしての歴史はそれが接近させようとする「大文字の歴史」そのものを、自己の語りと修辞的形式の中で、必然的に、しかし常に不完全に構築するだけである。[*15]

「テクストの歴史性」という言葉によって、テクスト（文学作品と批評家、過去と現在）には、文化的特定性があること、つまり、普遍的で、超時代的なテクストなど存在せず、常に文学作品は時代の産物としての特殊性を具えていることが主張される。先のグリーンブラットならば、ルネサンスという歴史性のもとにテクストが解釈されることと重なる。一方、「歴史のテクスト性」という言葉によって、「真性な過去」にはたどり着けないという意識が示され、歴史的断片が修辞的に組み合わされることで歴史が構築されれる、との主張がなされる。その結果、大文字の歴史［History］にしても小文字の歴史［histories］にしても、歴史には常に修辞的な要素が含まれていることとなり、その修辞性を（文学）研究者は分析することになるのだ。

前者の主張については、それを研究の中心とするべきか否かは別にして、テクストがある時代の中で書かれ、それがその時代の〈何か〉と〈何かしら〉関連していることを否定する研究者は少ないだろう。問題は、〈何か〉と〈何かしら〉という部分であるが、これに関しては後述したい。一方、後者の主張は、なかなか受け入れがたいものかもしれない。このような主張に対して、「それでは、歴史と虚構の物語とのあいだに差異は存在しないのか」という批判があるだろう。あらゆる言語表現、とりわけ歴史がテクストとみなされるため、文学と歴史との区別が薄れるが、一方で、それによって両者のあいだに双方向的な関係が成立することとなり、それこそがモントローズのねらいなのだろう。

二つの主張から生じるモントローズの立場は、〈歴史〉と〈テクスト〉のどちらかを優先するわけではなく、相互的な関係モデル、ディスコースの諸実践間の相互作用を分析するという点で新しいのである。グリーンブラットとの相違点は、歴史の使い方をより理論的に明確にしていること、そして、権力の相互依存性をより強調する点にある。グリーンブラットの場合、制度自体の形成過程が語られることはなく、本人の問題意識とは別にして、制度は確固としたものだという印象を与え、その結果、非常に閉塞的な社会像を想起させることとなってきた。そのため、たとえば、レントリッキアによって、次のように痛烈に揶揄される。

だからわれわれはわれわれの幻滅した集合的想像力の中で自由な自己という夢を抱き続ける。そこで抱き続けそこで慈しむのだ、というのも、他の場所ではそのような自由をわれわれに拒否する権力の構造に触れることができないということを知っている、というか知っていると思っているからだ。そのような知識が——それが当のものだとして(私としてはこれを、とくに最近の文学的精神に特徴的なパラノイア的幻想と呼びたい)——ある全体主義的文化社会の維持のために、あるいは(このほうを私は言いたいのだが)全体主義的文化そのものの維持(あるいは、むしろこの言い方の方が好きなのだが、これ見よがしの民主主義的文脈において言うとすれば、全体主義の幻想の維持)のために必要だということ、これらの必要性のいずれもグリーンブラット、フーコーあるいは他の新歴史主義者たちに休息をあたえてはいないように見える。[*16]

結局、新歴史主義は全体主義的「幻想の維持」でしかないとする批判は痛烈である。たしかに、幻想を維持することが自己の維持というグリーンブラットの議論にはかなり無理があるかもしれない。[*17] しかしながら、モントローズによるグリーンブラットの修正によって、新歴史主義はそのような批判を免れることとなる。その成果は、『妖精の女王』〔*The Faerie Queene*〕(一五九〇)におけるエリザベス女王の表象分析を通じ、臣下と女王の相互作用が指摘される時に、明らかになる。一方的に女王がその賛美を臣下に押しつけるわけでもなければ、臣下が(女性)君主を批判するわけでもなく、相互に依存しあうことによって互いを利用するという関係図によって。この意味で、〈王権〉も制度のひとつでしかなく、〈主体〉との関係性によって変化を被るという〈エリザベス女王の表象論〉は、新歴史主義批評における歴史の理論的な位置づけ作業において重要な役割を果たしていると言えるだろう。

また、グリーンブラットでは中心的になることがなかった、ジェンダーの問題を議論の中心としている点においても、モントローズは新歴史主義に新たな視点を与えることに成功した。エリザベス女王をめぐる権力関係をとりかこむ特殊な事情――家父長制度における女王――はまさに権力の相互性を表わしている一瞬であったが、女王の表象を分析するもうひとつの方向は、新大陸のギアナの表象へと向かう。ジェンダーをキーワードにすることによって、グリーンブラットの議論においては曖昧だった、個人的な〈小さな歴史〉と〈大きな歴史〉の関係を探る理論的な面が明らかとなる。ウォルター・ローリー卿(一五五二頃――一六一八)による『ギアナ発見』〔*The Discovery of Guiana*〕の分析において、二つの歴史の関係は次のように述べられる。

ジェンダー表象を歴史的に研究することとは、文化的な意味や価値を生成したり、抑制したり、異なる意味を作り出したりする、多価的なイデオロギーのプロセスという観点から、集合的諸構造の表面的な安定性と一貫性の下に、社会的再生産、多様性、変化を生じさせるローカルで個人的な場所を数多く明らかにすることだ。

このような分析モデルによって、歴史的で、批判的で、ローカルで、個人的な興味に、理論的な場が提供される。私の興味は、明示的であるが文化的な現象や、経済的な搾取と地政学的な支配の分析だけではない。その他に、十六世紀の西ヨーロッパで支配的だった原コロニアリストによって、新大陸発見の言説がジェンダー化される過程、ヨーロッパ的なジェンダーや性的振る舞いの表象が新世界に投影される過程、これらの表象の分節化が興味の中心となっている。また、新世界を女性化というジェンダー化の例として、また、その探検、征服、居住の性化について論じたい。この議論は、ジェンダーやセクシュアリティの閉じられた自律的な言説を参照するのではなく、ジェンダーと性的振る舞いが参画している歴史的に特定のイデオロギー的節合と交換という開かれた場を参照するのだ。[*18]

ここでは、一見すると一枚岩的な表層構造の下に存在する多種多様なローカルな（局所的＝個人的な）場所を発見するための手段として、ジェンダーを考慮することが提案されている。つまり、ジェンダーという個人的（自分についての性差の意識）かつ集合的な（社会的表象としての性差）表象を探ることによって、〈大きな歴史〉と〈小さな歴史〉が結びつけられる。〈女王の表象分析〉においても〈植民地の表象分析〉においても、このような手法は変わらない。具体的には、植民地の――新大陸の――女性化という植民地言説に、ローリー個人の多様性の場所が見いだされる。アメリカを女性的に表象することによって、処女地を征服する男性植民者という比喩が用いられる過程、に作者ローリーとエリザベス女王の関係とがいかに複雑に絡み合い、ねじれているかの分析を行なうときに、もはや、レントリッキアによる新歴史主義批判はそのインパクトを失う。

このような歴史とテクストの関係の分析は、グリーンブラットに対して、自己成型をもう一度、歴史の交換の場に開いたときにどのような意味をもつのかという問いかけをしていることになるだろう。たしかに、モアからシェイクスピアまでの六人全体を眺めたときに、おぼろげに当時の歴史が浮かび上がってくるかもしれないが、個別的なもの、ローカルなものを並べたてても全体にはならないし、それを承知しているからこそグリーンブラットは明確に全体像を描写することはない。もちろん、両者が明らかにしようと考えている地点は違うのだが、少なくとも、モントローズは、ある特定の個人がある特定の社会的な場で生きるときの交渉の過程をより明らかにしてくれているとは言えるだろう。[*19] エリザベス女王の統治の時代という、より限定された歴史的時点を用いることによって、〈大きな歴史、すなわち、イングランドの植民地主義言説〉と〈小さな歴史、すなわち、作者と女王の相互依存性〉の関係を考えることが可能になったところに、モントローズの特徴はある。それでは、次に、この二人を踏まえた上で、もう一人の研究者が新歴史主義にどのような変更を加えたかを見てみたい。その際、私たちはふたたび『ユートピア』というテクストと向き合うことになる。

（三）不在の歴史と国家の自己成型
——ジェフリー・ナップ——

一九九〇年に出版されたジェフリー・ナップの『不在の帝国』の冒頭を飾るテクストは『ユートピア』である。[*20]モントローズがグリーンブラットに修正を加えたように、ナップも、それまでは中心的に扱われてこなかった要素を導入することで新歴史主義を新たな地平へと導く。端的に言うなら、グリーンブラットがモアという個人の歴史を見たところに、ナップはイングランドという大きな歴史を見る。ナップの出発点は明快だ。従来、植民地主義的な要素を孕む文学は、実際のイングランドの植民と手を携える、つまり、植民が成功しているからこそ、それを反映した植民地主義的な文学が産まれると考えられてきた。それに対して彼は、イングランドの植民の歴史の遅れこそが文学生産と結びついているという、これまでとは正反対の歴史と文学の関係を提示する。つまり、〈現実の不在〉からこそ文学テクストが生じるという思考法である。植民後進国として「取るに足りないもの」［trifle］しか得ることができない、「取るに足りない存在」であるイングランドを、同じく「取るに足りない存在」である文学がどのように表現し、どのように美化するかという、自国の審美化作用において文学が果たした役割をナップは考える。植民地政策においてスペインに決定的な遅れをとったイングランドをどのように描くかという問題は、宗教的・倫理的な問題も含んでいた。当時、植民の必要性に対する認識が広がっていたにもかかわらず、同時にそれを押しとどめる、また、現実に押しとどめられている状況があった。結局、イングランドは歴史の経過とともに徐々に拡大主義に向かうのだが、その際に、何とかして自国の行為を正当化しなくてはならなくなる。そのため、イングランド人は一般にスペインの植民地政策を、ひどく野蛮で暴力的でなものと考え、一方、イングランドの植民地政策は穏健なものとする。〈物質的〉[material]対〈非物質的〉[immaterial]という二項に表わされるこの対立は、エリザベス女王が登場することで、国家的な言説としてさまざまなレベルに浸透する。

新世界もイングランドも同様に別世界であるという、一見すると意気消沈させるようなイングランド像は、奇妙にもイングランド人本人たちによって好んで強調されていた。とりわけ処女王エリザベスが登場して以来、イングランド人は「この世界での報いではなく、魂の報いを求めて歩いていると」本気で信じていた。自分たちの島が世界から排除されているのではなく、自分たちの島が世界を排除しているのだと信じていた。イングランドのがっかりするような弱さの証拠——その小ささ、敵に包囲されている状況、女性君主国家であること——は、イングランドが物質的で世俗的な力を放棄していること、そして、神への大いなる帰依、「みずからを卑下する者は、必ずや高められるだろう」(マタイ伝二三章十二節)を示すものとなりえた。[*21]

それまで、ややもするとイングランドとアメリカ、あるいはイングランドとアイルランドのように、限定された二国間関係しか扱わなかった植民地主義の議論に、新たにスペインとイングランドの関係を加えることによって、ナップの研究では、よりグローバルな状況でのイングランドのローカルな国家の審美化戦略が読み込まれる。

それでは具体的に、ナップによる『ユートピア』の分析がどのようなものであるかを簡単にまとめ、それまでの新歴史主義者と異なる点を確認したい。ナップが注目する点もグリーンブラットと同じく、テクスト内に存在する相反する要素なのだが、グリーンブラットがモア個人の〈自己消去〉と〈演劇的自己〉という対立項を見たところに、ナップは〈植民地主義批判〉と〈植民地主義〉、すなわち〈拡大主義〉と〈自国閉鎖主義〉という矛盾した方向性を見る。『ユートピア』にはたしかに植民地主義的要素が描かれている一方、その植民地主義的な要素と対立する要素も存在する。この相反する方向性をどのように解釈するかがナップの課題である。グリーンブラットがモアという自己の成型の過程に収斂するのに対して、ナップは同様の箇所を見ながらも、それをより広い、いわばイングランドの自己成型の問題へとずらしてみせる。『ユートピア』は〈取るに足らない存在〉としてのイングランドの審美化に成功していない時代に描かれたもので、モアの生きた時代は植民地主義の正当性を証明することはかなわないため、ユートピアも植民地も〈不在〉のかたちで表象することで、その状況を〈不在〉のかたちで正当化——否定的にだが——することとなる。内容面でも、ユートピア国にはその名称などいたるところに不在がつきまとい、「ユートピア」という言葉が「どこにも無い場所／幸福の場所」という二重性をもっていることに始まり、その都市や河の名前にも「どこにも無い」という意味のラテン語が用いられる。そして、『ユートピア』という物語自体も、みずからの不在性をテクストの最後において主張する。のちの時代になると、この不在性を〈非物質性〉、〈精神性〉へと肯定的に読み変えることで、虚構の中で現実の歴史の正当化作業が行なわれ、その結果、イングランドの拡大主義の正当化がなされるが、モアの時代はいまだその手法は想像不可能なものであったというのがナップの『ユートピア』論の結論となる。[*22]

ナップの議論で新しい点は、植民地主義を考える際に、従来、植民国と被植民国という二国間関係が考えられてきたのに対して、スペインまで含めることで植民国の戦略をより大きな——グローバルな——コンテクストで示すことができたこと、また植民地言説とは国家の審美化に他ならないことを明らかにしたこと、そして、〈思考不可能な地点〉を〈不在〉の中に読み込み、それを文学と歴史との関係性でとらえたことにある。植民地をめぐる作品に存在する〈不在〉が示すものとは、歴史それ自体ではなく、文学テクストと歴史の絡み合いにおける当時のイングランドの文化的態度なのだ。すなわち、実際にあった歴史を反映するのがテクストなのではなく、歴史の物語化を行なうのがテクストということになる。[*23]

アメリカという〈新〉大陸が発見されたときにイングランドの文化の被った変化の表象を分析することがナップの主眼となっていた。グリーンブラットは『ルネサンスの自己成型』中のスペンサーを分析する章で、イングランド、アイルランド、新大陸を考察し、そこにイングランドの〈暴力的言説〉を見るが、一方、ナップは植民国／被植民国という二項に対抗植民国スペインを含めることで、イングランドという国家の自己成型の過程を、より細やかにとらえることに成功している。しかしながら、この反面、モントローズに見られたような、小さな歴史と大きな歴史の関係の分析は曖昧になり、テクストはより大きな歴史の中に埋没してしまっているとの感は拭えない。そこで私たちは先程いったん保留した問題に向き合う必要性がでてくる。すなわち、「歴史とテクストはどのような関係を結んでいるのだろうか」という問題に。

（四）歴史と文学の相互交渉
――フレドリック・ジェイムソン――

三人の新歴史主義批評家に共通している傾向は、歴史と文学の新しい関係性を思考する点にあった。従来のように、時代精神によってテクストや人物に統一的な解釈を施すのではなく、テクストや人物の中にある多種多様な要素を手がかりとして歴史とのすりあわせが行なわれ、〈大きな歴史〉と〈小さな歴史〉が結びつけられる。グリーンブラットは〈自己〉と〈制度〉の関係を考え、モントローズはジェンダーを手がかりに〈女王と臣下〉と〈植民地〉を扱い、ナップは植民地主義における〈国家の形成〉をヨーロッパと新世界というコンテクストに置く。その際、歴史とテクストのどちらか一方が特権化されることはなく、〈相互の関係性〉が解き明かされていく。そして、三人が共通して重視するのは、テクスト生産の〈過程〉であり〈結果〉ではない。つまり、完成した存在としてのテクストの意味を探るのではなく、その形成過程を歴史コンテクストとともに〈再構築する〉作業を行なっているのだ。

しかしながら、どのようにして大きな歴史と小さな歴史は結びつき、歴史とテクストという両者はどのような関係にあるのかという疑問は残るだろう。結局、テクストの矛盾や不在を歴史の矛盾や不在に還元しているだけではないのか、結局、新歴史主義は（旧）歴史主義と同じものではないのかという批判はなされてしかるべきかもしれない。結局、新歴史主義も〈曖昧な作品〉が〈曖昧な社会〉を反映しているとの解釈を行なっているにすぎないと考える研究者もいるであろうし、新歴史主義がその批判に十分に答えていないことも確かだろう。それゆえ、本論に必要な作業は、歴史とテクストの関係、すなわち歴史とテクストの因果関係をより明確なかたちで提示し、新歴史主義的な手法を修正することである。そうすることによって初めて、新歴史主義によって確立された、さまざまな分野を横断する、学際的なテクストの引用、歴史やテクストにおける統一的なヴィジョンの否定、ジェンダーや植民地主義的要素の考察といった手法を活かすことができるようになるだろう。

『ルネサンスの自己成型』が出版されたのと同じ年、フレドリック・ジェイムソンの『政治的無意識』が出版される。[*24]そして、その第一章では、因果関係に関する議論が膨大な紙幅を費やして行なわれている。[*25]ここで、新歴史主義的な批評実践における歴史とテクストの因果関係を考察するために、ジェイムソンの議論を借りて、因果関係を三つの型に分けておきたい。すなわち、〈機械論的因果律〉、〈表出型因果律〉、そして〈構造因果律〉である。以下、これに基づいて、新歴史主義の理論的な立場を検討したい。

新歴史主義から(旧)歴史主義へのもっとも明確な批判は〈時代精神〉という考え方に向けられたものであった。この考え方は、ある内的な本質(時代精神)が全体(その社会のいたる所)に表出している状態を想定しており、この〈表出型因果律〉を新歴史主義は批判する。また、ある歴史状況が直接的に作品に影響を与えているという、より直接的な因果関係である〈機械論的因果律〉も新歴史主義の批評実践の中では注意深く避けられているように見える。しかしながら、たとえば、絵画と文学テクストのあいだに相同性を見いだすとき、エリザベス女王像をテクストに読み込むとき、植民地主義の声をテクスト内に聞くときに、依然としてこれらの機械論的、表出型因果律に依存しているとの批判は被るかもしれない。たとえば、「アナモルフォーズ的な存在様式がルネサンスに特徴的であるとグリーンブラットが考えている」と誤読するとき、新歴史主義は表出型因果律に依存していることになるであろうし、「植民地主義の遅れこそが植民地言説をもたらした」とナップを誤読するとき、機械論的因果律に依存していることになるだろう。もちろん、これらの因果律が存在しているからといって、新歴史主義の手法がそれまでのものと同じであると考えることはできない。このような因果関係が現実に何らかのかたちで存在していることは否定できないのだから、一概に、それらに基づく分析を否定することはできず、新歴史主義批評はこれらの因果律を用いつつも、その断片性などに重点を置いていると弁護することはできるだろう。しかし、さらに重要なことは、新歴史主義的な批評実践がこれら二つの因果律を用いつつ、同時に〈構造因果律〉の手法を意識しているという点にある。

モントローズの〈歴史のテクスト性とテクストの歴史性〉という概念により、少なくとも歴史はテクスト化や物語化を経た上でないと接近できない存在とされたのだが、どのようなかたちであれ歴史主義的な批評の作業は、〈歴史〉と〈テクスト〉のあいだに媒介関係を作ることに変わりはない。それでは、表出型因果律でも、機械論的因果律でもない、構造因果律のもたらす媒介関係とはどのようなものなのだろう。ジェイムソンの言葉を借りるならば、そのような関係は「二つの異なる現象に等しく使えるコードを、戦略的に、また部分的に案出すること……差異を数え上げることができるには、ある種の大きな一般的同一性がはじめになければならない」(四一)ず、構造因果律を支える構造とは「一要素として経験によって把握できるかたちではどこにも現前していないし、全体の中の一部、あるいは、あまたあるレベルのひとつでもなく、むしろ、さまざまなレベル間の諸関係から成る全システムにほかならない」(四二)とされる。つまり、歴史とテクストのあいだに相同性を見いだし、そこにさらに差異を読み込み、さまざまな制度の関係のシステム全体を再現することが、構造因果律に基づく二者の関係となる。このような因果律に基づいて分析を行なうとき、たとえば、テクストの中に異なる意味を見つけることで、それを「解放的で、自由なテクスト」だと賞讃することはできなくなり、それらの意味が存在する異なるレベルの諸関係を考察する作業が必要とされる。もはやバフチンの誤読に基づいて、テクストにある複数の意味の存在自体が解放の可能性だとする批評的実践の不十分さについては言うまでもないだろう。しかし、このような作業は全体としての歴史が復権するという危険性をともなうこととなる。それを避けるためには、〈過程としての歴史〉、〈可能性としての歴史〉を再現する作業が必要となり、その際に、テクストの形式の意味が重要となる。[*26]つまり、テクストを構造化する際に行なわれる作業過程自体に意味を見いだすこと、これこそが構造因果律に基づく分析の眼目となる。そのためには、作品にある亀裂や不連続箇所にこそ、何らかの意味を見いだす作業が必要となる。ジェイムソンは、「壕と溝」と題する論文で、このような観点から『ユートピア』分析を行なう。[*27]ルイ・マランによって行なわれた、ユートピアのさまざまな制度に空白を見いだす記号論的分析を歴史化しつつ、たんなる内容的な分析にとどまらず、その内容がどのような〈語りの構造〉に基づいて語られているかにジェイムソンは注目し、〈原経済的社会分析〉と〈宗教的枠組みの中での分析〉との空隙を『ユートピア』の中に読み込む。[*28]

　このようにしてみると、グリーンブラットの行なった作業は『ユートピア』における不在を、モアという自己と宮廷と宗教との関係という歴史の中でとらえるものであったが、そこには両者に共通の〈物語化〉作用の比較検討という、構造分析的手法が見られる。同様に、モントローズの作業も、テクストに存在している〈不在とねじれ〉を軸に分析をすすめ、植民地と臣下と女王の相互関係を読み解き、ナップも同様に〈不在〉を軸にして、国家の審美化の過程を明らかにする。〈不在〉や〈ねじれ〉にこそ当時の考え方の限界点が見えるのは、それらが〈物語化の限界〉を示すからに他ならず、〈現前〉している諸事象と〈現前していない〉諸事象との関係を考えることによって、当時の歴史の構造——表面に現われたものも現われていなかったものも——が見えてくることとなる。このようにしてみると、テクストには〈歴史の物語化の過程〉が残されていることがわかり、その過程を再現＝表象《リプリゼント》することこそが、新歴史主義以降の批評家が行なうべき作業ということになるだろう。

その時、歴史主義は、歴史的な事情を際限なく細かく記述する作業を意味しない。たとえば、『嵐』［*The Tempest*］（一六一一）を読む際に、植民地主義の歴史、移動の際の船の詳細、船を建設する際の林業の詳細、林業に携わる人物の生活の詳細……と歴史は際限なく断片化できるだろうし、逆の方向性も同様だろう。『嵐』に始まり、イングランドの植民の詳細、イングランドとフランス、スペインの関係、ヨーロッパの植民、過去の植民地主義全体、現在の植民地主義の詳細……と、こちらにも際限がない。新歴史主義以降の（文学）研究者の為すべき作業は、これらの歴史の断片を用いつつ、歴史的コンテクストとテクストとの関係を探るということでは、（旧）歴史主義の行なっていた作業と変わりはない。しかし、その際に常に、〈物語化の作用〉の中で両者の関係をとらえることによって、歴史とテクストの双方をレトリカルに精読し、その結果、両者の関係性を考察することが、現在求められているのだ。構造因果律による歴史とテクストの関係性を重視することによってこそ、新歴史主義は新たな命を吹き込まれる。そして、たんにこれまで読まれたことのない新資料をもってくることによって文学テクストを解釈するのでもなければ、テクストを際限なく分断して意味の豊饒性を称揚するのでもなく、多様性の中に「何を」読むかという問題意識こそが、文化研究としての文学研究にとって必要なものとなる。[*29]

(五)構造因果律的新歴史主義批評
——地政学的批評に向けて——

それではこのような理論的考察を踏まえた上で、本論がとるべき批評的な立場はどこにあるのだろう。本論はナップの『ユートピア』研究を基盤とするが、これはナップの行なった作業によって、国民国家というレベルを考察することが可能になるからだ。グリーンブラットやモントローズよりさらに広いコンテクストでの分析が可能になることで〈ユートピア文学〉という国家と国民の関係性に基づくジャンルを扱うための新しい視点が提供される。〈自己〉から〈イングランドの植民〉、〈イングランドとスペイン〉へと視野が広がることで、ナップは国民国家の形成過程を考えることを可能にした。ユートピア文学という国家に関する言説を扱う際に、このような視点は欠くことができない。しかしながら一方、因果論に関する点で、もっとも批判を被りやすいのはナップの議論だろう。彼の議論はややもすると反映論的な——機械論的因果律の——議論ととらえられてしまう危険性があるし、たしかにそのような要素を孕んでいる。また、精密なテクスト分析が行なわれていないという批判もあるだろう。大きな歴史を扱えば扱うほど、テクストの位置づけは軽くなり、単純化されることになり、それでは〈反映論〉を拒絶している新歴史主義の利点が薄れてしまい、ただたんに新資料を読む行為にしか、従来の批評との相違点が残らなくなってしまう。しかしこれを恐れ、小さい歴史に回帰してしまうと、断片化された〈事実〉しか残らず、言説の絡み合いは明示されずに終わってしまう。ナップの図式は、構造因果律に基づくテクストと歴史の考察から、もう一度、修正を加えられなければならない。

そのため、本論では『ユートピア』のテクストの細部に立ち返り、そこに刻印されている複数の〈物語化〉作用の関係を再構築することで、構造因果律的分析を試みたい。さらに、スペインではなく低地地方諸国に注目した。というのも、この時代のイングランドの植民地は、たしかにナップの言うとおり〈不在〉の存在でしかなく、その不在は国家の審美化という役割を担うこととなるが、国家の審美化作業は、新大陸という他者を扱う植民地的な問題と同時に低地地方という他者との関係を前提にしており、そのため、ヨーロッパという旧世界内部の関係と外部世界との関係という両者を考える必要があるからだ。また、ナップはモアをまだ国家の審美化ができない時期の作家としてとらえているが、本稿では以前から存在している、ヨーロッパ大陸とイングランドの関係を表わす言説が、植民地言説の萌芽と同時に変化をきたし、それが国民国家形成の第一歩となる言説を産みだしたと見なすことで、植民地主義の与えた影響の新たな側面を明らかにできればと考えている。

そして、このようなヨーロッパという旧世界内部の関係と外部世界との関係を考えるためには、地政学的な観点は魅力的な道具となる。先述のモントローズの引用中にも現われたこの〈地政学〉という用語は、一九世紀末にスウェーデンの政治科学者、ルドルフ・カレンにより造られた、地理学と政治学への広い関心に基づいたものであったが、現在、ローカルな力学を全体としてのグローバル・システムと結びつける手法として、再評価されつつある。[*30] とりわけ、ウォーラーステインなどの、初期近代のヨーロッパ世界の理解も、このような考え方から来ており、近年、注目を浴びている。[*31] 国民国家の形成を論じる際に国際関係を考慮すること、また、異なる国家や文化の異同を単純に叙述するだけではなく、文化的、政治的、経済的な〈権〉力関係を重要視することが、その特徴として挙げられる。そして、このような特徴こそ先程見た構造因果律的な歴史分析の手法と重なる部分が多いことは、もはや言うまでもないだろう。〈地政学〉という視点を用いることで、モントローズがジェンダーという観点によって結びつけていた〈大きな歴史〉と〈小さな歴史〉を、ジェンダーを用いなくても、政治的・文化的な表象の形態を分析することによって、考察することが可能になる[*32]。

ここまで来れば、実際のテクスト分析の手順は明らかである。歴史資料を読み込むことで文学テクストを説明する、また、逆に文学テクストを歴史資料として読むことは——危険性をともないながらも——意味がある作業だということは疑いないが、本論で示唆したいのは、このような一方向的な作用ではない。そうではなく、歴史テクストと文学テクストの相互関係をレトリカルに読むことによって、より複雑多岐な文化的状況を明らかにすることこそが本論の理論的な立場である。そのためには、テクストを明示的な歴史的断片だけでなく、当時の社会に存在しながらもまだ完全な形をとらなかった〈無意識〉を探るような方向性で読む必要がある。すなわち、テクストの表面的内容に存在する要素の関係を考察すると同時に、そこにある〈ねじれ〉または〈不在〉を、レトリカルに読むことが。とりわけ、ウォーラーステインのいうところの、〈世界システム〉がまさに誕生しつつあった、初期近代以降の文化状況を考える際には、一国内の文化状況だけでなく、ヨーロッパから新大陸をも含めたグローバル・エコノミーの関係の中でとらえることによって見えてくる側面もあるだろう。テクストは、常に人物、国家、そして国家間の文化状況に含まれており、その関係性の中に置き直されることによって、文学テクストと歴史との関係を再現=表象《リプリゼント》することが可能になる。新歴史主義が〈自己〉の成型から〈植民地〉という〈他者〉との交渉まで展開したのは、このような理論的必然性があったからであろうし、その方向性の延長線上に、〈地政学的な〉あるいは〈地政文化的な〉研究はある。[*33]

具体的に次節では、新歴史主義の成果を踏まえた上で、次のような観点から『ユートピア』の分析を行なうこととなる。(一)『ユートピア』という作品を、イングランドの地政学上の重要地点であった低地地方を軸として、イングランドとヨーロッパとの関係においてとらえる。(二)国家の形成という問題を一国でとらえるのではなく、他国との関係で考える。(三)初期近代イングランドの植民地主義を、商業資本とグローバルな経済システムからとらえ直す。

二　実践編

（一）歴史と物語の邂逅

トマス・モアによる『ユートピア』の冒頭は次のような一節から始まる。

軽少ならざるある問題について、王者の万徳に秀でた不敗のイングランド王ヘンリー八世［一四九一―一五四七］は最近明澄なるカスティリア公シャルル［一五〇〇―五八］と争いたまい、その討議、解決のために、私［モルス］を交渉委員として、抜群の人物カスバート・タンスタル［一四七四―一五五九］の同伴、同僚として、フランダースに派遣された。[*34]

これは若干の形容語句を除けば、一五一五年に実際に起こった歴史的な出来事の記録として読むことができる。しかし、この出来事の背後に存在する歴史的情報が記録されていないために、現代の私たちが読むときいくつかわからないことがある。たとえば、なぜ、カスティリア公とイングランド王がフランダースで交渉するのだろうか。そこで、まずこの冒頭の一節に関連する歴史を調べることから作業を始めたい。

当時、イングランド王ヘンリー八世は一五〇九年に王位についたばかりである。彼はアラゴンのフェルナンド（一四五二―一五一六）とカスティリアのイサベル（一四五一―一五〇四）の子、そして亡き兄アーサー(一四八六―一五〇二)の妻でもあったキャサリン(一四八五―一五三六)と一五〇五年に結婚している。一四七九年のイサベルとフェルナンドの結婚により、カスティリアとアラゴンの両王国は合同統治されていたが、一五〇四年にイサベルが死去することで、当時、フェルナンドが両王国を統治していた。スペイン(アラゴン=カスティリア)は、シシリー、サルディニアを足がかりに地中海へと進出し、ナポリを支配する一方、大西洋に乗り出し、東西に勢力を拡大しつつある。[*35]兄の妻であったキャサリンとの結婚は国内外でさまざまな波紋を広げたが、イングランドとスペインとの結びつきを継続し、長年のライバルであるフランスとの戦争のための重要な戦略のひとつでもあった。[*36]

一方、カスティリア公シャルルは、神聖ローマ皇帝マクシミリアン一世(一四五九―一五一九)とブルゴーニュ大公シャルル勇胆公(一四三三―七七)の娘マリー(一四五七―八二)とのあいだに生まれたフィリップ美男王を父にもつ。母は前述のフェルナンドとイサベルとのあいだに生まれた娘ファナ。父は一五〇六年に死去、母は精神のバランスを欠いた人物であったため、まさにこの出来事が起こった年、一五一五年に丁年となったシャルルは、父方の血縁によりブルゴーニュ公国領、すなわち低地地方の統治権を継承する。[*37]その後の彼は、翌一五一六年にフェルナンドの死去にともないスペインの王位を継ぎ、一五一九年には神聖ローマ帝国の皇帝に選出され、ヨーロッパ大陸に一大勢力を確立するカール五世として知られることとなる。[*38]妻方の血筋によって叔父と甥にあたる二五歳と一五歳の二人の若者が交渉するのは、まさにシャルルがブルゴーニュ大公として統治を開始した低地地方、ヨハン・ホイジンガが『中世の秋』で描いた絢爛豪華なブルゴーニュ大公領にあるフランダースであった。時代はもはや中世ではなく、ヤーコプ・ブルクハルトが『イタリア・ルネサンスの文化』で描いた時期よりもさらに若干時代を下った、北方ルネサンスが低地地方のさまざまな都市で花開く時期となる。[*39]

　こうしてみると、なぜイングランドとカスティリアの交渉の場がフランダースなのかという最初の疑問は解決される。つまり、この出来事はイングランド王とブルゴーニュ大公との交渉であり、イングランド側は交渉相手の土地で折衝を行なっているのだ。低地地方は一四七七年にシャルル勇胆公がフランス王ルイ十一世（一四二三―八三）との争いの最中に戦死して以来、ハプスブルク家の領地となることで、独立した国家としての機能を失う。[*40] そのため、モアはイングランドとブルゴーニュ公国ではなく、イングランドとカスティリアの交渉として描いたのであろう。当時、この支配者のいない地域をフランスが狙い、スペインが後ろ盾となっていたが、イングランドにとってもこの地域は商業上大きな意味をもっており、中世以来、鉛、すず、皮、羊毛といった原材料品を大陸に輸出するための重要な拠点、ブルージュが存在している。[*41] 当時、低地地方の中心地は少しずつ移動し、ブラバント地方のアントワープが中心になりつつあり、イギリスの毛織物輸出の独占的輸出団体〈冒険商人組合《マーチャント・アドヴェンチャラーズ》〉のイギリス産毛織物の指定市場もアントワープに存在していた。このように低地地方の諸都市は政治、軍事的な紛争地である一方、商業地でもあり、イングランドにとってもヨーロッパ各国にとっても重要な地域であった。そのため、ヘンリー八世とカスティリア公シャルルが、この場所で「軽少ならざるある問題」について会談をもつのはけっして偶然ではない。しかしながら、このような意味があり、かつ「カスティリアの君主」とはブルゴーニュを支配するシャルルのことであるにもかかわらず、シャルルとブルゴーニュとのつながりがこの箇所で描写されないことに関しては、いささか疑問が生じる。どうして、両者のつながりは記述されないのだろう。この疑問は、先程のものほど簡単に答えることはできそうにないので、まず、

「軽少ならざる問題」とは何かという疑問に答えてみよう。

こちらの疑問は歴史的な資料を調べることによって比較的たやすく明らかとなる。一五一五年の交渉より四〇年前、一四八二年、ブルゴーニュのマリーの死去にともない、夫マクシミリアン一世が低地地方の執政となる。しかし、諸都市における商人同士の争いや、フランスの手引きを受けたガンなどの都市におけるマクシミリアンの支配体制に対する反乱により当地は非常に不安定な状況に陥り、イングランドと低地地方との貿易は非常に不安定な状況となった。[*42]毛織物貿易の拠点がこのように揺らぐことにより、従来の貿易体制の維持は困難になり、その結果、新たに貿易の制度化の必要性が高まる。そこで、当時の両国の支配者ヘンリー七世（一四五七―一五〇九）とマクシミリアン一世とのあいだで交渉が行なわれる。

この年［一四八七年］の始め、ヘンリー七世は（息子小フィリップの名の下に、低地地方の執政であった）マクシミリアンと貿易全般に関わる条約を結んだ。この条約は、いくつかの条項に決着がつくまでの暫定的なものであった。これにイングランド人とフランダース人はようやく同意した。両地域の臣民にとってイングランドと低地地方の貿易は非常に重要であったので、これが中断すると、双方が必ず損害を被ることになっていた。しかし、その重要性ゆえに、どちらもが現状より少しでも得をしようとしたために、この条約の締結は非常に困難なものとなったのである。[*43]

この引用からは、イングランドと低地地方との毛織物貿易がイングランドと低地地方――とりわけフランダース――にとって重要な利益を産むものであったことがわかる。ブルゴーニュ公国時代からも同様の条約は存在していたが、この時期、国が実質上解体することで無効化されていた。毛織物貿易が中断するとどちらにとっても非常な損失であったため、両地域は一刻も早く正式な条約の締結を望んだのだが、利益が絡むだけに、交渉は困難を極める。政治的にも、両地域間にはパーキン・ウォーベック（一四七四頃―九九）の低地地方在留などの問題が生じるが、そのような政治的緊張関係の最中ですら、通商条約の交渉は続いた。対立するか和平関係を結ぶかは別にして、両地域は政治的にも経済的にもけっして切ることはできない、地政学的にけっして欠くことができない場所であったため、通商条約の交渉は当事者を変えながらも継続的に行なわれ続ける。

そして、紆余曲折の末に一四九六年、ヘンリー七世とマクシミリアンの息子、ブルゴーニュ大公家の血を受け継ぐフィリップとのあいだで、両地方の正式な条約「最恵条約 *Intercursus magnus*」が結ばれる。

一四九五年　すでに皇帝の後見から離れていたフィリップは、この年の終わりにイングランドと低地地方との商業の更新を行なうために、ヘンリーに使節を派遣した。

一四九六年　使節団は交渉に決着をつけるのになんの支障もないことがわかった。そこで、二月二四日、条約が締結された。この条約はフランダース人によって、最恵条約と呼ばれた。[*44]

「最恵条約」はイングランド人の海外での暴動の鎮圧、相互の交通、貿易の自由、新たに規制をもうけたり関税をかけることの禁止、相互の沿岸での漁業の自由などを条項に盛り込んでおり[*45]、その一〇年後の一五〇六年にこの条約は更新される。それが次の引用である。引用中「スペインのフィリップ」となっているのは、前述のファナと結婚したためと思われる。今度の交渉は、たまたまイングランドにフィリップが嵐によって漂着した事件を利用したヘンリー七世により、イングランドに非常に有利な状況で行なわれ、低地地方の人々の言うところの「最悪条約 ***Intercursus malus***」が結ばれることになる。

一五〇六年　嵐のためにスペインのフィリップとその妃ファナはイングランドに流れ着いた。ヘンリーはこの好機を利用し、他の事柄の中でも、商業条約を締結した。この条約はイングランド人に非常に有利なものであったため、フランダース人はこれを最悪条約と名づけた[*46]。

さまざまな懸案がある中でも、この条約の更新が優先されたのであるから、その重要性に疑問の余地はない。のちに、フランシス・ベーコン（一五六一―一六二六）も、詳細にこの経緯を記録している[*47]。この条約はイングランドの生地の販売や関税の課税や徴収に関わるもので、この条約ではじめてイングランド商人はブルージュ以外の低地地方での行動の自由を許可されるなど、非常に有利な条件を得ることとなる[*48]。そして、一五一五年の「軽少ならざる問題」とは、まさにこの一五〇六年の条約の更新であった。それまでの交渉からもわかるように、この問題はたんなる貿易条約というよりは、イングランドの大陸での生命線たる低地地方との交渉であり、背後にはヨーロッパに一大勢力を形成しつつあったハプスブルク・スペインとイングランドという、その世紀の後半に衝突する二大勢力の交渉の場でもあった。しかし、当時のイングランドは国際情勢の中でさほどの力を有していたわけではない[*49]。

これで先程の「軽少ならざる問題」とは何かという疑問にも、ある程度の解答が与えられたことになるだろう。そして、『ユートピア』の中で、イングランドはヨーロッパ大陸の低地地方と結びつけられるだけではなく、さらにもうひとつの世界、新世界と結びつけられることになる。先程引用した冒頭の一節からしばらくすると、ブルージュでの外交交渉が難航し、相手側がシャルルの裁可を仰ぐためにブリュッセルに赴く。その間、トマス・モアはアントワープに出かけ、ピーター・ヒレスと会い、一人の人物、ユートピアの探訪者ラファエル・ヒスロダエウスを紹介される。

彼は世界を見たいという望みから、故郷[ポルトガル]にあった自分の財産を兄弟たちにゆずり、アメリーゴ・ヴェスプッチの仲間になりました。そして最近あちこちで読まれているあの四回の航海のうちのあとの三回の航海にはずっと同行していました。その最後の航海からアメリーゴといっしょに帰国しませんでしたが、それまではいつも、アメリーゴの仲間だったのです。

帰ってこなかったというのも、彼は、最後の航海の終わりに城塞にとり残されることになった二四人の中に自分もはいりたいと熱望し、ついにアメリーゴからその許可をとりつけたからです[*50]。

フィレンツェ出身でメディチ家との深い関わりをもつアメリーゴ・ヴェスプッチ(一四五四—一五一二)は、スペイン、ポルトガルの後援を受け、四回の西方航海にでて、その様子を『四回の航海記』、『新世界』というパンフレットで出版する[*51]。四回ではなく三回という説、あるいはラス・カサス(一四七四—一五六六)

らによる、その航海全体が捏造であるとの批判もあるが、[52]とにかく、モアがこのうち『四回の航海記』を読んでいたことは、以下の『四回の航海記』からの引用に見られる「二四人」という数字の一致からも確実かと思われる。

> われわれはここに砦を築くことに決定しまして、それを完成し、沈没した旗艦から救助して、私の僚船が収容していた二十四人のキリスト教徒をこの砦に残留させました。……われわれは、砦に残留する二十四人のものに、六カ月分の食料と臼砲十二門とそのほか多数の武器を残しました。そして、われわれはこの地のすべての原住民と友好を結びました。[53]

ヴェスプッチと別れたヒスロダエウスの旅路をもう少し辿ってみると、城塞に残ったヒスロダエウスは架空の諸国を訪れたのち、セイロン、カリカットという道筋でポルトガルへ帰還する。もちろんこのヒスロダエウスの旅は虚構のものだが、その道筋はポルトガルから現ブラジルへのヴェスプッチの航海と、ヴァスコダ・ガマ（一四六九頃―一五二四）により一四九八年に確立されたセイロン、カリカットからポルトガルを結ぶ、東回りインド航路とを結ぶ現実の航路に基づいていることがわかる。二つの航路間に生じていた、（ヨーロッパにとっては）未知の〈空白地帯〉を想像力で埋めたものが、このヒスロダエウスの航路である。

　かくして『ユートピア』第一巻冒頭、二つの〈歴史／物語《ヒストリー》〉が交錯する。イングランド、ヨーロッパ、新世界と、ヘンリー八世、シャルル、ヴェスプッチがアントワープという土地で結びつけられる。しかし、この物語を進行するのは、トマス・モア、ピーター・ヒレス、ラファエロ・ヒスロダエウスという、もう少し小さな人物たちだ。ポルトガル、新世界、インドを遍歴するヒスロダエウスと、イングランド、スペインとの交渉の舞台に立つモアが、ブルゴーニュ大公領、低地地方の貿易都市アントワープで邂逅するとき、実在の人物たちも、徐々に物語中の登場人物へと姿を変えていく。現実にモアが辿った歴史的事実とヴェスプッチという人物が行なった航海記録と、モアが想像したヒスロダエウスという人物が混ざり合うことで『ユートピア』という文学テクストは織りなされ始める。

以下では、トマス・モアという一人の人物により生み出された文学作品をとりまく歴史を、具体的に植民地主義と低地地方という要素から、地政学的な観点を踏まえた上で考察したい。イングランドがアメリカという新世界との新たな関係に足を踏み出すということは、同時にアメリカという新世界との出会いで変化したヨーロッパとイングランドが新しい関係を結びはじめるということでもあった。新世界と出会うことによって、ヨーロッパは新世界に対する、イングランドはヨーロッパに対する新しい自己像の形成が必要となるのだが、その表象の変化は文学テクストの中に断片的に残されているはずである。本論では、文学作品に植民地主義という歴史を読み込むのではなく――たとえば、『ユートピア』は植民地主義的な欲望を初めて巧みに表象した作品だというようなテクスト読解をするのではなく――文学テクストの中に〈大きな歴史〉としては残らなかった文化的な残滓を再現《リプリゼント》＝表象することによって、歴史とテクストの交渉の過程を明らかにしたいと考えている。

（二）中世と近代の狭間に

歴史と物語は、初期近代においてある程度の区別はされながらも、明確には分別されておらず、不可分な状態にあった。両者の交錯の様式を見るために、『ユートピア』という作品における新世界表象をもう少し追ってみよう。そうすると、そこにはある特徴が存在していることに気がつく。その特徴とは、物語が事実の記録から次第に虚構の世界へと向かっていくことで事実と虚構の区別が曖昧になり、それらが組合わさった世界観が形成されていくというものだ。城塞に残ったヒスロダエウスの以後の旅程は次のようになっている。

事実、赤道直下のところには、赤道の両側に広がり、太陽の軌道の幅にわたる、たえまない炎熱で乾燥しきった大砂漠が横たわっている。どちらを見てもあたりは荒涼としてものさびしく、そらおそろしくもあり、耕作されたあともなく、蛇や猛獣、そうでなければ凶暴さと危険さにおいて野獣にも劣らぬような人間が住んでいる。[*54]

この引用では、赤道直下の巨大な砂漠、そして、そこに住む猛獣や「野獣にも劣らぬような人間」が住んでいる様子が描かれている。赤道直下の砂漠の存在は、当時、広く認められていた考え方であり、（少なくとも、当時の人々にとっては）「虚構」ではない。しかしながら、さらにその場所から進み、ヒスロダエウスは海に出ることになるのだが、すると、そこには次の引用に見られるように、まったくの異境が姿

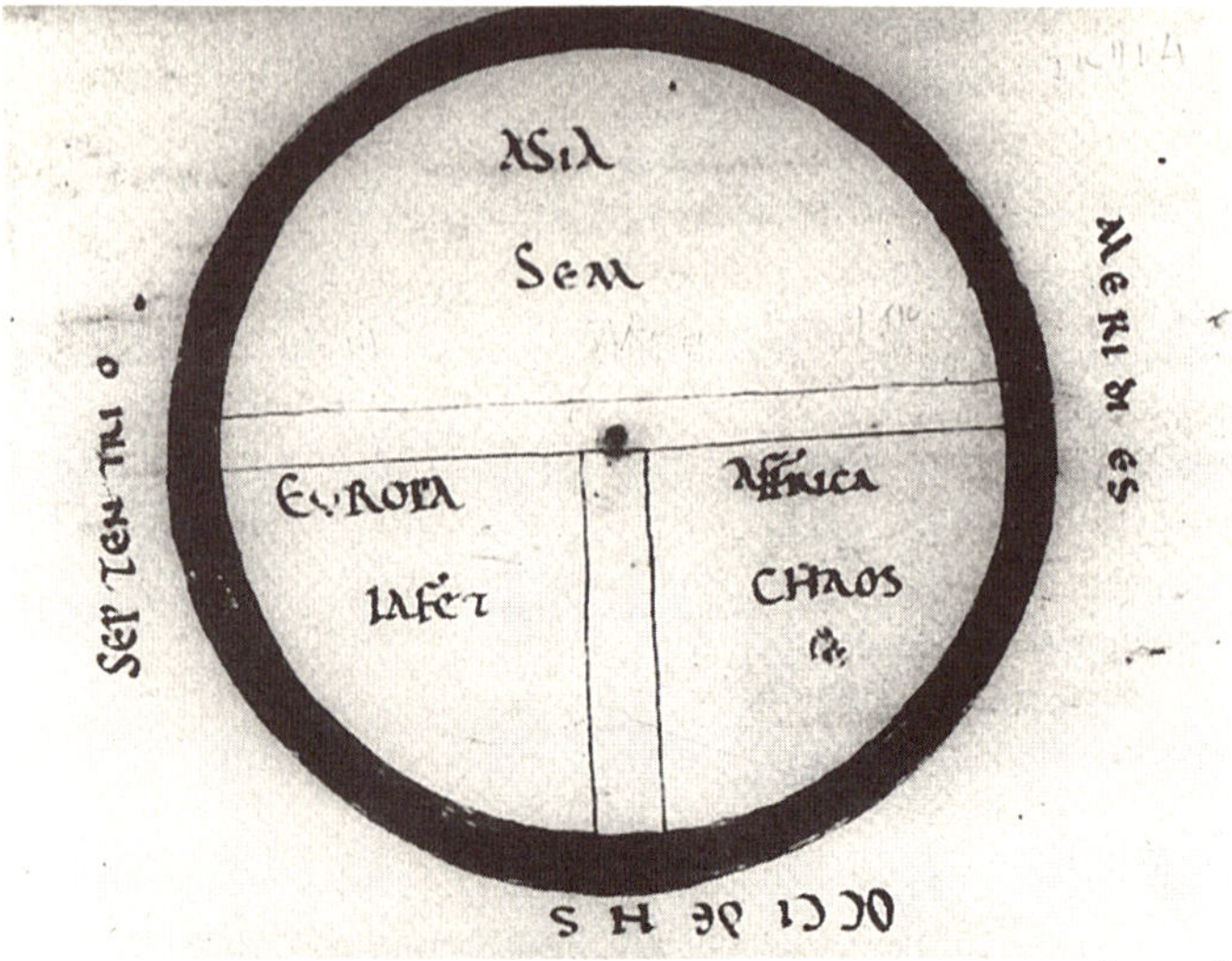

図１　Ｔ／Ｏ図　世界はアジア、ヨーロッパ、アフリカという三域から成立している

を現わす。

怪物談義以上に新奇でないものは皆無だからであり、スキュラとか貪欲なケラエノ、人喰いのレストリゴーネス、それに類した恐ろしい怪物に出会わない場所はどこにもないのに対し、健全かつ英明な制度をもった市民たちにはどこでも出くわすということはまずないからだ。[*55]

このような新世界表象を図版を参照にしながら簡単に確認したい。中世以来一般にＴ／Ｏ図［図１］と呼ばれている地図では、世界は、エルサレムを中心として、ナイル川、アゼック海、ドン川を表わす横棒でヨーロッパ・アフリカとアジアが分けられ、地中海を表わす縦棒で、ヨーロッパとアフリカが分けられていた。つまり、アメリカ大陸が〈発見〉されるまで、世界は三域だ

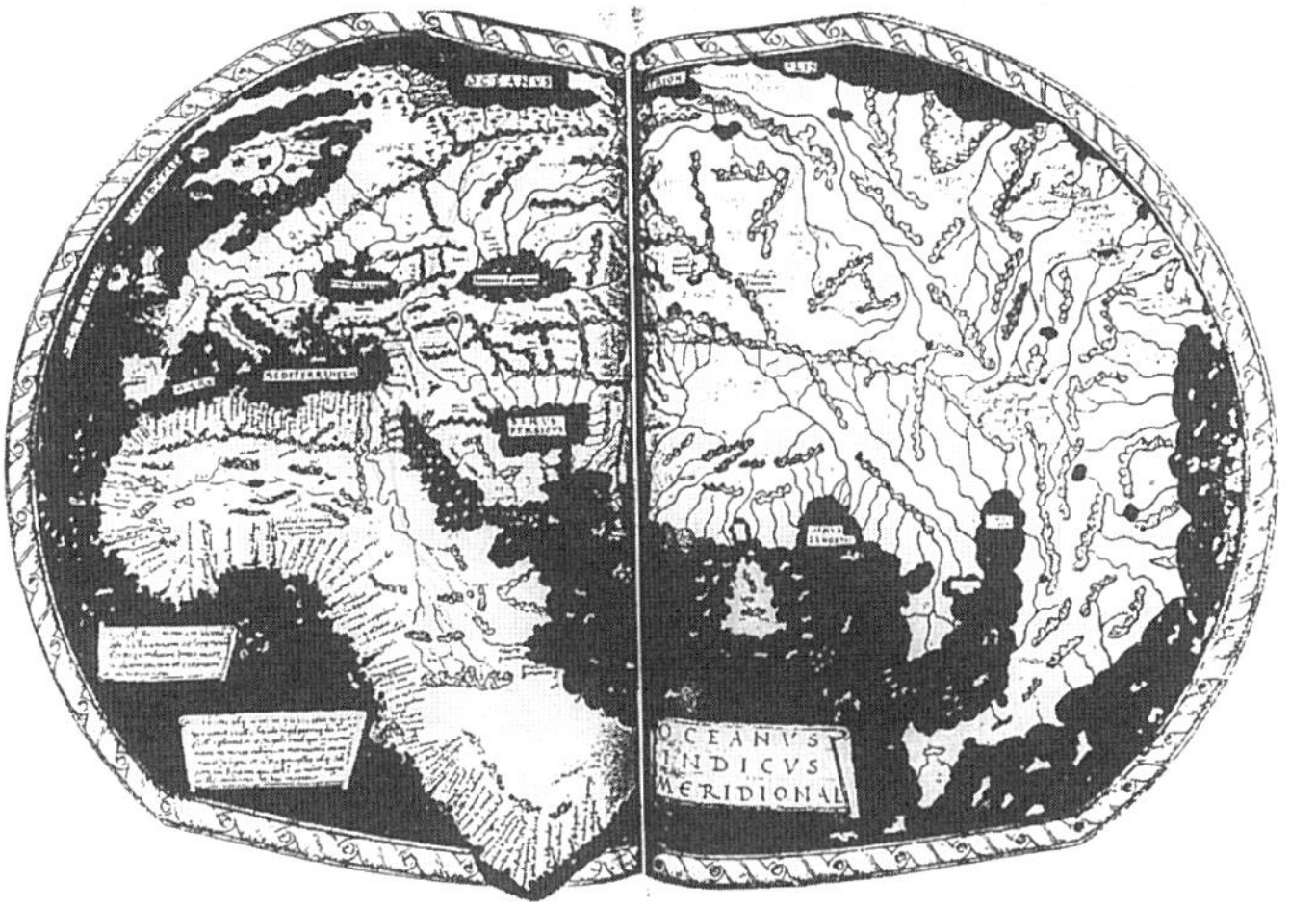

図2　1490年頃に作成されたマルテルスの地図　世界は三域からなっている

と考えられていたのだ。このような世界観は、中世を通じて長い間維持され続ける。このことは、一四八〇年代にプトレマイオスの『地誌学』が復刻され、その世界像に倣って一四九〇年頃に作成されたと考えられている、ヘンリクス・マルテルスの地図を見てみればわかるだろう［図2］。ヨーロッパとアフリカから西に航行すると、地図の右端の極端に大きく想定されたアジアにいたる。地図の裏側は、未知の地域であり、存在はしているが、その距離がどのくらいであるかはほとんど理解されていなかった。天文学者にして地誌学者であった、トスカネッリ（一三九七―一四八二）の地図でも、この世界の裏側の距離はひどく短く想定され、依然として世界は三域しか存在していない［図3］。彼と書簡を交わし、その地図から、みずからの航路がアジア東端への最短距離であると信じたコロンブスが、彼の発見した土地をインドと考え、ネ

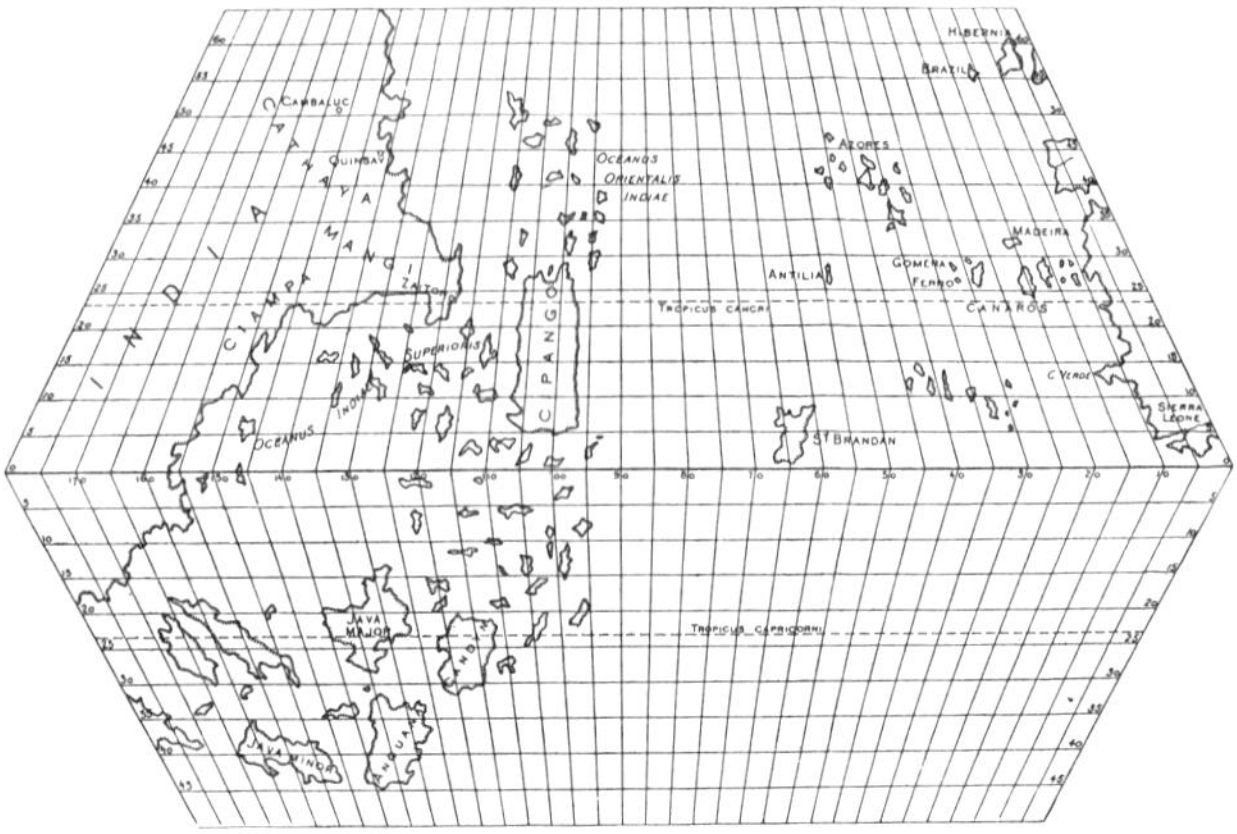

図３　トスカネッリの地図　ヨーロッパとアジアの間に大陸は存在していない

イティブ・アメリカンをインディアンと名づけたことは有名である。

ヴェスプッチの航海によって、十六世紀初頭に未知の大陸の存在が認知され、一五〇七年のヴァルトゼーミュラー（一四七〇頃—一五一八／二一頃）の地図で「アメリカ」という名称が初めて記載されることになる［図４］。このときになって初めて、ヨーロッパの西にはそれまでの三域以外の第四の世界が広がることが明らかとなる。このような世界観の変化にともない、さまざまな過去の物語や伝説と、航海者たちがもち帰る断片的報告が組み合わさり、それを聞く者たちの想像力が無限に広がり始める。すると、地図と化け物が組み合わされた奇妙な世界観が生じる。たとえば、一五三〇年代の地図の左辺には、中世のプレスター・ジョン伝説に影響を受けた化け物（何本もの手をもつ人間、伝説のケンタウロス、ろくろ首など）が描かれている［図５］。

図 4　ヴァルトゼーミュラーの地図　左端にアメリカ大陸（主に南アメリカ大陸）が描かれている

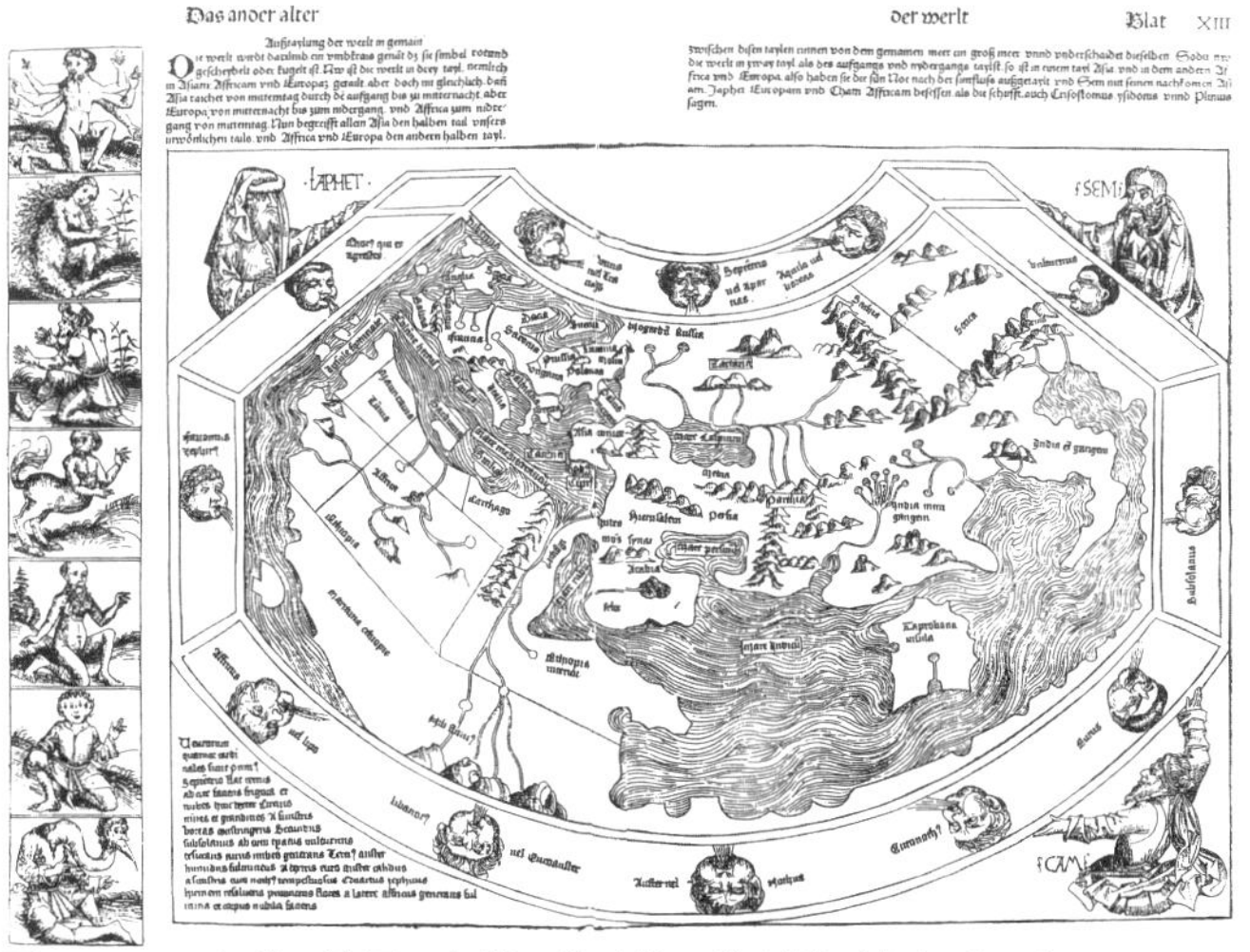

図 5　1530 年代の地図　左端に化け物の絵が並べられている

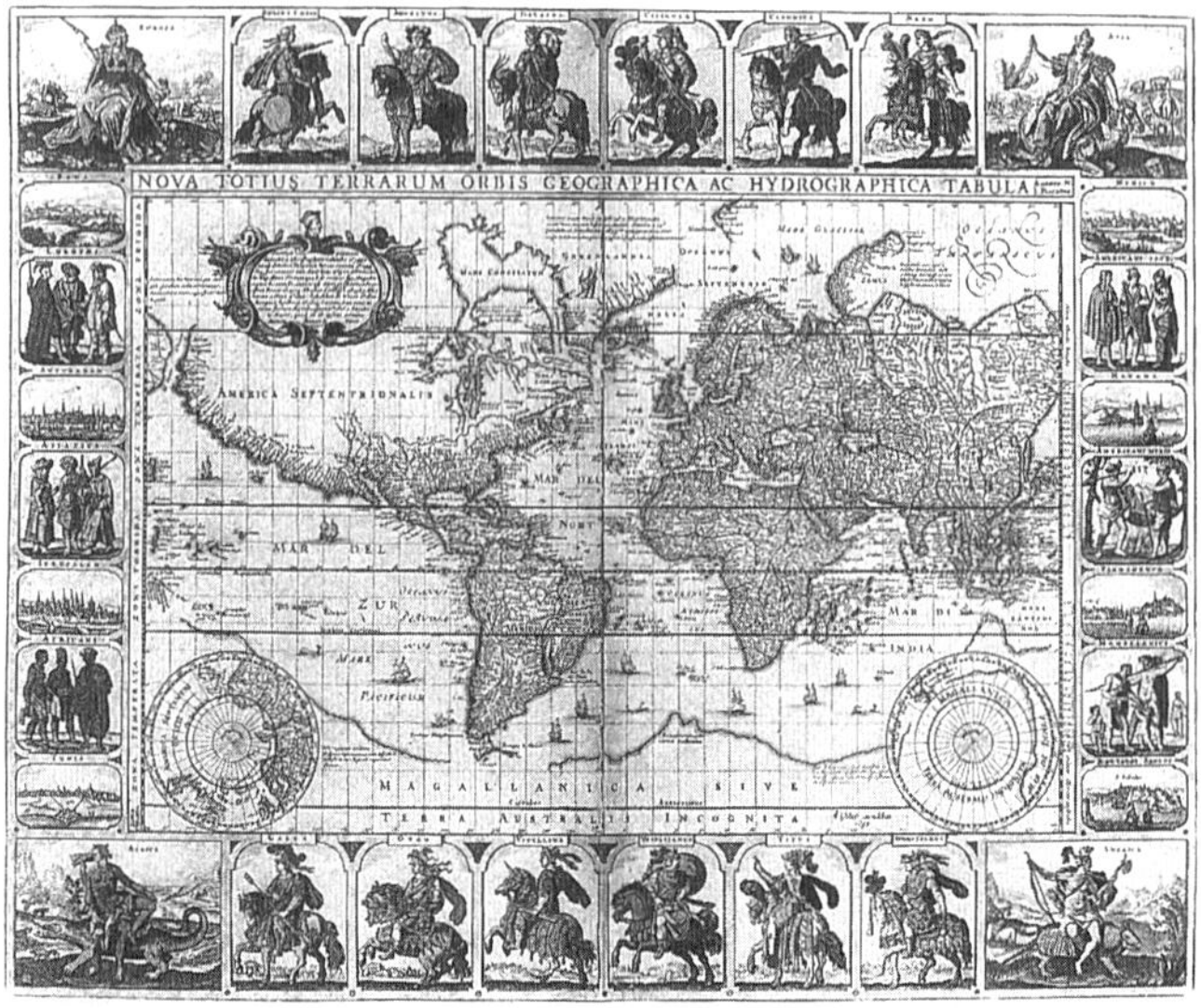

図6　1560年代の地図　周囲に各国の（虚構の）文化が描かれている

このような世界観は、一五六〇年代の、はっきりと南北アメリカ大陸が書かれた地図になると、変化をみせる。そこでは、化け物は姿を消し、その代わりに〈野蛮〉な、女性化された人種が、文明人と対比されて描かれている［図6］。図が小さいためわかりにくいが、右下隅の絵には「アメリカ」という題がつけられ、アルマジロらしき動物に乗って武器をかまえている裸体の女性が描かれている。同じく左下隅の絵には、「アフリカ」という題がつけられ、ワニらしき動物にのって武器をかまえている裸体の女性が。右上隅は、らくだに乗って服を着た女性がいる「アジア」の絵である。そして、左上隅が美しい服をまとい、動物には乗っていない女性が描かれ、その絵には「エウロパ（ヨーロッパ）」という題がつけられている。もはや〈化け物〉は存在しないが、その代わり、〈野蛮な人種〉が登場することとなる。そして、未知の存在への恐

図7　「カニバル」のアメリカ　中央右にたき火にくべられた人間が見える

怖は薄れ、退治しなくてはならない対象は服従させ、利用する対象へと変わり、植民地への欲望が広がり、未知の世界は、開拓すべき土地、征服すべき地方として存在することとなる。その欲望を正当化するために、たとえば、アメリカ大陸の女性化、カニバル化などが生じる。［図6］の右下にもカニバルの様子が描かれているが、別の図で確認してみると、現在のブラジルにあたる部分に、たき火にのせられた人間そしてカニバル［canibali］の文字を見て取ることができるだろう［図7］。

先ほどの『ユートピア』からの二つの引用も、基本的には化け物と野蛮な人間が混在する、中世と初期近代の狭間、物語と歴史が交錯していた十六世紀初頭の新世界表象に含まれるテクストである。新しく発見された世界は未知の世界のままであり、想像力が働く場所として機能しているのだ。

イングランドは現代の私たちからすると大英帝国のイメージが強く、植民地政策を押し進めていた国という印象があるが、実際には、このような世界観が存在していた大航海時代にあって、その植民地政策は失敗の連続であり、スペイン、ポルトガルという植民先進国に比べると、はるかに遅れた国家であった[*56]。この状況は、たとえば一五三〇年代にヘンリー八世に宛てたロバート・ソーンの有名な書簡に見いだすことができる。そこでは、インド(セレベスとニューギニアのあいだ)にあるモルッカ諸島(別名スパイス諸島)への北回り航路が進言されている。

さて、それでは、その新しく発見された土地に海路で渡ることができるといたしましたら、北へと航路をとり、北極を通り抜けて、赤道まで降りてゆけば、それらの島々にぶつかることは疑いありません。そして、この航路はスペイン人やポルトガル人のものよりも、遙かに近道です[*57]。

北回航路をとり、北極を通り抜け、東インド諸島に向かう航路をすすめる案は、幸いにも実現しなかったが、しごく真剣なものであった。スペイン、ポルトガルより北に位置するイングランドは、地理的な不利により——また技術的にも遅れていたため——現実の植民地政策においてまったく両国に遅れをとっていた。両国がインド、新世界から大量の利益をあげ始めていることへの焦りをこの手紙から読みとることができるだろう。また、スペイン、ポルトガルとは違う、北よりの航路による植民地への旅は、実際にヘンリー七世のもとで行なわれたことがある。イタリア人探検家ジョン・カボート(一四五〇—一九八)が、イングランド東海岸商人と争っていたブリストル商人の後援を受けて前世紀末に新大陸への北西航路をとり、現在の北アメリカ大陸に到達している。しかしながら、その土地から利益はまったくあがらず、その上、カボート自身の遭難により、植民地計画はとん挫した。[*58]

その北西航路をとりアメリカに向かうものよりも、さらに無謀な北回航路が大まじめに提言された理由のひとつは地図の不備にあるだろう。一六〇〇年代に入るまでの地図はすべて、北アメリカがはっきりと描かれておらず、当初アメリカという名前が当てられたのは、中南米であり、イングランドが、カボートの航海により辿り着いていた現在の北アメリカなど、当時はほとんど存在しないも同然だった。十六世紀において、南米、アジアの主な地点をスペイン、ポルトガルに押さえられたイングランドは、北米、あるいはスペインがすでに行なっていたギニア探検で失敗を続ける。植民が軌道に乗るのは、はるか後の時代であるから、当時、イングランドが植民後進国であったことはまちがいない。一五三〇年代、一五六〇年代においてすら植民後進国であったイングランドは、『ユートピア』が出版された一五一六年の時点では、実質的に、新大陸との直接的な関係などほぼ存在していなかったと言っても過言ではないだろう。

それでは、もっとも早い時期に、アメリカらしき新大陸に言及したモアの場合、植民をどのように表現しているのだろうか。先述したような化け物にあふれた新世界言説を繰り広げていたモアのテクストは、そこから「われわれの都会、部族、民族、王国がその誤りを矯正するために模範たりうるような少なからぬ事例について」の話へと移り、新世界の話はただたんにきっかけにすぎなかったかのように、ユートピアの諸制度の描写へと話は進んでいく。ところが、そこに「植民」という言葉が突如登場する箇所がある。

しかし、もし全島の人口が適量を越えて増加することがあれば、すべての都会から一定の市民たちが選りぬかれ、近隣の大陸で、原住民が可耕地をありあまるほどもってはいるが、農耕はおこなわれていないというようなところに送られ、自分たちの法のもとに植民地をつくります。……彼らの法にしたがって生活することを原住民が拒めば、自分たちで定めた境界線の外に追い出します。抵抗する人々に対しては戦争を行います。なぜならもし、ある民族がその土地を自分で使用せず、(かえって)いわば空漠、空地のままで所有しながらも、自然の掟にしたがって当然そこから生活の糧を得るはずの人々に対してはその使用や所有を禁じるという場合、彼らはそれを戦争の最も正当な理由と考えているからです。[*59]

人口が多くなると他の土地に植民をし、抵抗する原住民を追い払う様子がこの引用では述べられているが、理想国家の描写をする際に、どうしてこのような植民の状況をモアは書かなくてはいけなかったのだろうか。ユートピアでは人口が増えるのを前提としておらず、とりわけ人口増加問題に取り組む必要性がさし迫っていたわけではなく、黒死病による人口減少のほうが深刻な問題ですらあった。[*60]とりわけ描く必要性がないところに、突如として、新世界における植民を思わせる描写が入ってくるのは奇異に感じられる。

しかしながら、この疑問はひとまず保留し、ここでは「耕作されていない」土地を所有する権利が述べられ、植民が正当化されていることを確認しておきたい。植民を正当化する論理はこの一節に見ることができる。しかし、このような正当化がなされる一方で、植民地主義的な言説と対立すると考えられる描写も『ユートピア』の中に存在している。それは新世界やユートピアではなく、ヨーロッパ内部を語る際に登場する、イングランドにとっては一五一二年までの戦争の相手であるフランスのヨーロッパでの脅威を語る一節である。

そこで熱心に討議されているのは、どういう手段策謀を用いたらミラノを維持し、離反絶えざるナポリをひきつけ、そこからヴェネツィア人の支配権を覆し全イタリアを征服できるか、さらにフランダース人、ブラバント人、最後に全ブルゴーニュを、また王の心の中ではその領土をとっくに侵略ずみのほかの諸民族を、いかにしたら実際にフランス王の支配下におくことができるか、ということです。……アラゴン王と和を結び、いわばその保証として他人の王国であるナヴァラ王国を与えてはどうかと言い、そのあいだに別のひとりは、政策結婚による同盟の希望があるようにみせかけてカスティリアの君主をひき寄せ、彼の宮廷の何人かの貴族に一定の年金をやってフランス王の側にひきずりこむべきだと意見しますが、そのあいだに問題中の大問題がでてきます。一方でこういうことをしている間にイギリスをどうしたらよいかという問題です。……イギリス人を友邦人と呼ぶことは呼ぶが、同時に敵として警戒すべきであるから、イギリス人が少しでも動いたらすぐにとびだせるようにと、スコットランド人をあらゆる機会にそなえて要所に配置しておかねばならない……。[*61]

このような領土拡張の野望に燃えるフランス王の姿勢を批判して、「そもそも王はほかの国々の併合などを考えなさるべきではないのだから自領にひっこんでおられるのがよい」という考えをヒスロダエウスは述べる[*62]。そして、実例として、二カ国を支配しようとしたが失敗に終わるアコール王国の挿話、続いて、備蓄を最低限度に制限することによって軍事費を削減することにより、侵略を行なわないための防波堤とするマカレンス人の挿話、そして、貢ぎ物をペルシャに献上することにより、固く国境を閉ざし、安定した国を築いたポリレロス王国の挿話という三つの挿話が続けざまに語られる[*63]。その結果、結局、ヒスロダエウスによって、領土拡大という欲望のむなしさが説かれることになり、間接的に、新世界への植民の正当化に対する疑問が提示される。植民地主義的な言説では、空白地に植民することの正当性が挙げられていたが、実際のヨーロッパ、イングランドには、そしてもちろん新大陸にも空白の土地などないことは明らかである。このような『ユートピア』における、植民地言説をめぐる相矛盾した方向性を考察する場合、ナップのように、スペインに遅れをとったイングランドの夢物語ととるべきなのだろうか[*64]。すなわち、満たされない状態を文学的に表象することで昇華する表現として。

(三)新世界と旧世界の狭間に

しかしながら、たしかにこのような箇所は植民地言説への批判のように見えるかもしれないが、植民地言説がモアの場合、プレスター・ジョン伝説と軌を一にする中世的なものと現実的なものとの混合物であることを考えると、直接的に植民地言説批判として読むことは難しい。たしかに、ナップによる、〈空白〉によってしか表わせない植民地という分析は間接的な植民地主義言説を扱える点で有効であるが、この挿話はさらに別の要素と絡み合っていることにも留意すべきであろう。すなわち、このような拡大主義的欲望に対する批判は、植民地批判へと収斂することはなく、別の歴史的な事象へと結びつけられるのだ。それが、以下に引く、マルクスが引用したことで有名なエンクロージャー批判の箇所である。[*65]

羊は非常におとなしく、また非常に小食だということになっておりますが、今や「聞くところによると」大食で乱暴になり始め、人間さえも食らい、畑、住居、町を荒廃、破壊するほどです。……つまり残る耕作地は皆無にし、すべてを牧草地として囲い込み、住家をこわし、町を破壊し、羊小屋にする教会だけしか残しません、さらに大庭園や猟場をつくるだけではあなたがたの国土がまだ痛み足りなかったかのように、こういうえらいかたがたはすべての宅地と耕地を荒野にしてしまいます。[*66]

つまり、さまざまな架空の挿話を例示して行なってきた領土拡大主義批判は、イングランドにおけるエンクロージャー運動という、羊毛産業を背景とした大地主による保有地の拡大化に対する批判を背景に語られているのだ。この引用は、当時のヨーロッパにおける拡大主義的な欲望に基づく混乱状況を述べた直後に現われているのだが、批判の根拠は「耕作地を荒野にしてしまうこと」となっている。ここで私たちは、その「すべての宅地と耕地を荒野にしてしまう」罪悪を逆転させたのが、植民地主義を正当化するために用いられていた〈誰も住んでいない土地に植民しても問題はない〉という論理であることに気づかされる。このように考えてみると、植民、新世界という言説は、ナップの言うように〈空白〉とはなっているのだが、その前にもうひとつ段階を踏んでいることがわかる。つまり、植民地が空白なのではなく、エンクロージャーが植民地主義的な言説へとずらされて、そののちに、空洞化されていくという手順を踏んでいるのだ。そうすると、ナップのように植民地主義とテクストの〈空白〉を直接的に結びつけることは難しいのではないだろうか。

さらに、この有名な一節に〈欠けている〉視角にも注目する必要がある。たしかに、一見すると、エンクロージャーと中世的な農業体制の崩壊とを結びつけた経済的分析をしているかに見えるこのエンクロージャー批判では、「えらいかたがた」というかたちで語られる金持ち、つまり土地所有者や貴族と農民の対立しか描かれていない。しかしながら、エンクロージャーにおいては、この二項だけではなく、〈商業〉という要素が当然絡んでいるはずだが、それについての言及はない。この商業という、『ユートピア』においてエンクロージャーの描写から抜け落ちている要素、テクストに描かれていないものに注意を向ける必要があるだろう。[*67] というのも、このエンクロージャー批判の言説をもとに、その後の〈拡大主義批判〉は主張されており、この背後にある関係図を明かすことで、ナップによる植民地言説をめぐる矛盾の分析に欠けているものが明らかになるからだ。そして、『ユートピア』全体に流れているこのテクストの〈空白〉を埋める鍵は、私たちが冒頭で見た一節へとつながることとなる。

『ユートピア』という物語のきっかけは、冒頭で見たように、モアがイングランドと低地地方の貿易の交渉に訪れたことである。そして、交渉の最重要課題のひとつこそが、羊毛貿易に関する事柄であった。羊毛織物貿易がイングランド国内でのエンクロージャーに結びついていることは言うまでもない。羊毛を原料として低地地方へと輸出し、そこで加工された製品が、ヨーロッパのみならず、新世界にも流通する。新世界での羊毛製品の需要が増えて生地を生産するための大量の羊毛が必要となった結果、農地の囲い込みが起こる一因となる。こうしてみると、冒頭の一節は『ユートピア』の底流に流れている、歴史的な諸断片をつなぎ合わせるきっかけを与えてくれる。つまり、新大陸、植民地主義、拡大主義批判をめぐる矛盾と空白は、イングランドと低地地方の貿易問題によって結び合わされるのだ。

イングランドと低地地方とのあいだで問題になっていたのは、国と国（地方）の政治的問題の他にそこで実際に貿易を行なう商人たちの問題でもあった。一五〇七年、ヘンリー七世は、低地地方の執政官サヴォイ公爵夫人（一四八〇—一五三〇）との交渉を行なっているが、この際にも、とりわけ両国の商人同士の不和が問題となっている。[*68]

一五〇七年　サヴォイ公爵夫人のマーガレットは、父であるマクシミリアン皇帝の命により、低地地方を統治することとなった。ブリュッセルに到着すると、両国の商人たちのあいだの前条約による不和が収まるように、ヘンリーと暫定商業条約を結んだ。[*69]

両国家の商人の不和を収めるために、国家同士が条約を結んでいることがこの引用からわかる。また、次の引用でも、国際関係と商人の問題が密接に絡み合っていることが示される。

一四九二年　ヘンリーは、議会において双方の委員によって取り決められた、フランス王との和平条約を提起した。彼らはそれを大いに是認し、他のいろいろな理由の中からも、和平がイングランドの国家とフランダース地方との商業を安定させるとの理由を挙げた[*70]。

宿敵フランスとの戦争すら、低地地方の貿易を考えながら行なう必要性があったことがこの引用から明らかとなる。ここでは、マクシミリアン一世の要請を受けて一四九一年より対仏戦争に参戦していたイングランドがフランスとの和平を結ぶ理由として、低地地方の貿易を安定させることの必要性が挙げられているのだ[*71]。このように、低地地方を考える際には、政治と商業の問題が切り離せないが、さらにこの時期の商業(貿易)を考える際に、商人とそれを支配しようとする為政者とのあいだで摩擦が生じていたことも見逃すことはできない。ハンザ同盟の例を挙げるまでもなく商人は中世末期より強大な力をもちつつあり[*72]、たとえば、中世以来の首都ブルージュから新しいアントワープに低地地方の中心が移動した理由のひとつも、為政者と都市商人との対立であった。また、ブルゴーニュ公国の最後の大公、シャルル突進公が戦死したのち、その妻の父親であるマクシミリアン一世が低地地方の支配に乗り出すが、旧来の都市の住人はこの新しい支配者には断固として抵抗をしたため、マクシミリアン一世は新しい都市へと国家の中心地を移すことで対抗する[*73]。あるいは、もう少し時代を下ると、強大な力を有しつつあった商人階級が政治の舞台でも台頭してきて、たとえば、為政者と協力関係にある場合は、シャルルすなわちカール五世を皇帝へと即位させるためにフッガー家が暗躍することになる。

（四）国家と国家の狭間に

商人の問題は単純に国内の政治問題や金銭問題にとどまることはない。商人と国家がどのような関係をとり結ぶかということが当時重要な問題であり、さらには国籍にとらわれない商人が国際問題となっていた。ヘンリー七世とサヴォイ公爵夫人との交渉では、その点が明らかとなっている。

> 外国人居住者となった異邦人は、以前と同様に関税を払わなくてはならない。＊
>
> ＊この法律の方針は明らかである。すなわち、異邦人が、関税を払わなくてもすむためだけに、外国人居住者となるのを防ぐためである。[*74]

他国に移住することにより輸入にまつわる関税がかからなくなる特権を濫用する商人の存在がこの当時、両国間において問題となっており、これらの商人から税金を徴収するシステムを構築する必要に迫られていた。これによって、明確な国籍という概念は存在していないものの、一般の国民のあいだにも漠然とした自国／他国という意識が生じ始め、その結果、外国人によって生活を圧迫されることにより、排他的な愛国主義が発現するようになる。このような外国人労働者や外国人商人の問題は、まさに『ユートピア』出版の翌年、一五一七年にロンドンで起きた暴動にそのひとつの兆候を見ることができるだろう。この事件を題材として描かれた戯曲、『サー・トマス・モア』〔*Sir Thomas More*〕の中には次のような一節がある。

この都市のご立派な旦那方やご主人様たち、皆さん、あなた様方の隣人である貧乏人たちに哀れみをかけてください、そしてひどい傷、損失、障害についてお考え下さい。それらは王様の臣下全員に、この都市の中や郊外に住んでいる者たちに、手ひどい貧困をもたらしております。と申しますのも、あの異国人や外国人どもが、父無子からパンを奪い取ってむさぼり、そして職人たちから住まいを奪い取って、商人たちみんなから商売を奪ってしまっているのです。そのため、貧困が蔓延し、みんなが、たがいの悲惨さを嘆いております。熟練工すら乞食に、商人ですら貧乏人になってしまっているのです。[*75]

説教壇から語りかけるためにロンドン市民によって起草されたこの一節の外国人への痛烈な批判には、明らかに国家というものへの意識の萌芽を見て取ることができるだろう。この劇では、このあと、ロンドン市民による外国人排斥を求める暴動が起こり、それに理解を示しつつも、問題を国王への服従へとずらし、市民を納得させるのがまさにトマス・モアに与えられた役割である。

このように、この時期、国境を越えた商人の資本が増加した結果、国家はそれまでの商業との関係を改め、国家による経済の統制を目指しつつあった。[*76]その結果、たとえば、先述したような為政者と商人との摩擦も生じるようになり、国の領域を飛び越えた商人の国際資本が発生することで、国家は商業との関係を新たに結ぶ必要に迫られていた。そして、さらに、この商業の状況は大航海時代の結果発見された新大陸によって、なお一層大規模な変化を被る。イスラム商人との通商のために東からの入り口として栄えたイタリア都市国家は、海洋貿易へと重点が移り、また、新たな資金源であるとともに市場ともなる新大陸が発見されることによって、スペイン・ポルトガル、のちに、オランダ・イングランドへとその地位を譲ることとなる。[*77]流通経路の変化にともない、イタリア都市国家が弱体化するにつれて（もちろん、フィレンツェのようにまだまだ力を保つ都市もあるが）、政治的・文化的な中心地も徐々に他の場所へと移行する。すると、『ユートピア』冒頭に描かれる、一五一五年という年を背景としたヘンリー八世とシャルルとの交渉は、ヨーロッパに一大勢力を確立しつつあったハプスブルク家とイングランド、さらに後のイングランドとオランダという勢力の交渉の場でもあったことになる。この時期、新大陸の発見にともなって商業体系が変化することとなり、それにともなって国家意識の形成が促進され、結果として、、ヨーロッパに新たな時代がもたらされることとなる。

このような認識をもって、商人という観点から、もう一度『ユートピア』冒頭の一節を見直してみると、一見すると国家あるいは地域における政治的レベルの出来事に思われていた一節に、商業的な要素が驚くほど含まれていたことがわかる。この一節では、モアは「交渉委員として、抜群の人物カスバート・タンスタルの同伴、同僚として」この交渉に同行したと曖昧に書いてあるが、実際のところ彼は、ロンドン・シティの代表としてこの交渉に随行していたのである。ロンドンのマーサーズ・カンパニー付の弁護人をしていたモアは、父親の代からロンドンの商人階級と密接な結びつきがあった。[*78]そして、『ユートピア』という物語はまさに貿易のための交渉から始まっていた。しかしながら、これだけ商業を指し示す要素を含んでいるテクストに「商人」[*negotiator*]という言葉は、一度しか登場しない。それが次の箇所である。

それ以上に激しい敵愾心に燃えて宣戦の決定をくだすのは、友邦の商人がどこかの民族のところで、悪法のこじつけや善法の曲解によって、正義の仮面のもとに不正な弾劾を受ける場合です。[*79]

この一節では「友邦の」ということになっているが、「自国の商人が他国で弾圧されること」あるいはその逆に「他国の商人が自国で勝手に利益をむさぼること」こそが、当時問題になっていたことは、これまで見てきたとおりだ。しかしながら、この箇所が他のユートピアの制度の描写と直接的に結びつくことはない。というのも、ユートピア国内は貨幣を廃しており、あらゆるものに関する徹底した共有財産制で国家成り立っているからである。グリーンブラットはそこに自己消去の過程を見ていたが、この特徴を歴史に接続する前にもう一段階が必要ではないだろうか。つまり、商人の存在を不要にするという内容的な意味が。ここにきてやっと、「なぜ、商人は描かれることはなかったのだろう」という最初に保留した疑問に戻ることができる。

まず、これまで述べてきた歴史的な状況と『ユートピア』との関連を整理してみたい。当時のイングランドを取り囲んでいたヨーロッパの国際関係において、イングランドと低地地方とのつながりは大きな意味をもっていた。初期近代におけるこの両地方の関係は、主に羊毛貿易というかたちで表現されることが多いのだが、『ユートピア』では羊に関する話題が第一巻において現われているにもかかわらず、それがイングランドとヨーロッパとの関係でとらえられることはない。存在すべき関連性を語る箇所の〈欠如〉は、ただたんに、著者の不注意として片づけることはできないだろう。そして、ほぼ忠実に同時代のヨーロッパ、イングランドを描いた第一巻と異なり、架空の理想国家像を描いた第二巻になると、さらにこの商人の〈不在〉は顕著になる。これまでもしばしば指摘されてきたように、ユートピアは、閉鎖的で、内部充足した農業国家であり、貨幣を拒絶した共有財産制というシステムにより、商業的な話題は不必要となる。しかしながら、これまで見てきたように、『ユートピア』には商業的なことを描くべき歴史的状況があったことはまちがいない。こうしてみると、これほどにまで商業的な要素に囲まれた誕生の経緯をもっているテクストから商業的要素が欠落しているのは奇異に感じられてくる。この不在の意味を解読する鍵となるのが、ナップも考えていた〈不在という形式の意味〉である。

〈不在〉はどのような〈構造〉の中で生じたものなのだろうか。ナップの言うような植民の遅れという歴史にこの〈商業の不在〉は直接的に還元できない。というのも、『ユートピア』における植民地表象はナップが考えているよりも間接的であり、複雑であるからだ。この〈商業の不在〉はユートピアという国家制度を扱うジャンルにおける構造的な欠如と考え、それから、歴史に接続するほうが適切だろう。これまで見てきたように、初期近代における新しい型の国家群は、国家間を自由に通行していた商業資本の問題とぶつかり合うことになった。しかし、商人を組み込みつつ、国家の問題を解決する思考法は当時まだ存在していなかったし、そこに未来を先取りして、理想的な国家と商人の関係を提示することは、モアにも不可能であった[*80]。しかし、不可能ではありながらも、国家と商業の問題が重要な問題であったことはおぼろげながら認識されはじめていたため、国家について何らかの物語を書く際には、必然的に商業的要素が侵入してくる。しかし、国家的な要素に馴染まない商業的要素を残すとユートピアとしての物語が破綻するために、注意深くその要素は削られていく。本論が行なってきた作業とは、その削られた痕跡に、モアが行なった作業の〈過程〉を見ることであった。モアによってなされたことは、国家を商業的要素とは、一見無関係なかたちで想像することであった。

具体的には、モアによる作業とは次のようなものである。この時代、理想的な国家を語るためには商業の問題は不可欠でありながらも、両者を和解させることは不可能であった。その結果、『ユートピア』からは、イングランドにおける商人的な要素が消し去られ、冒険商人組合に代表されるような、国家の統制を受けづらい集団はユートピアには存在しなくなる。在外商人への課税の問題が深刻な政治問題であり、また、外国人商人のロンドン在住の問題も大きくなるにもかかわらず、『ユートピア』で、この問題に触れている箇所が存在していないのは、国家と商業の理想的関係がいまだ思考不可能だからである。商業的要素がユートピアから消されるのにともなって消えるのは、当時のイングランドにとっては最大の商業取引相手、低地地方の表象であった。イングランドは、スペイン、ポルトガルによる新大陸とアジアからの香辛料貿易の中継地点としての低地地方を大陸の生命線としながらも、それについて詳しい情報を書くと、それを国家的な話題として表象するための言説がいまだ成立していなかったために、理想国家の物語は壊れてしまう。そのために、商業的要素は消される。本来であれば商業が入るべきところに生じた空白地帯こそ、『ユートピア』における〈地政学的な無意識〉なのだ。物語を新大陸の表象の中で書きながらも、『ユートピア』からはイングランドの表象が消えることはない。読者は一方では未知の大陸へ夢を馳せながらも、同時にイングランドの現状を想起し、イングランドが置かれている現状の限界点を発見しそうになる。それゆえ、『ユートピア』はもう一度、新大陸に目を向けるようにと読者を誘う。これこそが、最初に保留した、シャルルと低地地方とのつながりが語られない理由なのだ。

＊

トマス・モアという、商人階級でありつつ、国の治世にも関係する役職につくこととなる、低地地方の人文主義者との密接なつながりをもち、イタリア・ルネサンスの残滓を受け取り、厳格なカトリックでありながらも、常に笑いを求めていたヒューマニストを取り巻いた、イングランド、アメリカ、ヨーロッパ、低地地方の歴史は、さまざまな内容レベルで複雑に絡み合い、その絡み合い方がひとつの模様を描き出す。それは、初期近代ヨーロッパの誕生の中で芽生えつつあった、商業的要素を解決できないままの国民国家の言説の萌芽なのだ。最終的には、『ユートピア』に垣間見られるのは、新大陸の発見によりもたらされる旧世界の商業的な要素の再編への意識、より限定するなら低地地方との商業をめぐるイングランドの新しい国家言説の模索ということになる。ユートピアは商業的な要素、商人的な要素、冒険商人組合に代表されるような国家の統制を受けがたい集団を空白にすることによって、かろうじて成立できる国家なのだ。そして、その矛盾は歴史的経過とともに表面化することとなる。このモアの思考不可能性な審級こそが、グローバルな商業資本の誕生した世界であり、フッガー家によってカールが皇帝となり、そのフッガー家が新世界の銀の流入により滅び、それが遠因となりカール五世の支配が弱まるように、商業資本と連動した新たな秩序体系が進行していく時代の始まりであった。

そして、ヨーロッパ政治関係の変動は人文主義者のネットワーク自体も変貌させてしまう。有能な官僚として国家システムに組み込まれた人文主義者は、モアの『ユートピア』に付随する書簡の時に可能であった、国籍を問わずに協力関係を結ぶことができなくなり、土着化していくことになる。[*81]そして、ユートピアと大陸のあいだには溝が掘られる。ユートピアは大陸からユートパス王の奇跡的な事業により切り離されることで島国となる。その対岸は低地地方である。そして、ロンドンの商人階級の代理であり、王の使節の一行であり、低地地方の人文主義者と密接なつながりをもっていた一人の人物の想像力が再現＝表象《リプリゼント》するのは、単純な記録としての歴史でもなく、たんに純粋な想像力の戯れでもなく、商業的要素と国家の問題を背景とした、イングランドと低地地方の歴史と物語の相互作用の構造であった。その結果、地政学的ユートピアが誕生する。

終わりに

今こそ、新歴史主義批評によってもたらされたものを再評価しよう。文学テクストを歴史の中に〈開く〉ことによって示される未来が文化研究である。近年、文化研究という言葉を多くのところで耳にする機会があるが、〈文学〉研究と〈文化〉研究との関わり方についての検討はいまだ十分に行なわれていない。新歴史主義を経た現在の（文学）研究において、私たちはその答えを与えられてはいないだろうか。歴史と文学が相補的に当時の諸言説の中で布置されていることを認識し、学際的にテクストを読むことこそが文化研究としての文学研究の第一歩となる。さらに、歴史と文学という両者のあいだにはさまざまな因果関係は存在しているが、機械論的な因果律や表出型の因果律にとどまることなく、構造因果律を思考することが必要だろう。やみくもに歴史資料を読むのでは（文学）研究者としての長所を失ってしまうことにしかならず、たんにそれまでに言及されてこなかった歴史を発見すること自体に意味を見いだすことにしかならない。あるいは、そのような作業を放棄して、テクスト読解の重要性ばかりを主張しても、それはニュークリティシズム的な方向性に戻るだけでしかない。

〈文化の修辞的な読み〉こそが文学側からの文化読解への道となる。今後、さらに学際化がすすむときに、他の学科と共同作業が必要になることは疑いないが[*83]、文学研究からは何が提供できるかを考え、いたずらに文学を捨て去る必要はないだろう。つまり、過度に歴史を重視することで、細かな歴史的断片の積み重ねの作業に終始することもなく、開き直ってテクスト至上主義に回帰することもなく、あるいは、強引な時代精神的思考法に逆戻りをすることもなく、かといって理論のみを偏重するのでもなく、歴史とテクストの相関関係、テクスト化の過程を探ることを役割とした文学研究を行なうことによって文化研究としての文学研究が成立するだろう。少なくとも、新歴史主義の軌跡からはそのような方向性が予測可能であったし、また、その軌跡をどこまでも走り続けることによって初めて、新歴史主義からの逃走線が引かれるのかもしれない。

註

序

（1）本論は一九九八年に山形大学で開催された東北英文学会第五十三回大会のシンポジアム「文学批評と歴史」における口頭発表および発表の準備段階での資料に、大幅な加筆、訂正を加えたものである。発表前の準備段階あるいは終了後の議論で、他の発表者からは多くの示唆をいただいた。発表の成果の一部は「イングランドと低地地方——『ユートピア』の地政学に向けて」『防衛大学校紀要』人文科学分冊第七九輯（一九九九）六五—七九に発表している。

（2）*Renaissance Self-Fashioning: From More to Shakespeare* (Chicago: U of Chicago P, 1980)〔高田茂樹訳『ルネサンスの自己成型』（みすず書房、一九九二年）〕。引用は訳書により、頁数を括弧で示す。

（3）Wylie Sypher, *Four Stages of Renaissance Style: Transformations in Art and Literature, 1400-1700* (New York: Doubleday, 1955)〔河村錠一郎訳『ルネサンス様式の四段階——1400年～1700年における文学・美術の変貌』（河出書房新書、一九八七年）〕を参照のこと。

（4）E. M. W. Tillyard, *Elizabethan World Picture* (London: Chatto, 1943)〔磯田光一訳『エリザベス時代の世界像』（研究社、一九六三年）〕を参照のこと。

（5）その成果の一部については、A. O. Lovejoy, *The Great Chain of Being: A Study of History of an Idea* (Cambridge, Mass.: Harvard UP, 1950)〔内藤健二訳『存在の大いなる連鎖』（晶文全書、一九七五年）〕が挙げられる。その「訳者あとがき」には、「観念の歴史」学派の先見的な「学際的」性格が指摘されている。

（6）もちろん、このような「作者の死」はニュークリティシズムによって以前より主張されてきたことである。作者の独自性に対する無批判な信頼に対する理論的な批判については、Michel Foucault "What is an Author," in Paul Rabinow, ed., *The Foucault Reader* (New York: Pantheon, 1984) 101-20 を参照のこと。

（7）ながらく親しんできた〈ルネサンス〉という言葉すら現在では、中世を暗黒時代として見ることに基づいているなどの理由からあまり使われなくなりつつあり、代わって、〈初期近代〉[Early Modern]という言葉が用いられるようになってきていることにもその一端がうかがえるだろう。

(8) もはや古典となりつつあるが、Hayden V. White, *Metahistory: The Historical Imagination in Nineteenth-Century Europe* (Baltimore: Johns Hopkins UP, 1973)および、その主張をより鮮明化した、Dominick LaCapra, *History & Criticism* (Cornell: Cornell UP, 1985) [前川裕訳『歴史と批評』(平凡社、一九八九年)]、とりわけ第一章を参照されたい。

(9) 筆者は同様の新歴史主義の理論的な軌跡と課題を、スペンサーの『妖精の女王』をめぐる新歴史主義的な研究に関して行なったことがある。「文化の詩学／文化研究——『妖精の女王』における新歴史主義批評の展開——」『防衛大学校紀要』人文科学分冊第七八輯(一九九九)一六五―八一。

一

(10) 『ユートピア』の多種多様な解釈について、そのすべてを列挙することはできないが、代表的な解釈としては、時代精神的な考え方に基づく、〈中世的〉対〈近代的〉という対立がある。詳細な解釈リストについては、Alistair Fox, *Thomas More: History and Providence* (New Haven: Yale UP, 1983) 50を参照されたい。

(11) 当時の文学作品に見られる〈アナモルフォーズ〉的な性質については、蒲池美鶴『シェイクスピアのアナモルフォーズ』(研究社、二〇〇〇年)が詳しい分析を行なっている。

(12) Michel Foucault, *The Order of Things: An Archaeology of the Human Sciences* (New York: Vintage, 1970)[渡辺一民、佐々木明訳『言葉と物』(新潮社、一九七四年)]の第一章を参照されたい。

(13) ホルバインによるモア一家の肖像画に関しては、Louis L. Martz, *Thomas More: The Search for the Inner Man* (New Haven: Yale UP, 1990) 3-27を参照されたい。

(14) この不可視の監視システムという発想自体はフーコーの『監獄の誕生』で分析されている監視システムから発想を得たものであることは想像に難くない。Michel Foucault, *Discipline and Punish: The Birth of the*

Prison (New York: Vintage, 1979)〔田村俶訳『監獄の誕生——監視と処罰』(新潮社、一九七七年)〕、とりわけ200-2に〈パノプティコン〉の具体的な説明が書いてある。しかしながら、フーコーのモデルが十八世紀のベンサム的システムにおけるものであったのに対して、グリーンブラットは時代を二世紀近く遡り、十六世紀初頭にそのようなシステムを読み込むことで、フーコーの修正を行なう。

(15) Louis Montrose, "Professing the Renaissance: The Poetics and Politics of Culture," in H. Aram Veeser, ed., *The New Historicism* (New York: Routledge, 1989) 20〔伊藤詔子、中村裕英、稲田勝彦、要田圭治訳『ニューヒストリズム』(英潮社、一九九二年)三五、三六〕。

(16) Frank Lentricchia, "Foucault's Legacy——A New Historicism?," in *The New Historicism*, 241-42〔『ニューヒストリズム』三三九〕。新歴史主義に対する批判としては、Brook Thomas, *The New Historicism and Other Old-Fashioned Topics* (Princeton: Princeton UP, 1991)も参照されたい。

(17) 『ルネサンスの自己成型』の「後記」でグリーンブラットが「自分が己れのアイデンティティの主たる作り手であるという幻想を維持することへの、私のやみがたい必要を証言しておきたいからである」(三三九)と述べるとき、幻想の維持に自己の基盤を置く彼の立場が端的に表われているだろう。

(18) Louis Montrose, "The Works of Gender in the Discourse of Discovery," in Stephen Greenblatt, ed., *New World Encounters* (Berkeley: U of California P, 1993) 177-78.

(19) グリーンブラットはたとえば"Invisible Bullets"という優れて理論的な論攷を含む、*Shakespearean Negotiations: The Circulation of Social Energy in Renaissance England* (Berkeley: U of California P, 1988)〔酒井正志訳『シェイクスピアにおける交渉』(法政大学出版局、一九九五年)〕では、より交渉の過程に重点を置いた研究を行っている。一方、*Marvelous Possessions: The Wonder of the New World* (Oxford: Clarendon P, 1991)〔荒木正純訳『驚異と占有』(みすず書房、一九九四年)〕では、断片的な記録と物語化作用という歴史への方向性も維持している。

(20) Jeffrey Knapp, *The Empire Nowhere: England, America, and Literature from* Utopia *to* The Tempest (Berkeley: U of California P, 1992) 18-61.

(21) Knapp 4.

(22) Knapp 36.

(23) このような〈不在〉の意味を論じた優れた研究としてはこのほかに、The New Historicism: Studies in Cultural Poeticsと題された同じシリーズに含まれる、Catherine Gallagher, *Nobody's Story: The Vanishing Acts of Women Writers in the Marketplace 1670-1820* (Berkeley: U of California P, 1994)が挙げられるだろう。

(24) Fredric Jameson, *The Political Unconscious: Narrative as a Socially Symbolic Act* (Ithaca: Cornell UP, 1981)[大橋洋一、木村茂雄、太田耕人訳『政治的無意識——社会的象徴行為としての物語』(平凡社、一九八九年)]。引用は訳書により、頁数を括弧で示す。

(25) 『政治的無意識』一八—一二四。

(26) この意味では、ジェイムソンの理論はフォルマリズムを踏まえたものであり、その結果、〈内容的に多様性がある〉との指摘に終わりがちな批評とは一線を画すことに成功している。フォルマリズムに対するジェイムソンの立場については、Fredric Jameson, *Marxism and Form* (Princeton: Princeton UP, 1971)[荒川幾男、今村仁司、飯田年穂訳『弁証法的批評の冒険』(晶文社、一九八〇年)]を参照されたい。

(27) Fredric Jameson, "Of Islands and Trenches: Neutralization and the Production of Utopian Discourse," in *The Ideologies of Theory: Essays 1971-1986, vol. 2: The Syntax of History* (London: Routledge, 1988) 75-102を参照のこと。

(28) Louis Marin, *Utopics: The Semiological Play of Textual Spaces*, trans., Robert A. Vollrath (Atlantic Highlands, NJ: Humanities P, 1984)[梶野吉郎訳『ユートピア的なもの』(法政大学出版局、一九九五年)]を参照されたい。マランの優れた記号論的分析に基づく、ユートピア国内における矛盾の指摘は、グリーンブラット、ジェイムソン両者ともその『ユートピア』論の基盤にしている。また、のちにマランは"Frontiers of Utopia: Past and Present," *Critical Inquiry* 19 (Winter 1993): 397-420において、この両者に対する回答とも言える『ユートピア』論を発表している。

(29) もちろん一方では、現在の驚異的なテクストの電子化時代においては、日本という地理的「辺境」にいることによって制限されてきた一次資料の読解が、比較的たやすくなってきたことを重視して、多様な一次資料にあたることをその研究の中心に置くという選択肢もありうるだろう。

(30) Gearóid Ó. Tuathail, Simon Dalby and Paul Routledge, eds., *The Geopolitical Reader* (London: Routledge, 1998) 1.

(31) Immanuel Wallerstein, *The Modern World-System: Capitalist Agriculture and the Origins of the European World-Economy in the Sixteenth Century* (New York: Academic P, 1974)〔川北稔訳『近代世界システムI』(岩波書店、一九八一年)〕を参照のこと。

(32) 実際にジェイムソンは具体的なテクスト分析ではないが、*The Geopolitical Aesthetic: Cinema and Space in the World System* (London: BFI P, 1995) のIntroduction; Fredric Jameson and Masao Miyoshi, eds., *The Cultures of Globalization* (Durham: Duke UP, 1998)の中で頻繁にこの地政学という概念を強調している。

(33) 地政文化的[geo-cultural]という用語に関しては、Immanuel Wallerstein, *Geopolitics and Geoculture: Essays on the Changing World-System* (Cambridge: Cambridge UP, 1991)を参照されたい。

二

(34) Thomas More, *Utopia* (New Haven: Yale UP, 1964)〔澤田昭夫訳『改訂版ユートピア』(中央公論社、一九九三年)五五〕。

(35) 当時のアラゴン、カスティリィアの状況に関しては、T. A. Morris, *Europe and England in the Sixteenth Century* (London: Routledge, 1998) 101-23を参照されたい。また、当時のヨーロッパの国家関係については、Garrett Mattingly, *Renaissance Diplomacy* (New York: Dover Publications, 1988) 105-14に簡潔にまとめられている。

(36) この結婚がもっていた国際関係上の意味に関しては、Robert Lacey, *The Life and Times of Henry VIII* (London: Weidenfeld and Nicolson, 1972) 12-37を参照のこと。

(37) シャルルの低地地方の権利継承に関しては、Wim Blockmans and Walter Prevenier, *The Promised Lands: The Low Countries Under Burgundian Rule, 1369-1530* (Philadelphia: U of Pennsylvania P, 1988) 206-34を参照されたい。また、ブルゴーニュ公国の実質上の滅亡の経緯については、ジョゼフ・カルメット著、田辺保訳『ブルゴーニュ公国の大公たち』(国書刊行会、二〇〇〇年)四一一—二五を参照されたい。

(38) カール五世のヨーロッパにおける勢力については、Morris 205-23を参照されたい。

(39) 歴史主義的な研究の始祖としてこの二人が挙げている成果については多言を要しないだろう。ヨハン・ホイジンガ著、兼岩正夫、里見元一郎訳『中世の秋』(創文社、一九五八年)、ヤーコプ・ブルクハルト著、柴田治三郎訳『イタリア・ルネサンスの文化』(中央公論社、一九六六年)を参照のこと。

(40) ルイ十一世が支配するフランスの領土拡大政策は、国際関係に重大な変化をもたらした。彼によるイタリア侵攻を、ヨーロッパの新しい時代の幕開けと認識している歴史家は多い。この時期の国家間の戦争一覧については、J. R. Hale, *War and Society in Renaissance Europe, 1450-1620* (Baltimore: Johns Hopkins UP, 1985) 13-45を参照されたい。

(41) 中世からのイングランドと低地地方の貿易については、Caroline Barron and Nigel Saul eds., *England and the Low Countries in the Late Middle Ages* (Thrupp: Sutton P, 1995) 1-28を参照されたい。また、当時のイングランドの貿易を取り巻く状況については、Richard Britnell, *The Closing of the Middle Ages?: England, 1471-1529* (Oxford: Blackwell, 1997) 228-47を参照されたい。

(42) 当時の低地地方の政治的な混乱状況に関しては、Blockmans and Prevenier 174-205を参照のこと。

(43) John Smith, *Chronicon Rusticum-Commerciale; or Memoirs of Wool* (London, 1747) 73.

(44) Smith 74.

(45) Edward Surtz, "ST. Thomas More and his Utopian Embassy of 1515," *The Catholic Historical Review* 16.1 (1930): 273-74では、この条約についての詳しい歴史的研究が行なわれている。

(46) Smith 76.
(47) Francis Bacon, *The History of the Reign of King Henry VII*, ed., Brian Vickers (Cambridge: Cambridge, UP, 1998) 188-92.
(48) Surtz 275-77.
(49) 十六世紀初頭のイングランドのヨーロッパ内での軍事的力に関しては、Karen A. Rasler & William R. Thompson, *The Great Powers and Global Struggle 1490-1990* (Lexington: UP of Kentucky, 1994) 1-37および、George Modelski & William R. Thompson, *Seapower in Global Politics, 1494-1993* (Seattle: U of Washington P, 1988) 151-85を参照されたい。
(50) 『改訂版ユートピア』五九。
(51) このパンフレットと『ユートピア』執筆との関係については、*Utopia*のxxx-xxxiiを参照されたい。少なくともこの報告をモアが読んでいたことはまちがいないようである。
(52) アメリーゴの航海の位置づけについては、Ann Fitzpatrick Alper, *Forgotten Voyager: The Story of Amerigo Vespucci* (Minneapolis: Carolrhoda, 1991)を参照されたい。
(53) アメリゴ・ヴェスプッチ「四回の航海」『大航海旅行記叢書I』(岩波書店、一九六五年)三一五。
(54) 『改訂版ユートピア』六一。
(55) 『改訂版ユートピア』六二。
(56) 当時のイングランドの植民の記録としては、Michael Zuckerman, "Identity in British America: Unease in Eden," in Nicholas Canny & Anthony Pagden eds., *Colonial Identity in the Atlantic World, 1500-1800* (Princeton: Princeton UP, 1987) 115-57を参照されたい。また、当時の地図と世界観については、Walter D. Magnolo, *The Darker Side of the Renaissance: Literacy, Territoriality, & Colonization* (Ann Arbor: U of Michigan P, 1995) chap.5, 6を参照のこと。
(57) Richard Hakluyt, *Voyages and Discoveries* (Harmondsworth: Penguin, 1972) 50-51.
(58) ジョン・カボート親子による北方航路、およびブリストルの当時のイングランド経済における役割については、David Harris Sacks, *The Widening Gate: Bristol and the Atlantic Economy, 1450-1700* (Berkeley: U of California P, 1991) 23-38を参照されたい。

(59) 『改訂版ユートピア』一四三。

(60) 『改訂版ユートピア』一四三―四四。

(61) 『改訂版ユートピア』九五―九七。

(62) 『改訂版ユートピア』九七。

(63) 『改訂版ユートピア』九七―一〇五。

(64) 筆者は、このような矛盾をモア個人のレベルおよびイングランド国家内部における主体の形成過程の問題として扱ったことがある。拙論、「『ユートピア』と境界線」『英文学研究』七四―一(一九九八)一―一三を参照されたい。モアの個人的な記録と公的な活動の記録については、J. A. Guy, *The Public Career of Sir Thomas More* (New Haven: Yale UP, 1980); Richard Marius, *Thomas More* (London: Weidenfeld and Nicolson, 1993); James Monti, *The King's Good Servant But God's First: The Life and Writings of ST. Thomas More* (San Francisco: Ignatius P, 1997)を参照されたい。

(65) この時期のエンクロージャーの実際の規模については諸説があり、確定しがたい。加藤一夫『トマス・モアの社会経済思想』(未来社、一九九〇年)一二一―四一を参照されたい。

(66) 『改訂版ユートピア』七四―七五。

(67) このような観点に関しては、Jameson "Of Islands and Trenches"における、矛盾の中立化という議論を参考にしている。

(68) サヴォイ公爵夫人はマクシミリアン一世の娘であり、シャルルにとっては伯母にあたる人物である。彼女は父マクシミリアンと甥のシャルルに代わり、当時、低地地方の執政官となっていた。

(69) Smith 72.

(70) Smith 73.

(71) この時期の英仏戦争に関しては、Bacon 81-89を参照されたい。

(72) 商人と国家の関係に関しては、Douglass C. North, "Institutions, Trnasaction Costs, and the Rise of Merchant Empires," in James D. Tracy, ed., *The Political Economy of Merchant Empires: State Power and World Trade, 1350-1750* (Cambridge: Cambridge UP, 1991) 22-40を参照されたい。

(73) J. A. Van Houtte, *An Economic History of the Low Countries: 800-1800* (London: Weidenfeld and Nicolson, 1977) 17.

(74) Smith 72.

(75) Anthony Munday(?), *Sir Thomas More*. テクストはProject Gutenbergの電子テクストを使用した。また、Herbert Jarjeon, ed., *The Works of Shakespeare* (New York: Random House, 1933), 464-65も参照した。この劇とシェイクスピアとの関係については多くの研究があるが、近年の研究を集めた、T. H. Howard-Hill ed., *Shakespeare and Sir Thomas More* (Cambridge: Cambridge UP, 1989)を参照されたい。

(76) Wallerstein, *The Modern World System* 133.

(77) 当時の商業経路と新大陸との関係については、Geoffrey Parker, "Europe and the Wider World, 1500-1700: The Military Balance," in *The Political Economy of Merchant Empires*, 161-95を参照されたい。

(78) モア家とロンドン・シティの関係については田村秀夫『増補イギリス・ユートウピアの原型』(中央大学出版部、一九七八年)三五―一一五を参照されたい。田村は商人という観点から『ユートピア』の検証を行っている数少ない研究者の一人である。田村はモアとロンドンのエリート商人階級との結びつきを重視しつつ、アントワープとユートピアの首都との対比などから、『ユートピア』と商業資本の関わりを指摘しているが、表面的な対応関係に加えて、『ユートピア』というテクストの背後に隠れている、そのような関係を読み解くことも必要だと考えているのが、本論の立場である。

(79) 『改訂版ユートピア』二〇三―四。

(80) このような議論をする際に、John Bender, *Imagining the Penitentiary: Fiction and Architecture of Mind in Eighteenth-Century England* (Chicago: U of Chicago P, 1987)は理論的に非常に興味深い指摘をしている。つまり、小説がある社会制度、彼の場合なら具体的には「懲癒監獄」を先取りすることが可能である

としているのだ。本論では、これにならい、モアが少なくとも、こののちさらに進行する国家と商業の解消しがたい対立を「先取り」していたという可能性を読み込んでいる。

(81) 当時の人文主義者たちのネットワークについては、『ユートピア』冒頭のさまざまな国の人物たちの書簡からこの作品が成り立っているということにもうかがうことができるだろう。詳細については、Charles G. Nauert, Jr., *Humanism and the Culture of Renaissance Europe* (Cambridge: Cambridge UP, 1995) 192-215を参照されたい。

(82) 『改訂版ユートピア』一一一。

終わりに

(83) たとえば、日本におけるモア研究が文学研究者ではなく、先述した田村、澤田という社会思想史の研究者や経済学者である加藤、菊池理夫『ユートピアの政治学』(新曜社、一九八七年)や塚田富治『トマス・モアの政治思想』(木鐸社、一九七七年)などの政治思想史の研究者によって行なわれてきたことからも、これからの文学研究者側からのモア読解の試みがどのようなかたちで行なわれるかを考察する必要があることがわかる。

参考文献

Alper, Ann Fitzpatrick. *Forgotten Voyager: The Story of Amerigo Vespucci.* Minneapolis: Carolrhoda, 1991.

Bacon, Francis. *The History of the Reign of King Henry VII.* Ed. Brian Vickers. Cambridge: Cambridge,

UP, 1998.
Barron, Caroline, and Nigel Saul. *England and the Low Countries in the Late Middle Ages*. Thrupp: Sutton P, 1995.
Bender, John. *Imagining the Penitentiary: Fiction and Architecture of Mind in Eighteenth-Century England*. Chicago: U of Chicago P, 1987.
Blockmans,Wim, and Walter Prevenier. *The Promised Lands: The Low Countries Under Burgundian Rule, 1369-1530*. Philadelphia: U of Pennsylvania P, 1988.
Britnell, Richard. *The Closing of the Middle Ages?: England, 1471-1529*. Oxford: Blackwell, 1997.
Foucault, Michel. *Discipline and Punish: The Birth of the Prison*. New York: Vintage, 1979.［田村俶訳『監獄の誕生——監視と処罰』（新潮社、一九七七年）］
——. *The Order of Things: An Archaeology of the Human Sciences*. New York: Vintage, 1970.［渡辺一民、佐々木明訳『言葉と物』（新潮社、一九七四年）］
——. "What is an Author." *The Foucault Reader*. Ed. Paul Rabinow. New York: Pantheon, 1984. 101-20.
Fox, Alistair. *Thomas More: History and Providence*. New Haven: Yale UP, 1983.
Gallagher, Catherine. *Nobody's Story: The Vanishing Acts of Women Writers in the Marketplace 1670-1820*. Berkeley: U of California P, 1994.
Greenblatt, Stephen. *Marvelous Possessions: The Wonder of the New World*. Oxford: Clarendon P, 1991.［荒木正純訳『驚異と占有』（みすず書房、一九九四年）］
——. *Renaissance Self-Fashining: From More to Shakespeare*. Chicago: U of Chicago P, 1980.［高田茂樹訳『ルネサンスの自己成型——モアからシェイクスピアまで』（みすず書房、一九九二年）］
——. *Shakespearean Negotiations: The Circulation of Social Energy in Renaissance England*. Berkeley: U of California P, 1988.［酒井正志訳『シェイクスピアにおける交渉』（法政大学出版局、一九九五年）］
Guy, J. A. *The Public Career of Sir Thomas More*. New Haven: Yale UP, 1980.

Hakluyt, Richard. *Voyages and Discoveries*. Harmondsworth: Penguin, 1972.
Hale, J. R. *War and Society in Renaissance Europe, 1450-1620*. Baltimore: Johns Hopkins UP, 1985.
Houtte, J. A. Van. *An Economic History of the Low Countries: 800-1800*. London: Weidenfeld and Nicolson, 1977.
Howard-Hill, T. H. ed. *Shakespeare and Sir Thomas More*. Cambridge: Cambridge UP, 1989.
Jameson, Fredric, and Masao Miyoshi, eds. *The Cultures of Globalization*. Durham: Duke UP, 1998.
——. *The Geopolitical Aesthetic: Cinema and Space in the World System*. London: BFI P, 1995.
——. *Marxism and Form*. Princeton: Princeton UP, 1971.［荒川幾男、今村仁司、飯田年穂訳『弁証法的批評の冒険』（晶文社、一九八〇年）］
——. "Of Islands and Trenches: Neutralization and the Production of Utopian Discourse." *The Ideologies of Theory: Essays 1971-1986, vol. 2: The Syntax of History*. London: Routledge, 1988. 75-102.
——. *The Political Unconscious: Narrative as a Socially Symbolic Act*. Ithaca: Cornell UP, 1981.［大橋洋一、木村茂雄、太田耕人訳『政治的無意識——社会的象徴行為としての物語』（平凡社、一九八九年）］
Jarjeon, Herbert, ed. *The Works of Shakespeare*. New York: Random House, 1933.
Knapp, Jeffrey. *An Empire Nowhere: England, America, and Literature from* Utopia *to* The Tempest. Berkeley: U of California P, 1992.
LaCapra, Dominick. *History & Criticism*. Ithaca: Cornell UP, 1985.［前川裕訳『歴史と批評』（平凡社、一九八九年）］
Lacey, Robert. *The Life and Times of Henry VIII*. London: Weidenfeld and Nicolson, 1972.
Lentricchia, Frank. "Foucault's Legacy——A New Historicism?" *The New Historicism*. Ed. H. Aram Veeser. New York: Routledge, 1989. 231-42.
Lovejoy, A. O. *The Great Chain of Being: A Study of History of an Idea*. Cambridge, Mass.: Harvard UP, 1950.［内藤健二訳『存在の大いなる連鎖』（晶文全書、一九七五年）］

Magnolo, Walter D. *The Darker Side of the Renaissance: Literacy, Territoriality, & Colonization*. Ann Arbor: U of Michigan P, 1995.

Marin, Louis. “Frontiers of Utopia: Past and Present.” *Critical Inquiry* 19 (Winter 1993): 397-420.

——. *Utopics: The Semiological Play of Textual Spaces*. Trans. Robert A. Vollrath. Atlantic Highlands, New Jersey: Humanities P, 1984.［梶野吉郎訳『ユートピア的なもの』（法政大学出版局、一九九五年）］

Marius, Richard. *Thomas More*. London: Weidenfeld and Nicolson, 1993.

Martz, Louis L. *Thomas More: The Search for the Inner Man*. New Haven: Yale UP, 1990.

Mattingly, Garrett. *Renaissance Diplomacy*. New York: Dover Publications, 1988.

Modelski, George, and William R. Thompson. *Seapower in Global Politics, 1494-1993*. Seattle: U of Washington P, 1988.

Monti, James. *The King's Good Servant But God's First: The Life and Writings of ST. Thomas More*. San Francisco: Ignatius P, 1997.

Montrose, Louis. “Professing the Renaissance: The Poetics and Politics of Culture.” *The New Historicism*. Ed. H. Aram Veeser. New York: Routledge, 1989. 15-36.

——. “The Work of Gender in the Discourse of Discovery.” *New World Encounters*. Ed. Stephen Greenblatt. Berkeley: U of California P, 1993. 177-217.

More, Thomas. *Utopia*. The Yale Edition of The Complete Works of ST. Thomas More. Vol. 4. Eds. Edward Surtz, S. J. and J. H. Hexter. New Haven: Yale UP, 1965.［澤田昭夫訳『改訂版ユートピア』（中央公論社、一九九三年）］

Morris, T. A. *Europe and England in the Sixteenth Century*. London: Routledge, 1998.

Nauert, Jr., Charles G. *Humanism and the Culture of Renaissance Europe*. Cambridge: Cambridge UP, 1995.

North, Douglass C. “Institutions, Trnasaction Costs, and the Rise of Merchant Empires.” *The Political*

Economy of Merchant Empires: State Power and World Trade, 1350-1750. Ed. James D. Tracy. Cambridge: Cambridge UP, 1991. 22-40.
Parker, Geoffrey. "Europe and the Wider World, 1500-1700: The Military Balance." *The Political Economy of Merchant Empires*. Ed. James D. Tracy. Cambridge: Cambridge UP, 1991. 161-95.
Rasler, Karen A., and William R. Thompson. *The Great Powers and Global Struggle: 1490-1990*. Lexington: UP of Kentucky, 1994.
Sacks, David Harris. *The Widening Gate: Bristol and the Atlantic Economy, 1450-1700*. Berkeley: U of California P, 1991.
Smith, John. *Chronicon Rusticum-Commerciale; or Memoirs of Wool*. London, 1747.
Surtz, Edward. "ST. Thomas More and his Utopian Embassy of 1515." *The Catholic Historical Review* 16.1 (1930): 273-74.
Sypher, Wylie. *Four Stages of Renaissance Style: Transformations in Art and Literature, 1400-1700*. New York: Doubleday, 1955.［河村錠一郎訳『ルネサンス様式の四段階——1400年～1700年における文学・美術の変貌』（河出書房新書、一九八七年）］
Thomas, Brook. *The New Historicism and Other Old-Fashioned Topics*. Princeton: Princeton UP, 1991.
Tillyard, E. M. W. *Elizabethan World Picture*. London: Chatto, 1943.［磯田光一訳『エリザベス時代の世界像』（研究社、一九六三年）］
Tuathail, Gearóid Ó, Simon Dalby and Paul Routledge, eds. *The Geopolitical Reader*. London: Routledge, 1998.
Wallerstein, Immanuel. *Geopolitics and Geoculture: Essays on the Changing World-System*. Cambridge: Cambridge UP, 1991.
——. *The Modern World-System: Capitalist Agriculture and the Origins of the European World-Economy in the Sixteenth Century*. New York: Academic P, 1974.［川北稔訳『近代世界システムⅠ』（岩波書店、一九

八一年)〕

White, Hayden V. *Metahistory: The Historical Imagination in Nineteenth-Century Europe*. Baltimore: Johns Hopkins UP, 1973.

Zuckerman,Michael. “Identity in British America: Unease in Eden.” *Colonial Identity in the Atlantic World, 1500-1800*. Eds. Nicholas Canny and Anthony Pagden. Princeton: Princeton UP, 1987. 115-57.

*

アメリーゴ・ヴェスプッチ　「四回の航海」『大航海時代叢書I』　岩波書店、一九六五年。

加藤一夫　『トマス・モアの社会経済思想』　未来社、一九九〇年。

蒲池美鶴　『シェイクスピアのアナモルフォーズ』　研究社、二〇〇〇年。

ジョゼフ・カルメット、田辺保訳　『ブルゴーニュ公国の大公たち』　国書刊行会、二〇〇〇年。

川田　潤　「イングランドと低地地方――『ユートピア』の地政学に向けて」『防衛大学校紀要』人文科学分冊第七九輯(一九九九)六五―七九。

――.　「文化の詩学／文化研究――『妖精の女王』における新歴史主義批評の展開――」『防衛大学校紀要』人文科学分冊第七八輯(一九九九)一―六五―八一。

――.　「『ユートピア』と境界線」『英文学研究』七四―一(一九九八)一―一三。

菊池理夫　『ユートピアの政治学』　新曜社、一九八七年。

田村秀夫　『増補イギリス・ユートウピアの原型』　中央大学出版部、一九七八年。

塚田富治　『トマス・モアの政治思想』　木鐸社、一九七七年。

ヤーコプ・ブルクハルト、柴田治三郎訳　『イタリア・ルネサンスの文化』　中央公論社、一九六六年。

ヨハン・ホイジンガ、兼岩正夫、里見元一郎訳　『中世の秋』　創文社、一九五八年。

第二章　「失われた時」を求めて
――『フィラスター』&『シンベリン』再読

佐々木　和貴

序

スティーヴン・グリーンブラットの影響下に一九八〇年代のアメリカを席巻した新歴史主義という運動が、九〇年前後にはおそらく実質的な影響力を喪失してしまったことは、たとえば*PMLA*あるいは*ELH*といったいわゆる標準的な批評誌の近年の目次をめくって、論文の題名を追っていくだけでも明らかだろう。[*1]そしてその原因は、ひとつには新歴史主義が、実はいつのまにかその標榜する新しさを失ってしまったことが挙げられるのではないだろうか。たとえば、その特定の「機関／制度」内部に働く政治権力関係に焦点を当てた主体形成論にしても、より多様でフリーキーな肉体の政治性をも視野に収めた九〇年代のクゥイア・スタディーズの成果とくらべてみれば、枠組みそのものが同時代との接点を失いつつあるという印象は否めないだろう。[*2]また他方、その歴史へのスタンスが当初のラディカルさを失って急速に形骸化してしまったことも、退潮の今ひとつの原因と言えるかもしれない。たとえば「転倒と包摂」というキャッチ・フレーズだけが一人歩きして、結果的にそれが公式化されてしまったり、テクストの些末な細部への関心の集中というスタイルがさしたる戦略もなく模倣されるなど、新歴史主義自体がそれこそある種の「制度／機関」に堕してしまった感があるのだ。歴史を意識した批評の軸が、近年、そのラディカルな問題意識を継承したカルチュラル・スタディーズやポストコロニアル批評へ移動してしまったのも、おそらくはこうした事情によるものではないだろうか。[*3]また日本での受容を見ても、もちろん一部に優れた成果が挙がってはいる[*4]ものの、その多くは「旧歴史主義を新資料で焼き直しただけの骨董趣味に堕し、新歴史主義のもつ政治性や社会性をすべて削ぎ落とし[*5]」たものであるという実情を見れば、我が国の英米文化研究にとって、その影響は本質的というよりは一過性のものであったと考えた方が、むしろ正鵠を射ているように思われる。

しかし現在ではむしろある種の抑圧的な装置として機能している側面もあるとはいえ、グリーンブラットの盟友ルイス・モントローズの「テクストの歴史性／歴史のテクスト性[*6]」という揚言に代表されるような、文学と歴史との相互関連性を前景化した新歴史主義の問題提起は、なお重要性を失っていない。「常に歴史化せよ！[*7]」というフレドリック・ジェイムソンの提言を受け、また「文学的構築物としての歴史テクスト[*8]」というヘイドン・ホワイトの洞察に基づいて展開されてきた、近年の文学と歴史の学際的な関係をさらに発展させるためには、新歴史主義という運動を「過去完了形」ではなくむしろ「未来形」として、今一度とらえ直す必要があるのではないだろうか。[*9]（実際、僚友キャサリン・ギャラガーとの近著では、グリーンブラット自身が新歴史主義の過去二十年を総括するとともに、次世紀へ向けて新たな方向への模索を開始している。[*10]）

そこで本稿では、フランシス・ボーモント（一五八四―一六一六）とジョン・フレッチャー（一五七九―一六二五）

の『フィラスター』[*Philaster*](一六〇九)とウィリアム・シェイクスピア(一五六四―一六一六)の『シンベリン』[*Cymbeline*](一六〇九)を例に取って、こうした課題に取り組んでみたい。従来、この二つの演劇テクストが並べて取り上げられる場合、ほぼ同時期に上演され、プロットにも明らかな平行関係が見られるため、両者の類似性のみが強調されてきた感がある。*11 だが本稿で意図しているのは、むしろそれぞれのテクストに刻印された特有の歴史性を読みとることで、表面上の類似によって覆い隠されていた差異をあらわにすること、つまりそれぞれのテクストに固有の「失われた時」を取り戻してやることといってもよいだろう。具体的には、第一章では、『フィラスター』の特異な性表現を介して、そこに刻印されている歴史をクウィア・スタディーズ以降の視点から浮上させてみたい。つまりこれは新歴史主義をふたたび同時代とリンクさせる試みと言えるだろう。また第二章では、『シンベリン』に顕著なローマ表象のもつ歴史性が、当時のポリティックスとの絡みで読み解かれることになるはずである。こちらは新歴史主義に当初の政治性・社会性を呼び戻す試みと言えようか。

すでに終息しつつある「過去の運動としての」新歴史主義から、いまだ実現せざる「未来の可能性としての」新歴史主義へ向かってどのように「逃走」していくのか、その「けいこ」[lesson]は、おそらく今始まったばかりである。

一　『フィラスター』あるいは揺れるセクシュアリティ[*12]

演劇史における重要性という観点からすれば、一六〇九年は、シェイクスピアの『シンベリン』でもベン・ジョンソン（一五七二―一六三七）の『エピシーン』［*Epicoene*］でもなく、英国に悲喜劇というジャンルが本格的に導入されるきっかけになったボーモント＆フレッチャーの『フィラスター』によって、記憶されるべき年のはずである。ところがこの戯曲のみならず、十七世紀を通じてシェイクスピアやベン・ジョンソンと並び称され、高い評価を受けてきたボーモント＆フレッチャーの作品群全体の評判自体が、現在ではあまり芳しくない[*13]。これには、彼らが活躍したジェイムズ朝演劇が、エリザベス朝とりわけシェイクスピアの戯曲と比較して、十九世紀以降概して否定的な評価を受けてきたことが大きく関わっているだろう。たとえば最近も碩学ジョージ・K・ハンターが、「大学才人」という知識人集団によって軌道を敷かれ、シェイクスピアがそれを継承して隆盛化したエリザベス朝演劇は、そのあと「法学院才人」とも呼ぶべきいまひとつの知識人集団によって修正され、やがて衰退していったという大枠で、初期近代英国演劇を概観している[*14]。そしてこのように、エリザベス朝からジェイムズ朝を経てチャールズ朝へと演劇が下降線をたどり、劇場閉鎖と内乱による空白を経て再開された王政復古期には、もはや昔日の面影は失われてしまったとする従来の演劇史観[*15]からすれば、この凋落に少なからぬ責任を負うのが法学院才人の筆頭格ボーモント、そして国王一座の座付作者をシェイクスピアから引き継いだフレッチャーであることに異論の余地はないだろう。さらに彼らが関与した戯曲群の場合、登場人物のセクシュアリティにことさら焦点を当てることが多いため、のちの時代においてそれが猥雑あるいは好色等の倫理的な批判を受けたことも、次第に彼らの戯曲が、上演されることも読まれることも稀になってしまった要因と言えるかもしれない。しかしながら現代批評の関心が、私たちとは異質な主体概念や「身体」や「性」に関わる異なったモラルを発掘する方向へ向かい始めた昨今の状況を踏まえるならば、テクストとしてのボーモント&フレッチャーをこれまでの倫理批評のくびきから外し、それがどのようなかたちで歴史的に特定のジェンダーおよびセクシュアル・イデオロギーを表出しているのかという視点から、読み直す機運がようやく熟してきたと言えるのではないだろうか[*16]。

『フィラスター』はその重要性にもかかわらず、邦訳もまだされていない戯曲なので、以下の議論の理解の助けとして、まずここで手短に粗筋を紹介しておきたい。

＊

王子フィラスターはシシリーおよびカラブリア王国の高貴にして正当な後継者だが、簒奪者である現国王は自分の娘のアレシューサと好色で軽薄なスペイン王子ファラモンドの婚約を画策し、フィラスターから王国の継承権を奪おうとしている。ところが、アレシューサは実は密かにフィラスターを愛しており、告白を受けたフィラスターもその愛に応える。そして恋人同士の連絡役として、フィラスターは小姓のベラーリオを説得し、アレシューサに仕えさせることにする。一方ファラモンドは、好色な侍女メグラと愛人関係を結ぶが、それが露見するや居直ったメグラは、自分だけでなくアレシューサもベラーリオと関係をもっていると中傷する。これを信じたフィラスターは、ベラーリオを追放してアレシューサを激しくなじる。

一夜明けた狩りの朝、森で偶然出会ったベラーリオとアレシューサを目撃したフィラスターは、疑惑を確信してアレシューサを殺害しようするが、止めに入った田舎者に遮られて果たせず、逆に負傷して逃げ出す。追われる身となったフィラスターは、途中、ベラーリオを身代わりに仕立てようと剣で傷つけるが、それを恨むどころか、主人を救うため進んで罪を被ろうとするその心情に打たれ、自首して牢獄へと送られる。

一方、フィラスターを敬愛する民衆は、彼の釈放を求めて暴動を起こし、ファラモンドを人質に取る。困り果てた国王は、フィラスターに鎮圧とファラモンドの解放を依頼し、フィラスターは見事にそれを果たす。ところがメグラの再度の中傷により、今度はベラーリオの拷問を要請され、フィラスターは苦悩する。そしてそれを見たベラーリオは、ついに自分が重臣ディオンの娘ユーフラシアであり、フィラスターを慕って男装して仕えていたことを告白する。疑惑は一挙に解消し、その忠節に打たれた国王は彼女に望みの相手との結婚を保証するが、ユーフラシアは一生涯アレシューサに仕える途を選ぶ。一方、ファラモンドは宮廷から追放されたメグラをつれて帰国し、国王はフィラスターに対してアレシューサとの婚約および王国の継承権を認める。

＊

こうした錯綜した粗筋からは、フィリップ・シドニー卿（一五五四—八六）の『アーケイディア』［*The Arcadia*］（一五九〇）のような一世代前の騎士道的ロマンスとの関わりが連想されるかもしれない。またもちろん、時代的に重なるシェイクスピアとの影響関係も濃厚である。たとえば、悲劇的な要素においては『オセロー』［*Othello*］（一六〇四）との、またロマンティックな要素においては『十二夜』［*The Twelfth Night*］（一六〇一）との類似が指摘できるだろう。だが、『フィラスター』が、こうした先行作品と決定的に異なるのは、「性」をめぐる表現におそらくそれまで存在しなかった新機軸が二つ導入されている点である。

まず、恋人アレシューサが裏切ったと誤解してフィラスターが彼女の殺害を企てる、この劇の山場四幕五場を見てみよう。

フィラスター　私をこの剣で殺してくれ。
それが分別だ。さもないともっと非道いことになるだろう。
私たち二人が、この世に一緒に存在することはできないのだ。
私を殺す気になってくれ、
さもなくば私の手にかかってくれ。

アレシューサ　もし私の運命があなたの手で倒されるほどに幸運であれば、
私は安んじて死んでいきましょう。

……………………………………

フィラスター　それでは私の
力ない手を、そうする力のあるお前が導いておくれ。
というのも、私は正義を行なわねばならないから。
もしお前が若さゆえに神様を何か怒らせていたとしたら、
手短な祈りで和解しておくように。

アレシューサ　覚悟はできております。
……………………………………
フィラスター　なにもやましいことはないのだね。
アレシューサ　この世にも天国にも。
フィラスター　そなたの魂が天国へ、肉体がこの世へと分かたれんことを！

彼女を刺す

（四幕五場六一―八四）[*17]

理不尽な嫉妬に駆られた主人公によるヒロインの身体への暴力、しかも剣をファロスとみなせば、象徴的な陵辱とも見える場面だが、たとえばこれをよく似た趣向のシェイクスピアの『オセロー』の五幕二場と比べてみよう。

オセロー　何かまだ神様のお赦しを願っていない罪があるのだったら、今すぐお願いをおし。
デズデモーナ　え？あなた、それ、何のことですの？
オセロー　いいからそうおし。簡単にな。俺はそこいらを歩いとるから。心の用意もできておらんものを殺したくはない。いいや、けっしてそんなことはせん！魂までも殺したりはせん。
デズデモーナ　殺す、ですって？

オセロー　自分の犯した罪のことを考えてみろ。
デズデモーナ　私はあなたを愛しているだけですわ。
オセロー　うむ、だから殺さなければならんのだ。
デズデモーナ　愛しているから殺されるなんて、分かりませんわ。

（五幕二場二六―四二）[*18]

両者を並べてみれば、台詞のレベルまで含めて、『フィラスター』のこの場面が『オセロー』の強い影響下に書かれていることは明らかだろう。だが他方、そこに描かれているセクシュアリティは『オセロー』とはまったく異質のものである。つまり『フィラスター』では、恋人たちのやりとりが、こうした状況から当然生じるはずのリアリスティックな緊迫感を欠き、むしろサド・マゾヒスティックなエロティシズムを表出してしまうのである。その上、ボーモント&フレッチャーは、偶然通りかかった田舎者をこの場面に乱入させ

田舎者　こら待て、なんて太えやつだ！　女の人さ、手あげるとは！
フィラスター　君、私たちに構わないでくれ。
アレシューサ　私たちだけの楽しみ、心の慰めに土足で踏み込んでくるとは

そちはいかなる下賤のやからじゃ？

田舎者　なんだ、何言ってるんだか分かんねえ。でも分ってることは
あの悪い野郎があんたを傷つけたちゅうことでさあ。　　　両者戦う

……………………………………………………

フィラスター　人々の足音が聞こえる。やられた。
神々は私にお味方いただけないようだ。
さもなくばこの田舎者が私をこのように
取り押さえることなどできようか。

フィラスター 退場

（八八―一〇四）

と、なんと主人公を敗走させてしまうのだ。つまりこの瞬間に、場面は『オセロー』のパスティーシュからバーレスクに転じてしまうと言えるだろう。そしてこうした滑稽なベーソスを導入した時点で、おそらく女性の「貞潔」をめぐるこの劇の主題は深刻さを失い、結果的に前景化されるのは、取り残され血を流して横たわるセクシュアルでスペクタキュラーなヒロインの身体のみということになるのではないだろうか。この戯曲の一六二〇年の初版のタイトル・ページに選ばれているのはまさにこの瞬間だが、そこに描かれている二人、つまり図版の隅で森に紛れて逃げ出すフィラスターと、中央で胸に大きな傷を受けて乳房もあらわに横たわっているアレシューサを比べてみれば、当時どのようなポイントが一般の読者にとってインパクトをもっていたかは、およそ推測がつくだろう。［図1］

PHYLASTER.

Or, Loue lyes a Bleeding.

Acted at the Globe by his Maiesties Seruants.

Written by { *Francis Baymont* and *Iohn Fletcher.* } Gent.

Printed at *London* for *Thomas walkley*, and are to be ſold at his

Title-page of the 1620 Quarto (*Reproduced by courtesy of the Trustees of the British Museum*)

図1　『フィラスター』初版のタイトル・ページ

あるいは、ほぼ同時期に書かれた彼らのもうひとつの代表作『乙女の悲劇』［*The Maid's Tragedy*］（一六一〇）を見てみよう。以下は、主人公アミンターに捨てられた乙女アスペイシアが、男装して訪れ、元恋人の手にかかって自殺する場面である。

アスペイシア　ペラペラしゃべる男だ。
うまいことを言う練習をしておいて、
やさしい人間の心を動かそうというのだろう。
そういうやつは蹴っとばしてやる。
彼女は彼を蹴る
こういうふうに蹴ってやる——（**傍白**）どうして早く
私を殺してくれないのだろう。
アミンター　……さあ、勇ましくほざいた勇気をみせろ、
きさまの命はいまもらうぞ。
両者闘い、アスペイシア傷を受ける
どういうつもりだ？決闘にならぬではないか？
おまえが打ちかかってくるのは、みんな的外れだ。
おれが突き出す剣を、お前は両腕を広げて
胸の上で受けとめる。ああ、まったく無防備だ。

アスペイシア 十分に受けました、これで望みもかないました。ここで死ねれば本望です。

（五幕三場九三―一〇七）[19]

ここでもまた『フィラスター』と同工異曲のあからさまにサド・マゾヒスティックなエロティシズムが、やはり凄惨な流血をともなって、視覚に強烈に訴える形で反復されていると言えるだろう。そして一六一九年の『乙女の悲劇』初版のタイトルページを大きく飾るのは、やはり血飛沫までが克明に書き込まれたこのアスペイシアの姿なのである。［図2］

もちろんこうした新しい趣向を、ボーモント&フレッチャーの個人的な資質に還元し、猥雑さや安直さを非難することはたやすい。しかし本稿の興味はむしろこうした価値判断やそれにもとづく戯曲の序列化よりは、通常の規範を逸脱した性的な表現を、しかもこのようにいわばスペクタクル仕立てに加工して提示するボーモント&フレッチャー的感性がどのようにして誕生したのかを探ること、つまりは歴史化することにあるわけだが、その点で、彼らがともに少年劇団という特殊な「制度／機関」から劇作家としてのキャリアを始めたことは、興味深い事実ではないだろうか。[20]

そもそも少年劇団とは聖歌隊に属する十代半ばの少年たちが教育という名目で劇を演じたのが起源だが、それがセミ・プロ化して営利目的で定期的に興行するようになったのは、一五七〇年代の半ばからである。とくに八〇年代半ばにジョン・リリー（一五五四―一六〇六）を座付き作者に迎えた聖ポール少年劇団は、神話に題材を取ったファンタスティックな戯曲を主として宮廷向けに上演して、なかなかの人気を博していたらしい。しかし少年劇団が演劇史において、さらに大きな存在となるのは、一時中

The Maides Tragedy.

AS IT HATH BEENE
diuers times Acted at the *Blacke-friers* by
the KINGS Maiesties Seruants.

LONDON
Printed for *Francis Constable* and are to be sold
at the white Lyon ouer against the great North
doore of *Pauls Church*. 1619.

Title-page of the first quarto (1619), reproduced by courtesy
of the Bodleian Library (*Mal. 233(1)*).

図2 『乙女の悲劇』初版のタイトル・ページ

断を挟んで一六〇〇年頃に活動を再開してからの約一〇年だろう。というのも、相次いで復活した二つの少年劇団、即ち聖ポール少年劇団と黒僧座少年劇団が、シティ内の小規模室内劇場に拠って、一時は成人劇団を凌ぐほどの人気を博したからである。両者の鍔競り合いは、「劇場戦争」[War of the Theaters]と呼ばれ、『ハムレット』[*Hamlet*](一六〇一)にも

ローゼンクランツ ……最近「ひなっ子連」とか申す子供の一座が現われまして、途方もない黄色い声を張り上げてやっております。それがまたとんでもないことに、ひどく人気を呼びましてね。これがただ今は大流行で、普通の芝居は——そんな名前までつけられましてね——すっかり彼らの攻撃のまとにされております。そんなわけで伊達な殿方も作者の筆にかかるのを怖れて在来の小屋へ近寄らなくなりました。

ハムレット なに、子供の一座?

(二幕二場三三九—四五)

と、当時巷を賑わす話題として取りあげられているほどだ。[*21]

ところでこうした少年劇団は、どのようにしてボーモント&フレッチャー的な感性を育んだのだろうか。まず注目すべきは、どうしても必要な老人役に大人を借りてくる以外はすべて十代半ばの少年だけという、劇団の年令構成の特殊性だろう。演技は概してまだ未熟な少年たちだけで演じるとなれば、そこで表現可能なセックス/ジェンダーが、当然のことながら、きわめて人工的あるいは遊技的なもの

に限定されたであろうことは、容易に想像がつく。たとえば、もっぱら少年劇団にその作品を提供したジョン・マーストン(一五七五—一六三四)は、デビュー作『アントーニオとメリダ』[*Antonio and Mellida*](一五九九)からすでに、主人公アントーニオを女装させ、しかもその事実を知らないヒロインのメリダと女性同士の会話させるといったきわめて遊技的なジェンダーの紛糾を導入しているが、これなどまさに少年劇団な「性」表現の典型と言えるかもしれない。したがって、こうした環境で劇作家としてのキャリアを重ねていたボーモント&フレッチャーとって、「性」とは、その前提からして幾重にも虚構であり、だからこそどのような表現も可能な素材として把握されていたと推測しても、さほど的はずれではないだろう。[*22]

また少年劇団の拠った黒僧座や聖ポール座などのプライベート・シアターという要素も重要ではないだろうか。室内劇場ゆえの閉じたこじんまりしたその空間は、青天井で規模の大きい従来のパブリック・シアター、たとえばシェイクスピアを擁する地球座と比べて、観客収容能力は半分以下だったようである。さらに空中浮揚などのスペクタクルを可能にする舞台上の仕掛けも整っており、遠くから台詞を聞くのではなく、近くから舞台や俳優を見ることに適した、つまりは視覚的な要素を重視した戯曲に向く新しいタイプの劇場だったと言えるだろう。[*23]

さらに彼らに戯曲を提供した劇作家についていえば、一五九九年の「主教禁令」[**Bishops' Ban**]によって、公権力からその作品が禁書扱いになった前述のジョン・マーストンやトマス・ミドルトン(一五八〇—一六二七)らが、同時期に復活した少年劇団に活躍の場を求めて演劇界へ転身し、その中心的な書き手になったことが大きいだろう。彼らは他のジャンルでそれまでに習熟していたエロティックでサティリカルなディスコースを演劇に持ち込み、少年劇団独自のレパートリーとスタイルの確立に大きな影響を与えたのである。[*21]

そしてこうした特殊な条件を付き合わせてみれば、少年劇団でのキャリアを通じてどのようにしてボーモント&フレッチャーがその独特の性表現を獲得していったかが、おぼろげながら想像がつくのではないだろうか。さらにまた彼らがそれを、あえて成人劇団向け第一作『フィラスター』に取り入れたことも納得がいくであろう。それはおそらく、彼らがその出自を最大限に利用するための一種の賭けだったのである。そして残された上演・出版記録から推測すれば、この賭は見事に当たり『フィラスター』はどうやら国王一座の人気レパートリーになったようだ。[*25]またのみならず、少年劇団の衰退以降、こうしたモードは成人劇団にむしろ積極的に取り入れられることになるだろう。たとえばジョン・ウェブスター(一五八〇―一六二五)の『モルフィ公爵夫人』[*The Duchess of Malfi*](一六一四)、トマス・ミドルトンの『チェインジリング』[*The Changeling*](一六二二)あるいはジョン・フォード(一五八六―一六三九)の『哀れ彼女は娼婦』[*'Tis Pity She's a Whore*](一六三二)など、ジェイムズ朝後半からチャールズ朝にかけての優れた悲劇に共通する(そしてエリザ朝でははけっして見いだせないような)、あざといまでにスペクタキュラーで、時にサド・マゾヒスティックな、そして時にコミカルな性表現は、『フィラスター』的な、つまりは少年劇団的なモードを、さまざまなバリエーションにおいて継承しているといっても過言ではない。言いかえるならば、『フィラスター』は、演劇というメディアが複線化・重層化するにつれて、当初の教訓的で台詞を聞かせる素朴なものから、視覚を重視してより刺激的な趣向を追い求める、つまりは成熟/爛熟したものへと急速に変質していく、まさにその瞬間がおそらく最初に刻印された戯曲だったのである。

さて、この戯曲におけるもうひとつの新しい「性」表現は、ベラーリオという異性装キャラクターのジェンダー／セクシュアリティをめぐる仕掛けである。

まず、ベラーリオを連絡役としてアレシューサに仕えさせようとするフィラスターに、ベラーリオが離れたくないと訴える場面をみてみよう。

ベラーリオ　一度も警告もせずに別れるなど、
そんな厳しい処分を小姓にくだす主人が
どこにいるでしょう。私を首にするよりは、
もし私が片意地だというのなら、
それを直させて下さい。直しますから。

フィラスター　お前が愛情から留まりたいとそんなに可愛らしく訴えるものだから、
信じておくれ、お前と別れるのに泣けてしまいそうだ。
（二幕一場三五―四一）

これをたとえば、『十二夜』二幕四場の有名なヴァイオラの台詞と比べてみるとどうだろうか。

ヴァイオラ　……本当の女心はけっして私ども男に劣りはいたしません。

と申しますのは、私の父に娘が一人おりまして、ある男を愛しておりました。
その愛は、まあ、かりにもしわたしが女であったなら、きっとあなた様を
お慕いしたであろうほどの深いものでございました。

公爵　それで、その後はどうなった。

ヴァイオラ　白紙のままでございます。妹は恋を打ち明けず、
胸に秘めたまま、蕾の中の虫のような物思いに、
バラ色の頬を蝕ませたのでございます。

（二幕四場一〇六―一一二）

もちろん細部は異なるものの、乙女が密かに慕う王侯貴族に身分と性を偽って小姓として仕え、間接的に愛情を告白するという点で、その設定の共通性は否定し難いだろう。さらに、国王一座の座付き作者シェイクスピアとそこにデビューを飾る新進の劇作家ボーモント＆フレッチャーという当時の構図からすれば、『フィラスター』という戯曲が、『オセロー』だけでなく、『十二夜』をも意識して書かれた確率はかなり高いのではないだろうか。だが興味深いのは、模倣のなかに決定的に異なった差異を生み出す仕掛けが、ここでも施されていることである。つまり『十二夜』ではヴァイオラの異性装は最初から観客にも知らされているのに対し、『フィラスター』では最後の瞬間までベラーリオの異性装という事実が伏せられているため、小姓と主人とのこうしたやり取りが、観客に男同士の愛の絆、つまりは一種のホモ・エロティシズムとして認識される可能性が存在するのだ。[*26] たとえば初期近代英国におけるセクシュアリティの歴史を発掘したアラン・ブレイが指摘するように、当時ホモエロティックな行為が、家庭で

も宮廷でも都市生活でも中心的な位置を占めており、とりわけ「家長と召使いのあいだには、異性愛のみならず同性愛的関係も一般的であり、それが広範囲に渡る習慣になっていた」[*27]とすれば、なおその可能性は高まるだろう。のみならず、同じ二幕にはこうした含みを補強し、また印象づける台詞も出現する。

メグラ　　　　　　　　　　ほら、殿下、
お姫様がヒュラスを、アドーニスを連れています。
ファラモンド　姿形は天使の様だな。
メグラ　まあ、結婚なされば、あの子が若々しいアポロのように
あなたの枕元に侍り、その手と声で思いを眠りへと
誘うことでしょう。お姫様は御自分用にも、
貴方様用にもあの子をあてがってくれますわよ。
ファラモンド　小姓では、奏でる音楽は楽しめない「＝性的楽しみは得られない」。
メグラ　　　　　　　　私も。
あの連中と来たらたいしたこともできないし、その些細なことも
隠すだけの知恵がないんですもの。
（二幕四場一八―二七）

つまりここでメグラは、ベラーリオをヴィーナスの愛人アドーニスに先んじて、まずヘラクレスの稚児ヒュラスに喩えており、ファラモンドもまた、このホモ・エロティックな含みを受けた地口で答えてい

るのである。そして二人に（そしておそらく観客にも）共有されている、美しい小姓ベラーリオへのこうした反応に窺われるのは、いまだヘテロ／ホモに明確に分化し序列化される以前の、人々の不定形な欲望の有り様ではあるまいか。しかし、ベラーリオというキャラクターがおそらく当時は発散したはずのこうした一種ホモ・エロティックな魅力は、この劇では必ずしも発展してはいかない。もちろんベラーリオのフィラスターへの献身的な愛は、劇後半にいたるまで一貫して強調される。しかしメグラの中傷によってアレシューサの火遊びの相手としてベラーリオの名が挙げられ、フィラスターがそれを信じてしまった瞬間から、劇中でのベラーリオのセクシュアリティは、フィラスターとのホモ・エロティックな絆よりは、もっぱらアレシューサとのヘテロな関係性において語られ、その中へ回収されていくことになるだろう。つまり大枠としては、当初の不定形なエロティシズムは、劇が進行するにつれて次第に影を潜めていくのである。そして大団円で、問いつめられたベラーリオが女性性の象徴であるその隠されていた豊かな髪をあらわにし、実はフィラスターに恋して密かに仕えていた乙女ユーフラシアであることを明かしたとき、つまりこれまでホモ・エロティックな絆と見えていたものは、実はヘテロ・セクシュアルな欲望の偽装した姿にすぎないことが示されたとき、おそらくは遡ってホモ・エロティシズム自体も、観客の脳裏から抹消されることになるだろう。あるいは新歴史主義的クリシェーを使えば、こうも言えるかもしれない。この劇におけるホモ・エロティシズムは、ヘテロというこの劇の規範へとセクシュアリティを最終的に包摂するために、逆説的に呼び出された転倒だったと。

　ところがこの『フィラスター』というテクストがさらに興味深いのは、ヘテロ・セクシュアリティの規範化をめぐって、最後にもうひとつひねりが用意されていることである。異性装を捨て去ったのち、ユーフ

ラシアは喜劇の幕切れにふさわしく、王に結婚を勧められる。ところが彼女は

王　我が王国内から結婚相手を捜し出せ。
いつどこでも望みのまま、支度金を払ってやろう、
お前はその男に優に価する。
ベラーリオ　陛下、私はけっして結婚いたしません。
誓いを立てたのでございます。
けれどももしお姫様にお仕えするお許しを得られ、
御夫婦の御立派なお姿を拝することができますれば、
これから生きていく望みも生まれましょう。

（五幕五場一八四―九一）

と、あえてアレシューサとのこれまでの絆の継続を希望するのである。この直後のフィラスターの「このような徳高い娘が跡継ぎもなく／地中に埋葬されるとは嘆かわしいことだ。」（一九七―八）という異議が代弁するように、これは子孫の継続を大前提とする家父長制というシステムにとって、きわめて遺憾な選択と言えるだろう。しかしながら、意外にもこの希望は受け入れられ、喜劇というジャンルが要請するイデオロギーでもあり、ヘテロ・セクシュアルなシステムを支える中心規範でもある「結婚」という制度に、あえて回収されることを拒否したユーフラシアが、フィラスター／アレシューサという典型的な異性愛カップルに寄り添うかたちで、この戯曲の幕は下りるのである。[*28] つまりテクストは、ベラー

リオ／ユーフラシアというキャラクターを介して、欲望をヘテロ・セクシュアルな回路へ流し込んでおきながら、同時にそれを規範として成り立たせることには微妙な留保をつけているように見えるのだ。

それでは、こうしたベラーリオ／ユーフラシアの仕掛け、というより私たちからは奇妙なねじれに見えるものは、一体何を意味するのだろう。そこで、もう一度ブレイに耳を傾けてみよう。彼によれば、十六世紀とは男色者を魔女あるいはローマ・カトリック信者と同一のカテゴリーに含め、神話的次元ではその邪悪さを激しく断罪しながら、日常生活においては同性愛行為を寛容に容認していた時代である。家族や学校といった父権的な制度内だけでなく、その制度の外での売春の一般的形態としても同性愛が習慣化していたこの時代において、人々のセクシュアリティは、ヘテロ・セクシュアルに基準を統一されることなく、いまだ不定形で多様な形態をとっていたようである。これに対し、十七世紀後半から十八世紀初頭にかけては、ホモ／ヘテロとセクシュアリティが明瞭に分化し、同性愛者が個人として特定された時代である。そこではホモ・セクシュアルな欲望は、体制に与しないサブ・カルチャーに属するものとして嫌悪あるいは迫害の対象となり、同性愛者はモーリー・ハウスと呼ばれるロンドン市内に点在するたまり場、いわば一種のクローゼットに入らざるを得なくなる。つまり同性愛は、十七世紀を挟んで日常的なそして黙認される行為から、自立したそして迫害されるサブカルチャーへと変質したということになるだろう。[*29] そしてこのブレイの論に拠るならば、ベラーリオ／ユーフラシアというキャラクターの性表現のねじれを、性規範の確立をめぐってジェイムズ朝という時代に生じ始めていたセクシュアリティのねじれの、いわば「徴候」[*30]として読み取ることもできるのではないだろうか。そしてまた、こうした時代とのひそやかな共振に耳を澄ますことで、おそらくは『フィラスター』というテクストにも、その失われた「時」が蘇えってくることだろう。

二 『シンベリン』あるいはローマ表象の政治学[*31]

『シンベリン』と『フィラスター』をつなぐ絆は幾重にもある。同じ一六〇九年しかも国王一座による上演というだけでなく、王国の危機と秩序の回復、主人公の理不尽な嫉妬とヒロインの受難など、プロットレベルでの類似も顕著である。また基調としてのロマンティック・モードや、悲劇が最終局面で突如喜劇に急変する筋の展開など、個々の点を上げていけばキリがないほどであり、批評家の問題意識が両者の影響関係の詮索に集中したのも無理からぬところだろう。だが他方、こうした類似をあまりに強調することは、この二つの戯曲のあいだの決定的な差異を曖昧にしてしまうことになりかねない。つまり、「ローマ」という主題の有無である。『フィラスター』のプロットは、一応シシリー王国に設定されているとはいえ、それは「いつか／どこか」というファンタジーの約束事に則った茫漠たる時空で展開されるのに対し、『シンベリン』のプロットは、その大半が古代ローマ時代のブリテンというあくまでも限定付きの時空で展開されているのだ。のみならず、それはポリティカルなレベルでも、またレトリカルなレベルでも、ローマというトポスが色濃く影を落としている世界でもある。むしろ、このローマというモデルと古代ブリテン(およびそれと二重写しになっている初期近代英国)との関係こそが、この劇の陰の主題であるとさえ言えるかもしれない。そしてイモジェン崇拝の衰退と軌を一にしてロマンス劇のなかでも論じられることが稀になっていた『シンベリン』[*32]が、一九九〇年前後からにわかに批評シーンの最前列に躍り出た一因は、まさにこの「最後のローマ史劇」としての側面に新たな光が当たったためと言えるだろう。[*33]たとえばパトリシア・パーカーは、この戯曲へのウェルギリウス（前七〇―前一九）の『アエネーイス』［*Aeneid*］の影響を論じ、初期近代英国が古代ローマ帝国というモデルをどう受容したかを問題化している。[*34]また最近ではジョディ・ミカラチキが、パーカーの論旨をさらに発展させ、ブリテン対ローマというナショナリズムの問題系をジェンダー理論に絡めて前景化している。[*35]そこでこの章ではこうした新たな批評の成果を踏まえて、この戯曲においてローマ古典に源を発するエピソードがどのように援用され、それが当時どのような政治的な含みをもっていたのかを推測してみたい。レトリックとポリティックスの交錯する地点から、『シンベリン』のもつ新たな歴史性を浮上させることができればと考えている。

さて二幕二場でイモジェンが寝入った後、隠れていたトランクから現われたイアキーモーは

こおろぎが鳴く、人間の疲れ切った肉体は
眠りでいやされる。わがローマ人のタークィンはちょうど、
このように床の藺草をふんで寝所にしのびより、
女の操を奪った。　（一一―一四）

と、語りはじめる。「タークィン」という固有名詞／記号に明らかなように、ここでは「ルクレティアの陵辱」

という古代ローマ史に名高いエピソードが参照枠として、まず観客に提示されていることになるだろう。以下の議論を理解するためには、このエピソードの知識が不可欠と思われるので、ここで手短に概要を紹介しておきたい。

＊

ルクレティアは前六世紀のローマの婦人で、有力貴族コラタインの妻。当時ルトゥリ人の支配下にあったアルデアの町の攻略戦が長びいていたころ、コラタインを含む若い軍人たちが、従軍中の無聊を慰めるために宴会を開いたが、その席で誰の妻がもっとも貞淑な妻であるかをそれぞれが自慢したため、これから実際に確かめに行こうということになった。夫達と同様どんちゃん騒ぎをしていた他の妻たちと異なり、ルクレティアだけは機織り仕事をしていて、夫とその同僚を温かくもてなした。このとき彼女を見初めた王タークィンの息子セクストゥスは、数日後、こっそりコラタイン宅を訪れルクレティアに歓待されたのち、家人が寝静まるのを見計らって彼女の寝室に忍び込み、短刀を突き付けて陵辱してしまう。

一方、屈辱を受けたルクレティアは、父と夫を呼びよせ復讐を頼んだあと、胸に短刀を刺して自殺する。その場にちょうど遭遇した王の甥ルーシャス・ブルータスは、王に命を狙われないため装っていた愚者の仮面を脱ぎ捨て、夫コラタインと協力して民衆を蜂起させる。そして王一族を追放して執政官となったブルータスは、王政復活の陰謀に加担したわが子を処刑し、ローマ共和制の礎を確たるものにする。

＊

このローマ共和制の起源を語るエピソードは、もちろん、古代ローマにとって国の政体の劇的な変革に関わる重要事件だったことはいうまでもない。しかしのちの西欧世界がローマを範例としたため、それはさらなる重要性を帯びることになる。つまりその政治性、倫理性をめぐって議論が起こり、ときには新たな挿話が付け加えられるなど、このエピソードをめぐっては、いわば汎西欧的規模で「ルクレティア神話」とも呼ぶべきナラティヴが形成され、後代のさまざまなジャンルの芸術家たちにとっての霊感源となっていくのである。[*36]たとえば絵画でも、ルネッサンス期のルーカス・クラナッハの妖艶なルクレティア像［図3］から新古典派のダヴィッドの苦悩するブルータス像［図4］にいたるまで、このエピソードに魅せられた画家は数知れない。

またシェイクスピアの頃の英国に話を限っても、オウィディウス（前四三―後一八）の『祭暦』［*Fasti*］やリウィウス（前五九―後一七）の『ローマ史』［*Ab Urbe Condita*］など、直接古代ローマの作家たちの著作によって、あるいはジェフリー・チョーサー（一三四〇頃―一四〇〇）の『善女列伝』［*The Legend of Good Women*］（一三八五―六）やウィリアム・ペインター（一五四〇頃―九四）の『快楽宮』［*The Palace of Pleasure*］（一五六六―七）などの翻案や翻訳を介して、このエピソードは広範囲に流布していたものと思われる。[*37]さらにシェイクスピア自身、このエピソードを基に劇詩『ルークリースの陵辱』［*The Rape of Lucrece*］（一五九四）を書いていることは周知の事実である。だがそれだけでなく、たとえば『マクベス』［*Macbeth*］（一六〇六）でマクベスは主君ダンカンを殺害するためその寝室に向かう時、「抜き足差し足／女を手ごめにしたタークィンさながらに、目指す獲物に向って／幽霊のように忍びよる」（二幕一場五四―六）し、あるいは『ジュリアス・シーザー』［*Julius Caesar*］（一五九九）で、キャスカはブルータスを説得してシーザー暗殺に

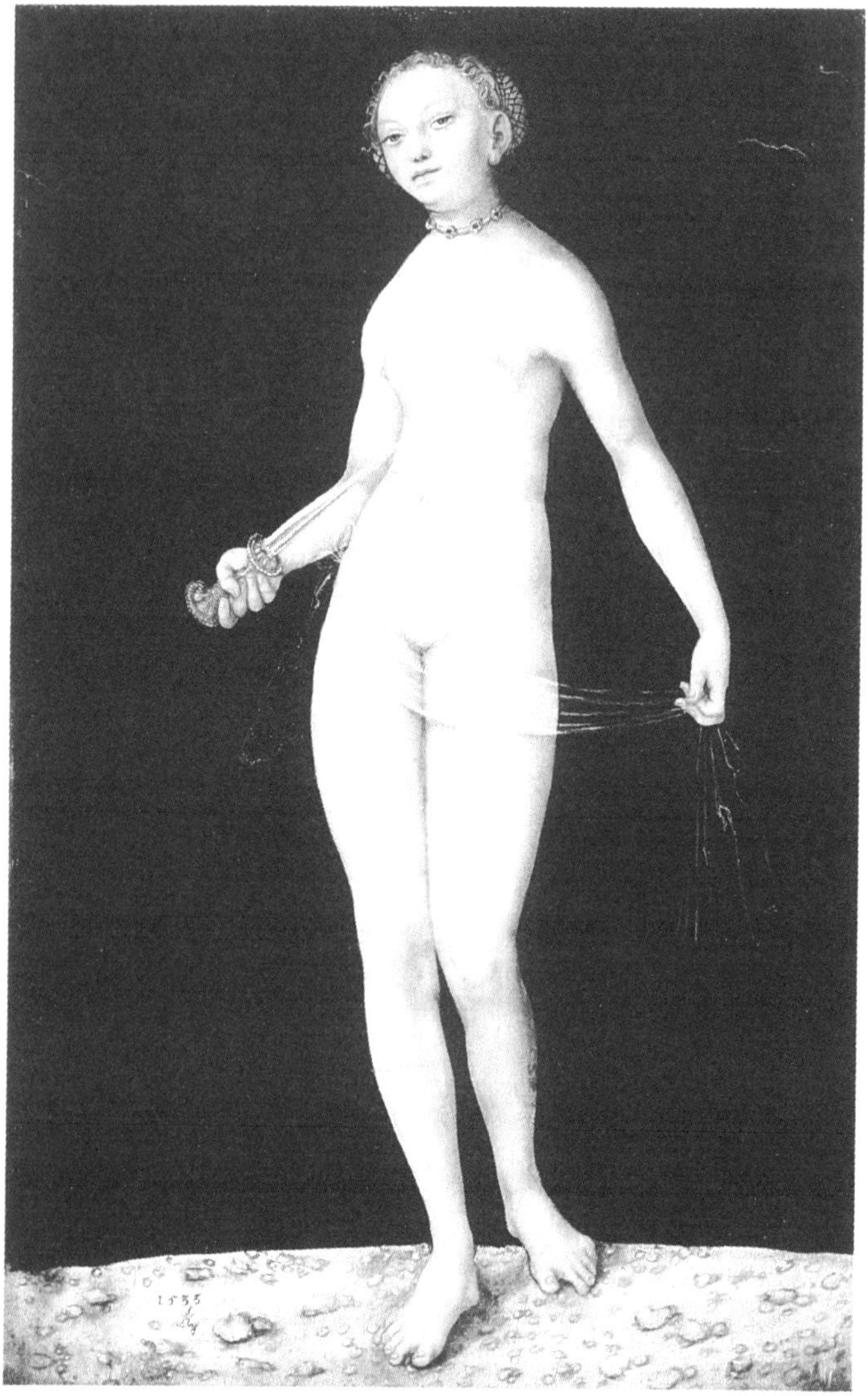

図３　クラナッハ，「ルクレティア」（1533）

図4　ダヴィッド,「息子たちの死体をブルータスに返す警士」(1787-9)

荷担させるために、「かつてブルータスという男がいた、だがこのブルータスはローマに王を許すくらいなら／むしろ悪魔でも王に戴いたほうがましだと／そうかたく信じていたそうだ。」(一幕二場一五九―六一)と唆すのだ。つまりこのエピソードは、当時の劇作家と観客双方にとって、おそらくは何の説明も必要ないほど自明の参照枠だったのである。そしてそれが呼び出された上で、「わがローマ人」という形で陵辱者タークィンとイアキーモーとの一体化が図られる以上、大半の観客は、当然これからイモジェンの貞操に深刻な危機が訪れると予想したのではないだろうか。またルクレティア陵辱の遠因となる夫コラタインによるセクストゥスへの妻自慢の挿話が、この劇でも一幕四場ですでに、夫ポスチュマスのイアキーモーへの妻自慢というかたちではっきりとなぞられていることも、この連想を一層補強する方向に働くものと思われる。またさらに、隠れていたトランクから姿を現わしたイアキーモーは

……ああ、ヴィーナスの女神、
なんという清らかな寝姿だ。咲いたばかりの白百合！
敷布よりも白い皮膚だ！ああ、さわれたら！
ちょっと、一度だけでも口づけができたら！すばらしいルビー玉、
互いにせつなくふれ合っている。この人の息のせいだな、
部屋じゅうがこんなによい香りのするのは。蝋燭の光が
こちらになびいて、まぶたの下をのぞきこもうとしている。
空の清らかな青色のすじの走る、真白な
まぶたの窓の奥におさまった尊い光を
おがもうとしてか。

（二・二・一四—二三）

と、微に入り細を穿ってイモジェンの身体特徴の記録につとめるのだが、そこで彼が用いる「ブレイゾン」［blazon］という伝統的なレトリックは、近年フェミニスト批評家が明らかにするように、女性美を賛美する一方で、その主体を否定して身体をカタログ化し、男性の視線に曝した上で所有する技法であり、その意味では、イアキーモーはここでイモジェンをレトリカルな次元で陵辱していると指摘するこ

とも可能かもしれない。[*38]加えて

イアキーモー　遅くまで本を読んでいたのだな。
　ティリウースの物語だな。フィロメラ姫の力が
　つきたところでページが折ってある。
（四四―四六）

という、オウィディウスの『変身物語』に名高い、姉の夫に陵辱されるフィロメラの物語への言及がすぐ近くに現われることも、この場を一種の陵辱として読んでほしいという作者の意図を示しているものともとれる。[*39]しかし同時に念頭にとどめておくべきことは、ここまでお膳立てが揃っていながらイアキーモーは、実際にはイモジェンに指一本触れないという点だろう。それどころか、みずからの目録を増やすためと称して、「あの絵とあの絵と、あそこに窓、寝台の飾りは／あれとそれから炉の上の装飾は／あれとあれか。」（二五―二七）と部屋の様子をせっせとメモし始めるのである。しかもそれが済むやいなや、今度は

　もう十分だ。
トランクの中へもどって、ふたを閉めよう。
さあ、急げ、急げ、夜の車を引く竜よ、早く
夜明けを呼び出して、烏の目をさまさせろ。ああ、こわくなった。

この人は天使だが、ここはおれには地獄だ。　（四六―五〇）

と、恐怖に駆られて逃げ出すイアキーモーは、いつの間にか、忌わしい陵辱者から、勤勉な商人あるいは小心な窃視者に変貌を遂げていると言えるだろう。したがって、こうした相反するベクトルがこの場で交錯することによって、観客はこの場をローマ古典の援用を意識しながらある種の陵辱としてとらえることと、そうした見方を抑止することを、同時に要請されていると言って良いのではないだろうか。ではここでルクレティア・エピソードを導入し、しかも同時にはぐらかすといった、一見わかりにくい戦略が採用されているはなぜだろう。おそらく、その答えはエピソード後半部、すなわち王の追放から共和制への移行という劇的な政体変革部分と関わりがありそうである。観客も周知のこのエピソードを、同じように陵辱された（と誤解された）妻の悲劇とそれを契機とする政治的動乱を骨子とする、この『シンベリン』という劇を起動するための参照枠として援用できれば、その効果は大きいだろう。ただそのあからさまな導入は、結果として後半部の露呈につながり、絶対王政を奉ずる王を戴き、検閲という制度が存在しているジェイムズ朝期においては、劇団にも劇作家自身にも現実的な危険を呼び込みかねない。したがって、肝要なのは喚起しつつ隠蔽することであり、おそらくその要請に対応するかたちで、こうしたレトリカルな次元でのねじれが導入されたのではないだろうか。さらにまた、このエピソードを取り入れた同時代の悲劇群が、たとえば、おそらくミドルトン作の『復讐者の悲劇』[*The Revenger's Tragedy*]（一六〇六）のように、恋人の陵辱・殺害に対する当然の復讐であるにもかかわらず、君主を殺害した人物を最終的に悪党として逮捕させて劇を収束したり、またフレッチャー作の『ヴァレンティニアン』[*Valentinian*](一六一四)のように、貞淑な人妻を陵辱し自殺に追い込んだ相手が、君主であるがゆえに復讐できない臣下のディレンマを延々と前景化したりするのも、つまり、おしなべてエピソードの前段だけをなぞって後段を変形してしまうのも、同様の政治的磁場に対する作者の表象戦略として、とらえることもできるように思われる。[*40]

＊

次にこれまた明瞭なそして重要なかたちでローマ古典が援用されている三幕四場のイモジェンの台詞を見てみよう。たとえそれが偽りの情報に基づくものであれ、陵辱を受けたという汚れをそそぎ、名誉を回復するためには、ルクレティア同様自死を選ぶしかない立場に追い込まれたイモジェンは

だって、わたしは死ななきゃならないのよ。
もしおまえの手で殺されなきゃ、おまえは
ご主人の家来ではなくなる。自殺は
神さまがかたく禁じておられるので、
か弱い女の手ではなおのことできない。さあ、この胸を!
(七四—八)

と、ピザーニオに懇願する。この「陵辱の恥をそそぐために自害する妻」という設定は、この時点においてもなお、ルクレティア・エピソードがこの物語に対して一定の支配力をもっていることを示しているだろう。ところが注目すべきことに、これと並行して、ここではもうひとつの、しかも同様に著名なローマ

古典のエピソードが導入されてくるのである。夫ポステュマスの邪推を知り

嘘つきのアエネアスのために、正直で誠実な人の
言うことまでその当時は嘘だと思われた。サイノンの空涙のために
他の真心から流す涙も信用をなくして、ほんとうに不幸な人たちを見ても
誰も同情しなくなった。ポスチュマスさま、あなたは
立派な人たちを全部毒する悪いパン種です。
善良な正しい人たちが嘘つきの不実者にされるのです、
あなたの由々しい過失のために。

（五八―六四）

と嘆くイモジェンは、ここでは陵辱されて自死を選ぶルクレティアではなく、ローマ建国の英雄アエネアスに捨てられて自死を選ぶカルタゴの女王ディドーとして、みずからを再定義しているということになるだろう。そして興味深いことに、ローマ建国神話であるこのアエネアス・エピソードもまた、結婚プロットと政治プロットの交差を軸とした「女性を犠牲にしての国家の再生」の物語なのである。つまりローマ史のなかでも、構造上とりわけ類似し、しかも知名度においても匹敵する二つの準拠枠が、ここで交差すると言って良いだろう。[*41] そしてこれ以降の『シンベリン』の展開が、イモジェンを軸とする「陵辱の汚名を着せられた妻の悲劇とそれを契機とする政治的動乱の物語」から、ポスチュマスを中心とした「王国再建のため西へ向かう英雄の冒険の物語」へと興味の焦点を移動させていくのを見れば、諸家

が指摘するように、たしかにローマ共和制の起源の物語から、ローマそのものの起源の物語へと、この時点でこの戯曲の準拠枠が切り替わったかのようにも見える。またそれに対応するかたちで、この戯曲の結末も、政体の劇的な変革ではなく、父から子への権力の継承というパターンが前面に出てくることになるだろう。

しかしさらにまた、ここで導入されるのは空涙でトロイ陥落のきっかけをつくった「サイノン」という記号と重ねられた「嘘つきの」[false]アエネアスであり、さらにダイドー（＝イモジェン）の視点から見れば、この単語が「女性に不実な」[false]という意味をも喚起することも忘れてはならないだろう。つまりここで直接的に呼び出されているのは、必ずしもウェルギリウスの描く建国の英雄アエネアスではなく、むしろ、淵源をオウィディウスの『変身物語』[*Metamorphosis*]や『烈婦列伝』[*Heroides*]に発し、中世においてはチョーサーも『善女列伝』で継承したところの、エロスの力に翻弄され、利己的で虚言を弄するもうひとつの反英雄的アエネアス像とも考えられるのである。[*42] そしてそうであれば、この戯曲の『アエネーイス』に寄り添うような今後の展開は、むしろそれにあらかじめ距離を取るようなこの場のレトリックによって、すでにある種の脱構築を受けているということになるだろう。さらにイモジェンの寝室の掛け布に刺繍された物語が、実は「誇り高いクレオパトラが愛人のローマ人と会った時の物語」（二幕四場六九―七〇）であることも、こうした解釈を補強してくれるかもしれない。なぜならこのアントニーとクレオパトラの物語とは、ローマの戦士がアフリカの女王の虜になって帝国の建国を放棄するという意味で、まさにアエネアスとディドーの物語を反転させたもの、つまりアエネアス・エピソードの陰画とも考えられるからである。

そしてもし、先ほどの二幕二場のルクレティア・エピソードと同様に、作者が意図的にウェルギリウス的アエネアスとオウィディウス的アエネアスの両者を同時に呼び出すことで、『シンベリン』をいわば帝国主義的な物語として読むことを一方において促しながら、他方において密かにこの読みを脱構築する仕掛けを施しているとすれば、この表象戦略もやはり同時代の政治的磁場と絡めて考えることができるのではないだろうか。

アウグストゥス帝にみずからをなぞらえ、国土に平和と統一をもたらすというその役割に自覚的であったジェイムズ一世にとって、即位当時最大の政治的関心事のひとつはイングランドとスコットランドとの「再統一」問題であった。議会を開催する度に再三にわたってこの夢を語ってきた彼は、一六〇七年の議会演説でもこの問題を取り上げ、

余は法と人民の完全な合一を望む。そしてそれは汝らの王である余の元で両王国が一体化するような馴化である。……というのもひとつの頭が二つの体を支配すること、あるいは一人の男が二人の妻の夫となることは、キリスト御自身がおっしゃるように、そもそもありえないことだからである。[*43]

と、キリスト教のコードに身体と結婚の比喩を重ねた彼一流のレトリックを駆使して、再統合に反対する議会の説得に努めている。こうしたジェイムズの言説にこの劇を重ね合わせるならば、ローマに平和的に帰属するブリテンとは、まさにイングランドに吸収合併されるスコットランドに他ならない。つま

り『シンベリン』を王権のプロパガンダとしてとらえる、従来のいわゆる「ステュアート・シンベリン」的なポリティカル・リーディングである。[*44] そしてこの読みからすれば、この戯曲の準拠枠は、もちろんかのウェルギリウスのインペリアル・テクストということになるだろう。

だがこのジェイムズの要請が議会の大勢を動かすどころか、対立の溝がけっして埋まっていなかったことは、たとえば法律家にして有力な下院議員ニコラス・フラーによる、同じ一六〇七年の議会演説にも窺えるだろう。

ある人が、生け垣が隔てる二つの牧場をもっていたとしよう。ひとつは痩せていて、ひとつは肥沃かつ良質の場合、賢明な所有者は生け垣をすべて取り払わずに、門を作って行き来させるだろう。……もしすべて取り払ったら、大挙して乱入した家畜は、大いに渋々戻ることになるだろう。[*45]

もちろんスコットランド人を家畜にたとえるというフラーのレトリックに端的に表われているように、こうした強硬な統合反対論の背景には、異民族への蔑視や反感という生理的なレベルでの抵抗があったことはまちがいない。だがそれ以上に議会にとっての深刻な懸念は、再統合に際して法制度改革を求めるジェイムズの方向性だったのではないだろうか。たとえば、先ほどの議会演説でジェイムズはこうも述べている。

この地に来てからのいささかの経験から申し上げ、またそれを証明することもできると思うが、イングランドのコモン・ローという基盤は、世界のいかなる法律のうちでも最上のものである。……しかしあらゆる法律は明瞭で詳細であることが望ましいが、我が国のこの法律はある点で曖昧であり、また他の点で詳細さに欠けており……その点については法律家諸子自身が大きな不確かさがたしかに存在することを否定しないだろうと思うし、また諸賢つまり他の職業のジェントルマン諸君も、それを改良できたらと、ずいぶんとうんざりされていることと思う。[*46]

つまりスコットランドのシビル・ローの影響の強い法体系に馴染んできたジェイムズの目からは、イングランドのコモン・ローはたんなる国内法であり、もしシビル・ローの原則に応じて改良することができれば、より普遍的な法体系になりうると見えたのである。しかし下院に大きな勢力をしめる法律家を中心としたイングランドのコモン・ローに基づく法体系を護持する勢力にすれば、こうしたいわばスコットランドを手本にしての改革は、みずからの存立基盤を掘り崩し、さらには政体そのものをも改変してしまいかねない方向性と感じられたに違いない。ふたたびフラーの言を借りるならば、「王は実際大変賢明な方だったが、こうした「コモン・ローに基づく」政体については不案内である。……どうか私たちを王にも私たち自身にも忠実であらしめたまえ。そして王に、イングランドの法に則ればいかなることが可能かを知らしめたまえ。[*47]」というのが、彼が代弁する議会勢力の率直な懸念だったのではないだろうか。

そしてジェイムズの望む結果が出ないまま、一六〇七年夏以降議会が停会になっていた『シンベリン』初演当時のこうした政治状況を踏まえるならば、アエネアス・エピソード援用におけるテクスト上のねじれを、当時の再統合問題を巡る紛糾に対応した作者の表象戦略として読みとることも、あるいは可能かもしれない。つまり、一見ジェイムズ一世の対外政策を支持する方向に展開する『シンベリン』のなかに、それとは一致しないような声も併記されているとすれば、こうしたテクスト内部のねじれを根拠に、この戯曲をストレートな王権のプロパガンダとしてではなく、絶対王政を奉侍するステュアート朝君主とその正統性を内部から解体する議会という二つの軸のあいだで十七世紀の英国がまさに顕在化させつつあった矛盾を孕んだテクストとして読む可能性が、つまりもうひとつのポリティカル・リーディングへの途が、拓けてくるのではないだろうか。[*48]

結びに代えて

初期近代英国演劇研究は、シェイクスピア、しかもその特定のいくつかの作品を中心に、他の作品の序列を固定するという慣習を守り続けてきた。本稿でボーモント&フレッチャーという作家、あるいはシェイクスピアの『シンベリン』という作品、すなわち従来の価値体系では周辺部に押しやられてしまった存在を取り上げたのには、ひとつには、こうした従来の演劇史への異議申し立てという戦略的意図があった。つまりそれが暗黙の前提としてきた序列を、歴史性というコンセプトの導入でいったん解除することができれば、そこにもうひとつの演劇史を構想する糸口が提示できるのではないかと考えたのである。テクストを重要な作品とそうでない作品、あるいは主要な部分と些細な部分にあらかじめ区別しないこと。そしてまたテクストを、そこに取り込まれ、ねじれを生じさせている歴史の磁場とそこから戯曲を立ち上げてくる作者の表象戦略との相互交渉によって重層的に決定されたものとして読み解いていくこと。おそらく、初期近代英国演劇研究の新しい視角はそこから拓けるのではないだろうか。さらにまたこれこそが、私たちが「過去の運動としての」新歴史主義から学び、いまだ実現せざる「未来の可能性としての」新歴史主義へ「逃走」する際に忘れずに携えていくべき、実はもっとも重要な「教訓」［lesson］であることはいうまでもないだろう。

註

序

(1) おそらく、八〇年代の劈頭を飾る *Renaissance Self-Fashioning: From More to Shakespeare.* (Chicago: U of Chicago P, 1980)〔高田茂樹訳『ルネサンスの自己成型』(みすず書房、一九九二年)〕から掉尾を飾る *Shakespearean Negotiations: The Circulation of Social Energy in Renaissance England* (Berkeley: U of California P, 1988)〔酒井正志訳『シェイクスピアにおける交渉』(法政大学出版局、一九九五年)〕までが、グリーンブラット(そして新歴史主義という運動)が強力なインパクトをもちえた期間だろう。

(2) 新歴史主義を唱道してきた批評家のなかでも、こうした変化に柔軟に対応してきた希有の存在としてはStephen Orgelが挙げられる。*The Illusion of Power* (Berkeley: U of California P, 1975)で宮廷仮面劇の政治性を分析して新歴史主義の先駆けをなした彼は、近著 *Impersonations: The performance of gender in Shakespeare's England* (Cambridge: Cambridge UP, 1996)〔岩崎宗治他訳『性を装う——シェイクスピア異性装・ジェンダー』(名古屋大学出版会、一九九九年)〕では、ルネッサンス期におけるジェンダー構築の多様な可能性を幻視し、まさにクゥイアな視点からの新たな主体形成論を展開している。

(3) もちろん、新歴史主義的手法を継承しつつ、文学と歴史の新たな接点を探る試みもなされている。たとえば Lawrence Manly, *Literature and Culture in Early Modern London* (Cambridge: Cambridge UP, 1995) を参照のこと。多様なジャンルの言説を横断しながら、そこに表象されるロンドンと、その表象を構造化し制限する外在的な力としてのロンドンの相互交渉の解明に向かうという彼の手法は、新歴史主義直伝だろう。だが言説の「形式」に着目し、それを一貫してイデオロギー的メッセージとして捉えることで、文学形式の構造そのものの歴史化を企てるという枠組みは、明らかに新歴史主義「以降」へ向けられたものである。

(4) たとえば、正木恒夫の『植民地幻想 イギリス文学と非ヨーロッパ』(みすず書房、一九九五年)は、新歴史主義のもつもっとも良質の部分が日本という視座から見事に受容され、独自の展開を遂げている例外的な仕事と呼べるだろう。

(5) 大橋洋一「現代批評」、高橋康成編『シェイクスピア・ハンドブック』(新書館、一九九四年)七九。

(6) Louis Montrose, "Professing the Renaissance: The Poetics and Politics of Culture," in H. Aram Veeser, ed., *The New Historicism* (London:Routledge, 1989) 23.[伊藤詔子、中村裕英、稲田勝彦、要田圭治訳『ニュー・ヒストリシズム——文化とテクストの歴史性を求めて——』(英潮社、一九九二年)四〇]

(7) Fredric Jameson, *The Political Unconscious: Narrative as a Socially Symbolic Act* (Ithaca: Cornell UP,1981)[大橋洋一、木村茂雄、太田耕人訳『政治的無意識』(平凡社、一九八九年)九]

(8) Hayden White, "The Historical Text as Literary Artifact," in Robert H. Canary & Henry Kozicki, eds., *The Writing of History: Literary Forms and Historical Understanding* (Madison: U of Wisconsin P, 1978) 41-62.

(9) こうした観点からは、Lisa Jardineの近年の仕事が注目に値する。たとえば*Reading Shakespeare Historically* (London: Routledge,1996) ,*Worldly Goods* (London: Macmillan, 1996)は、知識/物の流通という視点からのシェイクスピアやルネッサンス史の読み直しという野心的企てだが、歴史学プロパーとの密接な交流をもつ彼女ならではの危なげない資料操作は、おそらく新歴史主義の「未来形」モデルとなるだろう。また彼女と近いところにいて、関心や作法を共有していると思われるAlan Stewart, *Close Readers: Humanism and Sodomy in Early Modern England* (Princeton: Princeton UP, 1997)やWilliam H. Sherman, *John Dee: The Politics of Reading and Writing in the English Renaissance* (Amherst: U of Mass. P, 1995)らの近年の仕事も興味深い。

(10) 詳しくはCatherine Gallagher & Stephen Greenblatt, *Praciticing New Historicism* (Chicago: U of Chicago P, 2000)を参照のこと。

(11) シェイクスピアとボーモント&フレッチャーとの影響関係についてはJohn F. Danby, *Poets on Fortune's Hill: Studies in Sidney, Shakespeare, Beaumont & Fletcher* (London: Faber, 1952)が古典。またとくに

『フィラスター』と『シンベリン』の影響関係についてはAshely H. Thorndike, *The Influence of Beaumont and Fletcher on Shakespeare* (New York: AMS P, 1966)に詳しい。

（12）本章の原形は、東北英文学会第五十三回大会（一九九八年）のシンポジアム「文学批評と歴史」の発表原稿にある。本書の共著者でもあるシンポジアム・メンバーの諸氏には、貴重な助言を感謝したい。

（13）たとえば同時代人のベン・ジョンソンはフレッチャーの『忠実な女羊飼い』[*The Faithful Shepherdess*]（一六〇八―九）への献詩で、「愚か者たちが寄ってたかって賞賛するものを、時の流れと蛾が喰らう頃、汝の劇詩は時に抗して栄光ある戯曲を打ち建てるだろう」と予言し、彼らの劇を絶賛している。（*The Dramatic Works in the Beaumont & Fletcher Canon*, Vol. III (Cambridge: Cambridge UP, 1976) 492を参照のこと。）

また王政復古期になっても彼らの評価が依然として高かったことは、ジョン・ドライデンが『劇詩論』[*An Essays of Dramatic Poesy*]（一六六八）で英仏の戯曲を比較する際に、英側の代表としてジョンソン、シェイクスピアと並んで彼らを選んでいることにも窺えるだろう。そして十七世紀を代表する文豪達のこうした評価と、二〇世紀を代表するノーベル賞詩人トーマス・エリオットが*Selected Essays, 1917-1932* (London: Faber, 1932)のなかで彼らに与えた、「切られて砂地に挿された、幾分萎れた花」（一三五）という評価の落差は、そのまま彼らの戯曲が英文学史上で被ったドラスティックな序列の変化を示しているだろう。

（14）二〇世紀シェイクスピア学を代表する研究者のひとりハンターの総決算として長らく刊行が待ち望まれていた*English Drama 1586-1642: The Age of Shakespeare* (Oxford: Clarendon P, 1997)の目立った特徴は、ある種のマテリアリズムにあるといってよいだろう。たとえば、ハンターは演劇史における変化の誘因として、個々の作家の内的成長よりは、むしろ興業主側の収益への専心や作家側の観客の嗜好の変化への対応を強調する。あるいは「何についての劇かではなく、この劇は何に似ているかを記述する」（五）と宣言し、シェイクスピアなら『嵐』[*The Tempest*]（一六一一）よりは『ペリクリーズ』[*Pericles*]（一六〇八）に、クリストファー・マーローなら『ファウスト博士』[*Doctor Faustus*]（一五九二）よりも『タンバレーン』[*Tamburlaine the Great*]（一五八七—八）に頁を割くのである。こうした方向性を味気ないと思うにせよ、斬新と感じるにせよ、七〇年代末に最初の構想を得たという彼の演劇史が、九〇年代後半にこうしたかたちで出版されるまでに、新歴史主義という運動が少なからぬ影響を与えたであろうことは、想像に難くない。

（15）内乱期に文学活動が存在しなかったというのはまったくの誤解であり、演劇を含め活発な活動が継続していたことは、たとえば、Nigel Smith, *Literature & Revolution in England, 1640-1660* (New Haven: Yale UP, 1994)、あるいはSusan Wiseman, *Drama and Politics in the English Civil War* (Cambridge: Cambridge UP, 1998) などの最近の優れた研究が、あらためて明らかにしているところである。詳しくは、『英語青年』二〇〇〇年二月号のタイムリーな特集「イギリス十七世紀——内乱期の文学」（十八—二九）を参照されたい。本書の共著者箭川修と川田潤を含む我が国の気鋭の研究者による内乱期文学の刺激的な研究が並んでいる。

（16）おそらく八〇年代に端を発する新たな批評動向に連動するかたちで、九〇年代に入るとボーモント&フレッチャー批評はにわかに活況を呈してきた。とりわけセクシュアリティに焦点を当てた研究では、以下の三冊Sandra Clark, *The Plays of Beaumont & Fletcher: Sexual Themes & Dramatic Representation* (London: Harverster, 1994); Marie H. Laughlin, *Hymeneutics: Interpreting Virginity on the Early Modern Stage* (London: Associated UP, 1997); Jeffrey Masten, *Textual Intercourse: Collaboration, Authorship & Sexuality in Renaissance Drama* (Cambridge: Cambridge UP, 1997)を参照のこと。またその政治性を扱った研究としては、以下の二冊、Philip J. Finkelpearl, *Court and Country Politics in the Plays of Beaumont & Fletcher* (Princeton: Princeton UP, 1990); Gordon McMullan, *The Politics of Unease in the Plays of John Fletcher* (Amherst: U of Mass P,1994)を参照のこと。とくに前者は実証性に優れており、大いに参考になる。

（17）以下、邦訳の際に使用した『フィラスター』のテクストはRobert K. Turner, ed., *The Dramatic Works in the Beaumont and Fletcher Canon*, Vol. I (Cambridge: Cambridge UP, 1966)である。

(18) シェイクスピア作品の邦訳は、原則として『シェイクスピア全集』一〜八（筑摩書房、一九六七年）を借用させて頂いた。また行数については、*The Riverside Shakespeare* (Houghton: Mifflin, 1974)に従った。

(19) 邦訳は『エリザベス朝演劇集』（筑摩書房、一九七四年）収録の『乙女の悲劇』（小津次郎訳）より借用させて頂いた。

(20) 主たる二つの少年劇団のうち、聖ポール少年劇団については、Reavley Gair, *The Children of Paul's: The Story of a Theatre Company, 1553-1608* (Cambridge: Cambridge UP, 1981)が、また黒僧座少年劇団については、Michael Shapiro, *Children of the Revels: The Boy Companies of Shakespeare's Time and their Plays* (New York: Columbia UP, 1977)が、現時点でももっとも詳しい情報を与えてくれる。

(21) ロンドンはもとより、遠くケンブリッジにまでこの「劇場戦争」の話題は届いていたらしく、当時の学生劇『パルナッソスからの帰還――第二部』[*The Second Part of Return from Parnassus*]（一六〇二）四幕三場でも、ジョンソンの『へぼ詩人』[*Poetaster*]（一六〇一）とトマス・デッカーとジョン・マーストンの『毒舌懲罰』[*Satiromastix*]（一六〇一）間の嘲罵の応酬が話題にされているほどである。

(22) 少年劇団特有の「性」表現については、Peter Stallybrass, "Transvestism and the 'body beneath': Speculating on the boy actor," in Susan Zimmerman, ed., *Erotic Politics: Desire on the Renasissance Stage* (London: Routledge, 1992) 64-83で、興味深い議論を展開しているので参照されたい。

(23) 当時の劇場および劇団に関する情報は、Andrew Gurr, *The Shakespearean Stage, 1547-1642*. 2nd ed. (Cambridge:Cambridge UP, 1980)および*The Shakespearean Playing Companies* (Oxford:Clarendon P, 1996)から得た。とくに後者は、劇団という視点から再構成された現在望みうるもっとも精緻な演劇史であり、さまざまな要因によって重層決定される「場」として英国初期近代演劇を捉えようとする際の必読文献だろう。

(24) 一五九九年の「主教禁止令」(Bishops' Ban)とジェイムズ朝期の演劇の「性化」[Sexualization]の関係については、Lynda E. Boose, "The 1599 Bishops' Ban, Elizabethan Pornography, & the Sexualization of the Jacobean Stage," in R. Burt and J.H. Archer eds., *Enclosure Acts: Sexuality, Property, and Cul-*

ture in Early Modern England (Ithaca: Cornell UP, 1994) 185-202を見よ。

(25) 一六一二〜一三年のシーズンに異例なことに二度までも宮廷で上演されていること、また最初の四つ折版が出た一六一九〜二〇年のシーズンにも宮廷で再演されているらしいこと、さらに一六二〇年代から三〇年代にかけて実に五度も版を重ねていることからしても、この戯曲の人気の高さが窺えるだろう。詳しくは、Andrew Gurr, ed., *Philaster* (London:Methuen,1969) lxxi-vを参照のこと。

(26) たとえば、Mario Digangi, *The Homoerotics of Early Modern Drama* (Cambridge: Cambridge UP, 1997)では、一五八〇年代から一六二〇年代にわたる英国初期近代演劇で、実際には表象されていながらこれまで等閑視されてきたホモ・エロティシズムが、おそらく初めて包括的に分析されている。またとくにボーモント&フレッチャーの悲喜劇に表象されたホモ・エロティックな欲望をめぐっては、Nicholas F. Radel, "Flecherian Tragicomedy, Cross-dressing, and the Constriction of Homoerotic Desire in Early Modern England," *Renaissance Drama* NS XXVI (1997): 53-82を見よ。

(27) Alan Bray, *Homosexuality in Renaissance England* (Boston: Gay Men's Press, 1982) 48-9.［田口孝男、山本雅男訳『同性愛の社会史』(彩流社、一九九三年)八〇―一二］

(28) ベラーリオ／ユーフラシアのこの選択に注目した近年の論考としては、Jo E. Miller, "And All This Passion for a Boy?: Cross-Dressing and the Sexual Economy of Beaumont & Fletcher's *Philaster*," *ELR* 27 (1997): 129-50がある。

(29) 「モーリー・ハウス」(Molly House)についての詳細は、Brayの前掲書第四章を参照のこと。

(30) 「徴候的読解」とは、元々は精神分析の解釈モデルである。それが文学理論に転用された場合、あるテクスト内に見い出されるねじれ／切断／不連続が、ある抑圧された内容の発見によって説明されるかもしれない徴候群とみなされることになる。本来はルイ・アルチュセールが『資本論を読む』(ちくま学芸文庫、一九九六―七年)［*Lire le capital* (Paris: François Maspero, 1968)］で、マルクスの『資本論』読解のために用いたものだが、英米の批評シーンとの関わりという点では、もちろん、このモデルを採用したジェイムソンの『政治的無意識』の影響が大きいだろう。

二

(31) 本章の原形は、第三十八回日本シェイクスピア学会(一九九九年)のセミナー「ロマンス劇を読む」の発表原稿にある。半年にわたるディスカッションを通じて、本章のいわば産婆役を務めていただいたセミナー・リーダーの末廣幹氏、および貴重な助言をいただいたセミナー・メンバーの皆さんに感謝したい。

(32) ほとんど唯一の例外としては、G.Wilson Knight, *The Crown of Life: Essays in Interpretation of Shakespeare's Final Plays* (London:Methuen, 1948)がある。第四章の長大な『シンベリン』論は、そのモダニズム的な視点の限界にもかかわらず、たとえばナショナリズムとアナクロニズムの混合への着目など、近年の新たな議論の展開への萌芽がすでに含まれており、今なお味読に値する批評と言えるだろう。

(33) これまでの「最後のローマ史劇」としての『シンベリン』研究では、David Bergeron, "*Cymbeline*: Shakespeare's Last Roman Play," *SQ* 31(1980): 31-41; Robert Miola, "*Cymbeline*: Shakespeare's Valediction to Rome," in Annabel Patterson, ed., *Roman Image, Selected Papers from the English Institute, 1982* (Baltimore: Johns Hopkins UP, 1984) 51-62が秀逸。

(34) Patricia Parker, "Romance and Empire: Anachronistic *Cymbeline*," in George M. Logan & G. Teskey, eds., *Unfolded Tales: Essays on Renaissance Romance* (Ithaca: Cornell UP, 1989) 189-207.

(35) Jodi Mikalachki, "The Masculine Romance of Roman Britain: *Cymbeline* and Early Modern English Nationalism," *SQ* 46 (1995): 301-22. なお上記論文を中核として、ジェンダーと国家の問題を考察した近刊*The Legacy of Boedicea: Gender and Nation in Early Modern England* (London: Routledge, 1998)も参照されたい。

(36) ルクレティア・エピソードが西欧でどのように受容され、伝播し、神話を形成していったかは、Ian Donaldson, *The Rape of Lucrece: A Myth and its Transformations* (Oxford: Oxford UP, 1982) ; Stephanie Jed, *Chaste Thinking: The Rape of Lucretia and the Birth of Humanism* (Bloomington: Indiana UP, 1989)に詳しい。

(37) ルクレティア・エピソードの当時の流布状況については、G. Bullough, *Narrative and Dramatic Sources*

of Shakespeare, Vol. I (London: Routeldge, 1966) 179-202を参照のこと。

(38) なお、こうしたフェミニズムの視点からの女性の身体表象をめぐる問題系へのアプローチは、もうひとつの、そして同様の注目に値する『シンベリン』再読の試みと言えるだろう。代表的な論考としては、Nancy Vickers, "'The blazon of sweet beauty's best': Shakespeare's *Lucrece*," in P. Parker & G. Hartman eds., *Shakespeare & the Question of Theory* (London: Methuen, 1985) 95-115; Patricia Parker, *Literary Fat Ladies: Rhetoric, Gender, Property* (London: Methuen, 1987)のとくに第七章 "Rhetorics of Property: Exploration, Inventory, Blazon" を参照のこと。なお、ルネッサンスの文化全体とブレイゾンというレトリックとの関係を追求したものには、Jonathan Sawday, *The Body Emblazoned: Dissection and the Human Body in Renaissance Culture* (London: Routledge, 1995)がある。

(40) ルクレティア・エピソードが初期近代英国演劇でどのように表象されていたかについてはMercedes Maroto Camino, *"The Stage Am I": Raping Lucrece in Early Modern England* (Lewiston: The Edwin Mellen P, 1995)が論じているが、扱っている範囲は初期スチュアート朝までである。ちなみに、このエピソードの十七世紀における受容史については、吉原ゆかり氏が平成十一年度の日本英文学会シンポジアムの発表原稿『恥辱と苦痛のエロティカ—「ルクレティアの陵辱」の受容とボディ・ポリティックス』を、近々刊行準備中と聞く。

(41) ここで導入されるアエネアス・エピソードが劇後半の展開に果たす重要性については、パトリシア・パーカーの前掲論文 "Romance and Empire" を参照のこと。また、Heather James, *Shakespeare's Troy: Drama, Politics, and the Translation of Empire* (Cambridge: Cambridge UP, 1997)第五章にも、『シンベリン』における「トロイ伝説」援用技法の詳細な分析があるので、こちらも参照されたい。

(42) アエネアス・エピソードの受容史については、Barbara J. Bono, *Literary Transvaluation: From Vergilian Epic to Shakespearean Tragicomedy* (Berkeley: U of California P, 1984) に詳しい。また、オウィディウスの『烈婦列伝』は、Daryl Hine, *Ovid's* Heroines: *A Verse translation of* the Heroides (New Haven: Yale UP, 1991)で読むことができる。

(43) Charles Howard McIlwain ed., *The Political Works of James I* (Cambridge, Mass.: Harvard UP,

1918) 292.

（44）こうした解釈の古典としては、Emrys Jones, "Stuart *Cymbeline*," *Essays in Criticism* 11(1961): 84-99を参照のこと。

（45）*House of Commons Journal* vol. 1, as quoted in *Stuart England 1603-1714: The Formation of the British State* by Barry Coward (London: Longman, 1997) 66.　また一六〇六—七年の議会の状況については、Theodore K. Rabb, *Jacobean Gentleman: Sir Edwin Sandys, 1561-1629* (Princeton: Princeton UP, 1998) 111-39に詳しい。

（46）McIlwain, *op. cit.*, 292-93. また政体を巡るジェイムズ一世と議会の対立についてはPaul Christianson, "Royal and Parliamentary Voices on the Ancient Constitution: *c.*1604-1621," in Linda L. Peck ed., *The Mental World of the Jacobean Court* (Cambridge: Cambridge UP, 1991) 71-95を参照。

（47）Elizabeth R. Foster ed., *Proceedings in Parliament,1610* (New Haven: Yale UP, 1966)109, as quoted in Chirstianson, *ibid.*, 78.

（48）こうした方向性では、すでにLeah S. Marcus, "*Cymbeline* and the Unease of Topicality," in Heather Dubrow and Richard Strier eds., *The Historical Renaissance: New Essays on Tudor and Stuart Literature and Culture* (Chicago: U of Chicago P, 1988)134-68という優れた試みがある。

参考文献

Beaumont, Francis, and John Fletcher. *The Dramatic Works in the Beaumont and Fletcher Canon*. General editor, Fredson Bowers, 10 vols. Cambridge: Cambridge UP, 1966-96.

——. *Philaster*. Ed. Andrew Gurr. London: Methuen, 1969.

ボーモント&フレッチャー、小津次郎訳『乙女の悲劇』『エリザベス朝演劇集』筑摩書房、一九七四年

King James IV & I. *Political Works of James I*. Ed. Charles H. McIlwain. Cambridge: Harvard UP, 1918.

Shakespeare, William. *Cymbeline*. Ed. Roger Warrren. Oxford: Oxford UP, 1998.

——. *Cymbeline*. Ed. J.M. Nosworthy. London: Methuen, 1955.

——. *The Riverside Shakespeare*. Boston: Houghton Mifflin, 1974.［ウィリアム・シェイクスピア『シェイクスピア全集』一〜八　筑摩書房、一九六七年］

*

Bergeron, David. "*Cymbeline*: Shakespeare's Last Roman Play." *SQ* 31(1980): 31-41.

Bono, Barbara J. *Literary Transvaluation: From Vergilian Epic to Shakespearean Tragicomedy*. Berkeley: U of California P, 1984.

Boose, Lynda E. "The 1599 Bishops' Ban, Elizabethan Pornography, & the Sexualization of the Jacobean Stage." *Enclosure Acts: Sexuality, Property, and Culture in Early Modern England*. Eds. R. Burt and J. H. Archer. Ithaca: Cornell UP, 1994. 185-202.

Bray, Alan. *Homosexuality in Renaissance England*. Boston: Gay Men's Press, 1982.［田口孝男、山本雅男訳『同性愛の社会史』彩流社、一九九三年］

Bullough, G. *Narrative and Dramatic Sources of Shakespeare*, Vol. I. London: Routeldge, 1966.

Camino, Mercedes Maroto. *"The Stage Am I": Raping Lucrece in Early Modern England*. Lewiston: The Edwin Mellen P, 1995.

Christianson, Paul. "Royal and Parliamentary Voices on the Ancient Constitution: *c*.1604-1621." *The Mental World of the Jacobean Court*. Ed. Linda L. Peck. Cambridge: Cambridge UP, 1991.

Clark, Sandra. *The Plays of Beaumont & Fletcher: Sexual Themes & Dramatic Representation*. London: Harverster, 1994

Eliot, Thomas S. *Selected Essays, 1917-1932*. London: Faber, 1932.

Coward, Barry, ed. *Stuart England 1603-1714: The Formation of the British State*. London: Longman, 1997.

Danby, John F. *Poets on Fortune's Hill: Studies in Sidney, Shakespeare, Beaumont & Fletcher*. London: Faber, 1952.

Digangi, Mario. *The Homoerotics of Early Modern Drama*. Cambridge: Cambridge UP, 1997.

Donaldson, Ian. *The Rape of Lucrece: A Myth and its Transformations*. Oxford: Oxford UP, 1982.

Dryden, John. *An Essays of Dramatic Poesy*. *Dryden: A Selection*. Ed. John Conaghan. London: Methuen, 1978.

Finkelpearl, Philip J. *Court and Country Politics in the Plays of Beaumont & Fletcher*. Princeton: Princeton UP, 1990.

Gair, Reavley. *The Children of Paul's: The Story of a Theatre Company, 1553-1608*. Cambridge: Cambridge UP, 1981.

Gallagher, Catherine, & Stephen Greenblatt. *Praciticing New Historicism*. Chicago: U of Chicago P, 2000.

Greenblatt, Stephen. *Renaissance Self-Fashioning: From More to Shakespeare*. Chicago: U of Chicago

P, 1980. ［高田茂樹訳『ルネサンスの自己成型』みすず書房、一九九二年］
——. *Shakespearean Negotiations: The Circulation of Social Energy in Renaissance England*. Berkeley: U of California P, 1988. ［酒井正志訳『シェイクスピアにおける交渉』法政大学出版局、一九九五年］
Gurr, Andrew. *The Shakespearean Stage, 1547-1642*. 2nd Edition. Cambridge: Cambridge UP, 1980.
——. *The Shakespearean Playing Companies*. Oxford: Clarendon P, 1996.
Hunter, G. K. *English Drama 1586-1642: The Age of Shakespeare*. Oxford: Clarendon P, 1997.
Jameson, Fredric. *The Political Unconscious: Narrative as a Socially Symbolic Act*. Ithaca: Cornell UP, 1981. ［大橋洋一、木村茂雄、太田耕人訳『政治的無意識』平凡社、一九八九年］
James, Heather. *Shakespeare's Troy: Drama, Politics, and the Translation of Empire*. Cambridge: Cambridge UP, 1997.
Jardine, Lisa. *Reading Shakespeare Historically*. London: Routledge, 1996.
——. *Worldly Goods*. London: Macmillan, 1996.
Jed, Stephanie. *Chaste Thinking: The Rape of Lucretia and the Birth of Humanism*. Bloomington: Indiana UP, 1989.
Livy. *The Rise of Rome: Book One to Five*. Trans. T. J. Luce. Oxford: Oxford UP, 1998.
Jones, Emrys. "Stuart *Cymbeline*." *Essays in Criticism* 11(1961): 84-99.
Knight, G.Wilson. *The Crown of Life: Essays in Interpretation of Shakespeare's Final Plays*. London: Methuen, 1948.
Laughlin, Marie H. *Hymeneutics: Interpreting Virginity on the Early Modern Stage*. London: Associated UP, 1997.
Leishman, J. B., ed. *The Three Parnassus Plays (1598-1601)*. London: Ivor Nicolson & Watson, 1949.
Masten, Jeffrey. *Textual Intercourse: Collaboration, Authorship & Sexuality in Renaissance Drama*. Cambridge: Cambridge UP, 1997.

Manly, Lawrence. *Literature and Culture in Early Modern London*. Cambridge: Cambridge UP, 1995.

Marcus, Leah S. "*Cymbeline* and the Unease of Topicality." *The Historical Renaissance: New Essays on Tudor and Stuart Literature and Culture*. Eds. Heather Dubrow and Richard Strier. Chicago: U of Chicago P, 1988.

McMullan, Gordon. *The Politics of Unease in the Plays of John Fletcher*. Amherst: U of Massachusetts P, 1994.

Mikalachki, Jodi. "The Masculine Romance of Roman Britain: *Cymbeline* and Early Modern English Nationalism." *SQ* 46 (1995): 301-22.

——. *The Legacy of Boedicea: Gender and Nation in Early Modern England*. London: Routledge, 1998.

Miller, Jo E. "'And All This Passion for a Boy?': Cross-Dressing and the Sexual Economy of Beaumont & Fletcher's *Philaster*." *ELR* 27 (1997): 129-50.

Miola, Robert. "*Cymbeline*: Shakespeare's Valediction to Rome." *Roman Image, Selected Papers from the English Institute, 1982*. Ed. Annabel Patterson. Baltimore: Johns Hopkins UP, 1984. 51-62.

Montrose, Louis. "Professing the Renaissance: The Poetics and Politics of Culture." *The New Historicism*. Ed. H. Aram Veeser. London: Routledge, 1989. 15-36.〔伊藤詔子、中村裕英、稲田勝彦、要田圭治訳『ニュー・ヒストリシズム――文化とテクストの歴史性を求めて――』英潮社、一九九二年、二八―六二〕

Orgel, Stephen. *The Illusion of Power*. Berkeley: U of California P, 1975.

——. *Impersonations: The performance of gender in Shakespeare's England*. Cambridge: Cambridge UP, 1996.〔岩崎宗治 他訳『性を装う――シェイクスピア・異性装・ジェンダー』名古屋大学出版会、一九九九年〕

Ovid. *Ovid's* Heroines*: A Verse translation of* the Heroides. Trans. Daryl Hine. New Haven: Yale UP, 1991.

Parker, Patricia. *Literary Fat Ladies: Rhetoric, Gender, Property*. London: Methuen, 1987.

——. "Romance and Empire: Anachronistic *Cymbeline*." *Unfolded Tales: Essays on Renaissance Ro-*

mance. Eds. George M. Logan & G. Teskey. Ithaca: Cornell UP, 1989. 189-207.

Rabb, Theodore K. *Jacobean Gentleman: Sir Edwin Sandys, 1561-1629*. Princeton: Princeton UP, 1998.

Radel, Nicholas F. "Flecherian Tragicomedy, Cross-dressing, and the Constriction of Homoerotic Desire in Early Modern England." *Renaissance Drama* NS XXVI (1997): 53-82.

Sawday, Jonathan. *The Body Emblazoned: Dissection and the Human Body in Renaissance Culture*. London: Routledge, 1995.

Shapiro, Michael. *Children of the Revels: The Boy Companies of Shakespeare's Time and their Plays*. New York: Columbia UP, 1977.

Sherman, William H. *John Dee: The Politics of Reading and Writing in the English Renaissance*. Amherst: U of Massachusetts P, 1995.

Smith, Nigel. *Literature & Revolution in England,1640-1660*. New Haven: Yale UP, 1994.

Stallybrass, Peter. "Transvestism and the 'body beneath': Speculating on the boy actor." *Erotic Politics: Desire on the Renasissance Stage*. Ed. Susan Zimmerman. London: Routledge, 1992. 64-83.

Stewart, Alan. *Close Readers: Humanism and Sodomy in Early Modern England*. Princeton: Princeton UP, 1997

Thompson, Ann. "Philomel in *Titus Andronicus* and *Cymbeline*." *SS* 31(1978): 23-32.

Thorndike, Ashely H. *The Influence of Beaumont and Fletcher on Shakespeare*. New York: AMS P, 1966.

Vickers, Nancy. "'The blazon of sweet beauty's best': Shakeapeare's *Lucrece*." *Shakespeare & the Question of Theory*. Eds. P. Parker & G. Hartman. London: Methuen, 1985. 95-115.

White, Hayden. "The Historical Text as Literary Artifact." *The Writing of History: Literary Forms and Historical Understanding*. Eds. Robert H. Canary & Henry Kozicki. Madison: U of Wisconsin P, 1978. 41-62.

Wiseman, Susan. *Drama and Politics in the English Civil War*. Cambridge: Cambridge UP, 1998.

＊

「イギリス十七世紀――内乱期の文学」『英語青年』二〇〇〇年三月号、一八―三九。
高橋康成編　『シェイクスピア・ハンドブック』新書館、一九九四年。
正木恒夫　『植民地幻想 イギリス文学と非ヨーロッパ』みすず書房、一九九五年。
ウェルギリウス　『アエネーイス』（上・下）岩波書店、一九七六年。
ルイ・アルチュセール　『資本論を読む』　筑摩書房、一九九六―七年。

第三章　〈文化の美学〉と『アストロフェルとステラ』

箭川　修

一　〈新・新歴史主義〉と〈文化の美学〉

新歴史主義はさまざまな批判に晒されてきた。現在の批評界は——少なくともスティーヴン・グリーンブラットをイデオローグとするような——新歴史主義は卒業だという意識に傾いているらしい。しかしながら、新歴史主義という巨大重力体からの脱出を試みるための具体的方策はどのようなものになるだろうか。偶然にも、この論文集の企画が進行していた時点——論者の誰一人として原稿に取りかかっていなかった時点——でパトリシア・ファマトンとサイモン・ハントの編集になる『ルネサンス文化と日常』が出版された。[*1]ファマトンとは筆者が数年前に翻訳に加わった『文化の美学』[*2]以来のつきあいになるが、そのファマトンが『ルネサンス文化と日常』の「序章」として「新・新歴史主義」[“A New New Historicism”]という論考を提示している。振り返ってみれば、『文化の美学』が、その題名からして、グリーンブラットの書き直しを目論んでいたことは疑いない。というのも、〈文化の美学〉[Cultural Aesthetics]とは、グリーンブラットが本来自分の研究の名称として選択した〈文化の詩学〉[Cultural Poetics]を誤読したものにほかならないからである。[*3]しかし現在、グリーンブラット当人が〈新歴史主義〉

という名称から逃走しようとしている——にもかかわらず、新歴史主義と言えば真っ先にグリーンブラットの名前を挙げざるをえない——状況において、〈新・新歴史主義〉を提起しようとするファマトンは何を目論んでいるのであろうか。

ファマトンが〈新・新歴史主義〉を語る際に“A New New Historicism”と不定冠詞を用いることで、これを相対化しようとしていることに最大限の注意を払う必要がある。〈新〉歴史主義からの逃走線は無数に引きうるのである。ファマトンが提示するものとはまた別のかたちの〈新・新〉歴史主義が出現する可能性は常に開かれている。それでもなお、〈新・新〉歴史主義が〈脱〉歴史主義ないし〈反〉歴史主義に変貌することはないだろう。ここでは新歴史主義からの逃走の一形態として、ファマトン的な新・新歴史主義の外貌を紹介しておきたい。

この新興の新歴史主義は主として——階級および文化の両方の意味において——〈コモン〉なものに焦点を合わせている。すなわち、俗なもの《ザ・ロウ》(common people)、普通なもの《ジ・オーディナリ》(common speech, common ware, common sense)、馴染みのもの《ザ・ファミリアー》(commonly known)、慣習的なもの《ザ・カスタマリ》ないし典型的なもの《ザ・ティピカル》ないし当然と見なされるもの《ザ・テイクン・フォー・グランテッド》(common law, commonplace, communal)などである。新・新歴史主義はこうした種々のコモン性《コモナルティ》から選び出された特定の群を、文化的実践および表象の多様な細部からなる文脈——私たちが、ミシェル・ド・セルトーやアンリ・ルフェーブルを引きながら、「日常的なもの《ジ・エヴリディ》」と呼びうるかもしれないもの——の内部に位置づける。日常を扱うこの新しい歴史主義が宮廷の政治学ないし国家装置およびその文化的道具の彼方(および裏側)に目を向けるという点からすれば、これは「政治的」というよりは「社会的」な歴史主義である……。[*4]ファマトン的な新・新歴史主義は「政治的」にすぎた歴史主義的批評――従来の新歴史主義批評――を「社会的」な方向へと軌道修正しようとする圧力である。ならば、このような新・新歴史主義は、旧・新歴史主義に対するひとつのアンチテーゼであることはまちがいないにせよ、「以前の方法論からの純粋な訣別ではなく、多くの点でこれを継続、補足、拡散する」ものと理解すべきであろう。[*5]

　ファマトン的な新・新歴史主義に顕著なもうひとつの特徴として、「物質性《マテリアリティ》」に対するこだわりが挙げられる。これは、「日常という〈感覚〉がもっぱら感覚性《センシュアリティ》ないし身体性《フィジカリティ》のうちにとらえられる」という意識に基づいている。[*6]また、この新・新歴史主義は「日常」の理論的支柱としてセルトーとルフェーブルを提示しながらも、彼らに完全に依拠しようとはしない。新・新歴史主義の批評家は、「集合的な意味・価値・表象・実践」をも視野に収めようとする「日常」の意味の拡がりに応じて、文化人類学者（クリフォード・ギアツ）、文化史家／社会学者（ミシェル・フーコー、ピエール・ブルデュー、ノルベルト・エリアス）、ポストモダン思想家（ジャン・ボードリヤール）、フェミニズム、マルクス主義などを参照する。[*7]フーコー、フェミニズム、マルクス主義は新歴史主義においてもその関連が取りざたされていた。新歴史主義の「混成的特質」は新・新歴史主義にも受け継がれているのである。

　『ルネサンス文化と日常』の「新・新歴史主義」には「日常」、「社会的」、「物質性」といったキーワードが存在するにせよ、出版時期としてはこれに先行した『文化の美学』において、ファマトンはどのような領域を開拓しようとしたのだろうか。

本書では断片的《フラグメンタリ》なもの、周縁的《ペリフェラル》なもの、装飾的《オーナメンタル》なもの——私が取り上げる文化に特有の言葉で言えば、〈些末なもの《ザ・トリヴィアル》〉と呼ばれるであろう事象が扱われる。私の焦点は、イギリス・ルネサンスの貴族社会の些細な自己性《セルフフッド》、つまり自己《セルフ》の感覚にある。そしてこの感覚は、後に私たちが見るように、装飾、贈り物、食物、ささやかな催し物、さらにはその他の文化的な富や見せ物といった要素などの小さな装飾品の世界によって支えられ、実際に構成されたのであった。

　これに対応する私の関心は、人生の歴史的かつ美的な葛藤の場が交錯する時点における、この自己という感覚の現われかたにある。《些末なもの》とは、歴史的事実のコンテクストと美的な人工物のテクストの両者を巡って行なわれる、断片的なもの、周縁的なもの、装飾的なものの分析に用いられる共通の用語である。些細なものという見出しの下に、私はまず第一義的なレベルの過去の存在を検討するが、このレベルでは、歴史的なコンテクストが貴族の自己に対して根本的な断絶として現われてくる。貴族の日常生活の贅沢な装飾品はその内に宇宙を備えており、この宇宙の中では、中心的な歴史の配置さえもが砕け散り、周辺へと追いやられ、一貫性を失ってしまう。その結果、ここでは自己が裂けたまま固定される。歴史とは菓子でできた皿が砕け散ったものであると言えるかもしれない。後に考察するように、この皿の甘い破片の一つ一つは、損なわれた自己によって元どおりに寄せ集められるかもしれないが、本来の統一体が持っていたと考えられる完全性を取り戻すことは〈決して〉できない。

　私が行なおうとしているように、歴史を壊れた菓子、あるいは断片と化した建造物として研究することは、歴史の展開の本流や大きな流れ（あるいはアナール学派の言いかたによれば、長き継続《ローン・デュレ》の深層構造）を追求する歴史家には取るに足らないものと思われるかもしれない。ブローデルの用語で考えれば、実際、私は「些細な出来事の歴史《リストワール・エヴァンマンシエル》」の「表面のさざめき、泡の浮きかす」以上に皮相的な歴史の層を研究しようと望んでいる。政治的な出来事という束の間の泡の上に私の手仕事《メティエ》が浮かび上がってくる。このような私の手仕事は文化のさらにはかない泡なのであり、その波はと言えば、イニゴ・ジョーンズ［一五七八―一六二五］による仮面劇の波の装置と同じほどの実質しか持ってはいない。しかし、私が《些末なもの》を一つの概念として心に抱くときには、この用語が持つ軽蔑的な含意は拒絶している。そのような軽蔑はいかなるものであっても、結局のところ、本流の歴史とアナール学派の歴史の両者が持つ不安を際立たせている抑圧の一つの形態に過ぎないと私は考える。つまり、裸の資料や、いかなる連続的な構造や根拠にも支えられていない〈単なる〉事実と見えるようなものに対する恐れなのである。いかにして過去それ自体は、アイデンティティや自我の感覚が歴史的な不連続性の中で生じうるような形で、その裸の事実を捉えることができたのであろうか。

　この点にこそ、私が順応率の高い些末性を構想した理由がある。というのも、断片的なもの、周縁的なものとは、結局のところ、装飾的なものでもあったからである。先の問いに対する私の答えは、過去が自らを美的なものとするということである。自らが文化的な〈人工物〉であるという美的な理解にルネサンスが到達できたのは、まさに歴史的事実が崩壊し、脈絡を失い、《乖離した》性質を帯びていたからに他ならない。それゆえ、ルネサンスの貴族社会に対する真に歴史的な観点とは、過去の文化の理解に際して美学の必要性を認識するものであろう。美学を歴史的に捉える手法でアプローチするならば、美学はルネサンスとポストモダンの私たちの時代とを仲介する手段を与えてくれる。そしてこの手段は、歴史の放棄なのではなく、厳密に言えば、歴史の再提示もしくは解釈となっているのである。*8

ここでのファマトンの姿勢はいわゆる歴史研究――「本流の歴史とアナール学派の歴史」――との相違をきわ立たせているが、私たちの関心はむしろ、〈新〉歴史主義と〈新・新〉歴史主義との関係にある。幸いなことに、『文化の美学』の「日本語版序文」には新歴史主義に対するファマトンの評価が書き込まれている。

イギリス・ルネサンスの貴族階級が実践した社会的装飾の地域的かつ日常的な事実を探求する際に、私はまさに、初期近代イングランドに対するこのような文化的〈位置づけ〉という仕事を企画した。初期近代の主体を想像するための新たな道を切り開きたいと願ったのである。近年のイギリス・ルネサンス研究は、新歴史主義が用いる「争論」、「転覆」、「封じ込め」などの用語から推察される主体性の概念――《パワー・ポリティックス》とでも呼びうるもの――に支配されてきた。確かにこのような視点は、ルネサンス期イングランドという階層性が強い社会における主体性を考えるための強力な、しかも多くの意味で有効な模式を提供してくれてはいる。しかしながら私は、この視点が日常生活の多様な細部を黙殺し、周縁へと追いやってしまうのではないかという危惧を抱かざるをえない。これらの細部――装飾、取るに足らないもの、不必要なもの（細密画、贈り物、バンケット室など）――の混然とした集積こそ、貴族階級が日々心を砕いたものなのである。こうした些末な人工物から構成され再構成されると、貴族の主体性は新たな、私たちがふだん見慣れているものとは異なる輪郭を帯びてゆく。私たちが目撃するのは、他者の服従に反映される強力な《私》ではなく、贅沢な骨董品ではありながら砕け散った断片として経験されるばかりの（首尾一貫した、欠けるところのない全体にまとめ上げることなど到底不可能な）ハンプティ・ダンプティのごとき自己に他ならない。この断片化された些末な自己は、初期近代イングランド文化研究に対する私の《ささやかな》貢献である。*9

「争論」、「転覆」、「封じ込め」といった訳は必ずしも適切ではなかったかもしれないが、ファマトンが『ルネサンス文化と日常』の序章として提示した「新・新歴史主義」で語ろうとしたことのほとんどはすでに『文化の美学』の中に姿を見せている。出版時期が先行し、いまだに〈新・新歴史主義〉という名称は与えられていないにせよ、『文化の美学』が新・新歴史主義の実践のひとつであることは明らかである。

蛇足ではあるが、『文化の美学』でファマトンがどのような研究を行なっているのかが推察できるように、各章およびそこに含まれる各節の題を紹介しておきたい。

「第一章　序　静物画――時計、宝石、オレンジ」
パラダイム／切断のパラダイム――断片としての文化／断片的なものから周縁的なもの、装飾的な

オンの帰還のためのネプチューンの凱旋』／カーテン・コール——時事性のヴェール

個々の章に立ち入ることは紙幅の関係もあって不可能である。しかし、以上のような各章・各節の題からも推察されるように、『文化の美学』でファマトンの議論を支えているのが〈贈与〉、〈交換〉、〈流通〉といった概念体系であることは指摘しておく価値がある。

二　『アストロフェルとステラ』の〈美学〉を扱うために

フィリップ・シドニー卿（一五五四—八六）の『アストロフェルとステラ』［*Astrophil and Stella*］に「文化の美学」の手法は通用するのであろうか。何を今更、ファマトンがすでに『文化の美学』の第三章で検討しているではないか、とお考えの方も多いと思われるので、ここで本稿を進めていくにあたって私自身の姿勢を表明しておきたい。すでに指摘したように、新・新歴史主義は新歴史主義に対抗しようとする単一の批評運動というよりも、新歴史主義に対する——歴史主義を逸脱しない範囲での——多方面からの批判・修正であり、ファマトンの「文化の美学」もこれに包摂される。これから先の私自身の議論がきちんとした新・新歴史主義の実践となっていることは望みえないだろうが、眼目はシドニーの『アストロフェルとステラ』をめぐる「文化の美学」の議論を少々違った角度から再検討することにある。新・新歴史主義的な批評を行なうに際してみずからに課した課題は、可能なかぎり資料の物質性にこだわることである。

ファマトンの『アストロフェルとステラ』論には気になる点がいくつか存在する。とりあえずは、ソネットの美学を提示するもっとも包括的な一節を引用する。

一五九一年に出版されたシドニーの『アストロフェルとステラ』が、一五九〇年代のソネットの熱狂的な流行に多大な影響を与えた――実際にそのひきがねとなった――ことに反論の余地はない。このような熱狂が細密画の熱狂的流行と期を同じくしているという事実は、十六世紀の最後の数年において《個人的な》芸術一般のための機が熟していたことを示唆している。J・W・リーヴァの言葉によれば、ソネットも細密画もともに「経験に対する新たな個人的な態度がその表現の場を求めていたがゆえに出現した」。しかし私が論じてきたのは、この二つの芸術形態がそのような要求をかなえると同時に挫くことによってのみ出現したこと、つまり二つの芸術形態が個人に装飾という仮面を被せたことである。私的な主体性と公的な人工物との間に見られる等価性は、シドニーの後継者たち――ソネット形式をより一層細密画に近づけていった世代の詩人たち――の仕事そのものとなった。様式化された線や「生き生きとした色彩」、あるいは比喩的な意味を持つ花や宝石を用いて《現実の》私的な肖像を描きながら、ソネット詩人たちは心の底から細密画家となったのである。[*10]

単純化して言えば、細密画を支える美意識とソネットを支える美意識は同じ文化的脈絡に属すということになる。ファマトンはさらに、美意識は時々刻々と変化するという考えから――この意識にこそ、

「文化の美学」の真髄がある――シドニーとシドニー以降の検討を行なう。シドニーのソネットはニコラス・ヒリアード（一五四七―一六一九）の細密画と同じ美学的脈絡に属するものとして、マイケル・ドレイトン（一五六三―一六三一、ソネット集『イデア』（*Idea*）は一六一九年出版）やエドマンド・スペンサー（一五五二頃―九九、ソネット集『アモレッティ』（*Amoretti*）は一五九五年出版）のソネットはアイザック・オリヴァー（一五五六頃―一六一七）の細密画と同じ脈絡に属するものとして解釈されることになる。

ファマトンの議論のなかで細密画を支える美意識とソネットを支える美意識が贈与、交換、流通といった基本概念に接続される一節を引用しておこう。

　エリザベス朝の恋愛詩はしばしば、細密画が開示されたのとまったく同じ、建築上で言えば周縁的あるいは私的な部屋で《公にされた》。エリザベスがレディ・ダービー［ロバート・セシルの姪］の細密画を奪い取り弄んだのちにセシル［一五六三頃―一六一二］（細密画に描かれた人物）が女王に宛てた愛の詩を作ったのを私たちは記憶している。ここで注目すべきなのは彼が《私室で》その詩をエリザベスに向かって歌わせることで、それを《公にした》という事実である。実際には恋愛詩人ではなかった貴族階級でさえ、私室でソネット詩人の態度や言語を模倣したのである。……

　私室において選り抜きの「親しい友人たち」に伝えられたことからすれば、このような愛の抒情的な表現はその精神において、より公的な性質を帯びた文学形態とは異なっている。たとえば劇は、屋敷の広間やその他の主だった開かれた部屋で、多くの観客に対して提示されていたはずである。

劇の《等身大》の演技とは違い、恋愛詩は恋する男の縮尺されたスナップ写真を撮るのに似ていた。一つのソネット連作全体でさえ、《構造》や《動き》はあったかもしれないが、劇のような厳密な語りの連続性に欠けていた。むしろソネット詩人たちは次から次へと、愛する女性の姿を偽りなく生き生きととらえようと努めていた。……恋愛詩人とはヒリアード的細密画家の変種……であ[った]……。ここから自然に生じてくる事態とは、小さなソネットの手稿が、ベラム皮に描かれた細密画の場合と同じく密かに送られたり示されたりしながら、恋人や親しい友人の《掌中》に手渡されていったことである。[*11]

この引用におけるファマトンの議論の中心に「小さなソネットの手稿」が存在することは明らかである。しかしながら、「一五九一年に出版され……一五九〇年代のソネットの熱狂的な流行に多大な影響を与えた――実際にそのひきがねとなった」シドニーの『アストロフェルとステラ』は一冊の「ソネット・シークエンス」ないし「ソングズ・アンド・ソネッツ」だったのであり、どこをどう見ても「小さなソネットの手稿」ではなかった。

ファマトンは、「一つのソネット連作全体でさえ、《構造》や《動き》はあったかもしれないが、劇のような厳密な語りの連続性に欠けていた」と述べることで、シークエンス中の亀裂を強調し、個々の詩を断片化しようとする。もちろんこれが「イギリス・ルネサンスの貴族社会の些細な自己性」を提示するための有力な議論の一部を構成していることは言うまでもない。一方、ジャーメイン・ウォーケンティンのようにシークエンスの美学を強調する批評家が存在する。

……私が選んだ視点は、個々の詩の美学ではなく、選集全体の構造《アーキテクチャ》からもたらされるものである。そして、ソネット・シークエンスの場合、選集全体の構造にも創造性の位置と呼びうるかもしれないものが存在する。ロマン主義や近代は単一の詩に意識を集中するが、こうした態度は十八世紀以前に実践されていたような修辞的創作方法によって生み出された詩を見る方法としてはあまり役に立たない[*12]。

単一の詩にも美学があり、単一の詩が投入される脈絡にも美学がある。しかしながら、シークエンスとしての美学も存在し、シークエンスが投入される脈絡にも美学がある。「修辞的創作方法」についてはのちに触れることにするが、これは初期近代の抒情詩が本来的にインターテクスチュアルな性質を有することを示唆するものと理解したい。

ファマトンは単体としてのソネットの「小ささ」に注目し、これが贈与、交換、流通される際の親密さをとらえることでソネットが公にされる際の歴史的・社会的・文化的脈絡を提示しようとした。しかしながら、ファマトンが提示したエピソードはソネットが公にされる際のひとつの例にすぎないだろう。ソネットはさまざまなかたちで贈与、交換、流通されたと考えられる。あたかも恋文であるかのように一枚の紙に手書きされ人目を避けて手渡される詩と販売を目的とする豪華な装丁を施された活字印刷の詩集のあいだには大きな社会的・文化的懸隔が存在すると思われる。詩に書き込まれる内容の面から見ても、抒情詩、とりわけ恋愛を主題とするソネットは本質的に印刷には向いていない。ソネットは——そこに描かれる男女関係が宮廷風恋愛《コートリー・ラヴ》という典雅な装いを纏わされ、プラトニックな精神性が強調されているにせよ――本質的に姦淫の記録であり、みずからの想いを完全に昇華したあとでなければ、人目に晒すことは困難である。さらに言えば、切実な想いを女性に伝えようとするときに、印刷というタイムラグを必然的にするような媒体はふさわしくない。どう考えても、活字印刷のソネットでは女性は口説きにくい。もう少し即時性・直接性に傾斜するメディアとしてはどのようなものがあるだろうか。かたちに残るものとしてはすでにその名が挙がっている手稿が考えられるし、かたちの残らないものとしては口頭による提示がある(現代であれば、さまざまな音声記録メディアが存在するが、初期近代では到底不可能である)。いずれにせよ、文学作品が歴史・社会・文化的脈絡に投入される際の形式、すなわちメディアの問題は見逃せない。

その後の「ソネットの熱狂的な流行」の引きがねとなったという一五九一年の『アストロフェルとステラ』の出版にはどのような脈絡が存在しているのであろうか。また、そもそも『アストロフェルとステラ』の出版に刺激を受けた流行をたんに「ソネットの熱狂的な流行」と呼ぶことは本当に正しいのであろうか。一五九一年の『アストロフェルとステラ』の出版後に発生した事態についてH・R・ウッドホイゼンは次のように述べている。

シドニーの作品が活字版で突如として入手可能になったことは、文学作品の生産にも重要な影響をもたらした。シドニーの作品が人目に晒されてよいのであれば、自分の作品も同様ではないかと作家たちが考えた、と示唆することは単純にすぎるが、ここには一部の真理があるかもしれない。とりわけひとつのジャンル、ソネット・シークエンスが活字という媒体で盛んになった――シェイクスピアのソネットは規則を立証する例外である。……一五九〇年代にシドニーの諸作品が出版されたことは当時の作家たちに想像の領域で絶大な衝撃を与えたが、このことは――この時期にスペンサーの詩が刊行されたことと並んで――職業作家たち、とりわけダニエル［一五六二―一六一九］やドレイトンといった詩人が活字の有用性と可能性について真剣に考え始めるきっかけをも与えたのかもしれない。*13

ならば、アーサー・F・マロッティも述べているように、一五九一年の『アストロフェルとステラ』の出版後に発生したものは、「ソネット・シークエンス熱」ないし「ソングズ・アンド・ソネッツ熱」、もう少し厳密に言えば、「ソネット・シークエンス出版熱」ないし「ソングズ・アンド・ソネッツ出版熱」と呼ぶ方が適切であるように思われる。*14 ファマトンが単体としてのソネットを取り扱っていることは、彼女が選択した文脈からいって適切であったと言える。しかしながら、『アストロフェルとステラ』はソネットとソングからなるソネット・シークエンスとして、一般読者に公にされたのであり、これを契機として発生した流行はソネット・シークエンス出版熱ないしソングズ・アンド・ソネッツ出版熱だったと理解すべきである。

三　〈ソネット・シークエンス〉としての『アストロフェルとステラ』

ソネット熱ないしソネット・シークエンス熱ないしソネット・シークエンス出版熱の引きがねとなっ

たという意味では、『アストロフェルとステラ』の出版を一五九一年と規定することに異存はない。しかし、一五九一年版は現在私たちが知るようなかたちの『アストロフェルとステラ』ではなかった。ウッドホイゼンは一五九〇年代に出版された『アストロフェルとステラ』のクォート(四折版)とフォリオ(二折版)について次のように述べている。

三種の活字テクストはかなりの書誌学的探求を誘発してきた。とりわけ、学者たちは一五九一年に出版された二種のクォートの関係を調査してきた。第一クォートは、通常ソネットの不正確なテクストと糾弾されるものを含んでおり、ソングはシークエンスの末尾に抜粋のかたちでまとめられている——そのため、ナラティヴを追うことはきわめて困難である。第一クォートには、出版者トマス・ニューマン[一五七八—九三頃に活躍]がフランシス・フラワーに宛てた献辞と、トマス・ナッシュ[一五六七—一六〇一]による読者への有名な挨拶文が前口上として付されている。この巻には補足として一群の詩が加えられているが、その大半はサミュエル・ダニエルによる二十八のソネット集である。同じく一五九一年ではあるが少し遅れて、ニューマンは第二クォートを出した。この版からは前口上の部分と補足的な詩がすべて取り除かれているが、シドニーのソネット・シークエンスのテクストとしては第一版よりも優れたものを提供してくれる——ただし、ソネットは九十五番までしか含まれていない。出版年が明らかにされていない第三クォートが一五九七年ないし一五九八年頃に出版されている。この版は、前口上の部分を欠いているにせよ、第一版のたんなるリプリントである。シドニーのソネット・シークエンスの最良のテクストはペンブルック伯爵夫人[一五六一―一六二一］によって刊行されたもので、これは彼女が兄の作品集として出した一五九八年のフォリオである。三種のクォートにはソネット三十七番……が含まれていないのに対し、フォリオはソネットをすべて含んでおり、ソングもシークエンスの適所に正しく配置されている。[*15]

ちなみにシドニーは一五八六年に戦闘中に受けた傷がもとで亡くなっているため、いずれの版にせよシドニーが出版を公認したものではない。一五九一年のクォートは――そもそも正規版が存在しないため海賊版とは言えないかもしれないが――詩人未公認の不完全版である。マロッティは次のように述べている。

> ……ニューマンのフラワーへの献呈書簡はおそらくペンブルック伯爵夫人をいたく憤慨させたのであろう。この版を押収せよというバーリー［一五二〇―九八］の命令を引き出した宮廷の圧力をかけた人物が夫人であったとするのはきわめてありそうなことである。夫人は兄の遺作に対する自分の財産権を人に譲るわけにはいかない、これらは彼女の後援という文脈においてのみ世に出すべきと望んだのであろう。かくして、一五九〇年および一五九三年の『アーケイディア』には『ペンブルック伯爵夫人のアーケイディア』という題名が付されたし、一五九八年のフォリオも、その他の中身を含む「いくつか新たな追加項目を加えて今回は三度目の出版となる」と付言しながら、この題名を残している。[*16]

クォートの出版に憤慨したペンブルック伯爵夫人が自分の手元に残された手稿から起こしたものが一五九八年のフォリオであり、現在私たちが知るかたちの『アストロフェルとステラ』は通常これを底本としている。

ウッドホイゼンの記述にあるように、クォートとフォリオのあいだに見られる最大の相違はソングの扱いにある。少なくとも、第一クォートでの『アストロフェルとステラ』は「ソングズ・アンド・ソネッツ」というよりは「ソネッツ」＋「ソングズ」と呼ぶ方が当たっている。だが、そもそもソネット・シークエンスとは何なのだろうか。たんにソネットを連ねればシークエンスになるのだろうか。ソネット詩人の中にはそう考えていた者がいたかもしれないが、批評家はそれでは満足しない。シークエンスの多くにはある種のプロットが存在すると考えられてきた。『アストロフェルとステラ』にも――ソングを含むシークエンスとして――何らかのプロットが存在する可能性は否定できない。ジョン・バクストンは以下のように述べている。

イェイツ女史は、「……シドニーのソネットは……心的自伝と見なされる。ペトラルカ［一三〇四―七四］的なエンブレムをつうじて神を求める人間の魂の不機嫌さを反映している」と考えている。私にはこの見解は容認しがたい。……ジョン・フロリオ［一五五三頃―一六二五］とマシュー・グウィン［一五五八頃―一六二七］が『アストロフェルとステラ』を魂による神の探求の歴史と見なしていなかったことは確実である。ナッシュも同様である。ナッシュにとって、「主題は残酷なる貞節、序は希望、結びは絶望」であった。[*17]

トマス・ロッシュは、そもそも「イギリスのソネット・シークエンスに前進は存在せず、充たされない欲望という利己的な暗黒世界への退行が存在するのみと言ってもよい」と述べている。[18]とはいえ、前進であろうが退行であろうが、何らかの出発点から何らかの到達点に向かうというプロット性は認めざるをえない。ロッシュが『アストロフェルとステラ』に見て取ったプロットは次のようなものである。

> アストロフェルは……高ぶったウィットが手綱を自在に操るよう理性に認めさせる際に、〈感覚の休眠〉という我儘に屈した。アストロフェルは心神耗弱をきたした。彼はもはや欲望を抑制できない。ステラが彼に語る言葉も理解していない。その言葉が示す目に余る論理的・道徳的一貫性の欠如はアストロフェルを絶望へとますます近づけてゆき、ついにはシークエンスの果てにおいて絶望が彼を呑み込んでしまう。シドニーは一貫してアストロフェルに言葉上では勝利を与えているが、これは何の役にも立たない。だが、恋する男が見せる表面的な虚勢の背後に、シドニーは精妙な詩（および詩を構成する部分）の配列のかたちで、彼が狂おしい愛の奔出を完全に統御していることを断言するようなサブテクストを提示している。[19]

身勝手な情欲を詩のかたちで噴出させるアストロフェルという〈ペルソナ〉を利用しながら、『アストロフェルとステラ』のナラティヴを構築しようとするシドニーが存在するというのである。そして「精妙な詩の配列」の中にはもちろんソングが含まれている。ソングは『アストロフェルとステラ』の構造に不可欠の要素である。

とはいえ、『アストロフェルとステラ』のソングが不当に等閑視されてきたことも事実である。ロッシュは、「実際、シドニーのソネット・シークエンスに関する近代の論評においてソングズはいかなる役割も果たしてこなかった。詩の構造のなかでソングズに正当な地位を与えてきたのは数秘学者たちだけである。だが、当然ではあるが不幸なことに、数秘学者たちはソングズの意味について語りはしない」と指摘している。[*20]さらにロッシュはソネット=リリック、ソング=ナラティヴと分類しながら、ソングの役割について以下のように述べている。

ソング一番で……アストロフェルは突如として偶像崇拝的で神性冒涜的な歌を開始する。……ソング二番で、アストロフェルは眠っているステラからキスを盗む。ソング三番は音楽の力の賞賛である。ソング四番はアストロフェルとステラの対話であるが、ここでのステラは、言い寄ってくるアストロフェルを、「だめ、だめ、だめ、だめ、ねえあなた、構わないで」という一貫した言葉で拒絶する。四番から九番までの五篇からなるソング群のなかでは、ナラティヴである八番のみが批評の対象となってきた。だが、このソング群の実体はシドニーが意図した命がけの意味への鍵である。ソング二番、四番および八番のナラティヴの内容に依拠して、ナラティヴに先行する詩を生み出したリリカルな感情の奔出をシークエンスの隙間を満たすものの位置に貶めることでは充分でない。何の隙間を満たすというのだ? シドニーほどの才能をもつ詩人であれば、寄せ集めの屑の隙間を満たすということではなかろう。……ソング五番、六番、八番は、アストロフェルのステラとの苦闘の意味を決定するのにきわめて重要である。[*21]

ロッシュの解釈を採用するかどうかは別にして、『アストロフェルとステラ』にともかく何らかのプロットが存在するという立場に立つとすれば、単体としてのソネットのみならず、複合的な存在としてのシークエンスの美学を認めなければならない。

シークエンスとしての『アストロフェルとステラ』の美学を考察すべき論拠は他にも存在する。それはロッシュが言うところの数秘学的《ニューメロロジカル》な側面である。『アストロフェルとステラ』の数秘学的な側面についてはA・C・ハミルトンやアラステア・ファウラーを先駆けとしながら、ロッシュがかなり広範な議論を行なっている。その一部を紹介しよう。

シドニーが何らかの構造的および象徴的目的のために一〇八という数に依存していることは明らかである。……シドニーが一〇八を選択した理由については……エイドリアン・ベンジャミンによるきわめて巧妙にして説得力のある説明がある。シドニーのステラが初代エセックス伯〔一五四一頃―七六〕の娘ペネロピ・デヴルー・リッチ〔一五六二頃―一六〇七〕であることに疑いはない。リッチ卿との結婚のしばらくのちに（おそらく一五八一年の春に）シドニーは彼女を自分のステラに変容させた。ホメロスに見られるもう一人の貞節なペネロピのことを常に念頭に置きながらである。ホメロスのペネロピは求婚者たちを二〇年にわたって焦らしつづけたことで貞節な結婚愛の予型《タイプ》となった。ホメロスは『オデュッセイア』〔*Odyssey*〕の第一巻で、ペネロピの求婚者たちはエリザベス朝のボウリングに似た――ゲームをして暇をつぶしたと語っている。ホメロスの簡潔な記述はスコラ主義者アテナイウスとエウスタティウスによってさらに詳細なものとなったが、彼らの評言はトマス・ブラウン卿［一六〇五―八二］に流れ込んでいる。ブラウンはペネロピ・ゲームに興じる「放蕩な愛人たち」を描いている――「彼らは全部で一〇八人だったため、石を左右に五十四個ずつ置き、中央に一個置いた。彼らはこの中央の石を要石《ペネロピ》と呼び、この石に当てたものが勝者となった」。ファウラーが述べているように、「こうして、シドニーのシークエンスに一〇九番目ないし要となるソネット／石が存在しないことは、アストロフェルが恋人としては機能しえないことを告白している」のである。[*22]

ここではもっぱら一〇八というソネットの数のみが問題とされている。しかしながら、『アストロフェルとステラ』の数秘学的側面はこれにとどまるものではない。

ジェイムズ・コッター、アラステア・ファウラー、トマス・P・ロッシュはさまざまなかたちでソングがもつ「至高の」位置と一〇八および六十三という数の重要性を指摘した。しかしながら、『アストロフェルとステラ』では、こうした図式はそれ自体が目的なのではなく、ある目的のための手段である。つまり、まったく異なる種のヴィジョン――テューダー朝中期の自由人に固く信じられていた道徳世界に亀裂を入れ、詩人と読者を条件づきかつ問題を含む世界に投げ込むようなヴィジョン――をシドニーが表現する際にこれにかたちを与えるための手段なのである。[*23]

ここで思い起こして欲しいのだが、三種のクォートにはソネット三十八番が欠けていたし、第二クォートにはソネット九十五番までしか収録されていなかった。この事実だけを取ってみても、クォート版の編者は『アストロフェルとステラ』の数秘学的な側面を理解していなかったか、理解していたにしても、出版するからには完全版でなければならない、というような意識をもっていなかったと考えられる。

　ファマトンが提示するような貴族の「分裂した自己」に接続するのに、「小さなソネット」を越える「大きなシークエンス」を考えようとするのは筋違いだろうか。しかしながら、『アストロフェルとステラ』の秘教性《エソテリシズム》はファマトンが援用する意匠を凝らしたバンケットハウスに共通するものがある。[*24]また、シドニーの秘教的《エソテリック》なものに対する関心を理解するためには、紋章学に対する思い入れも参考になる。[*25]いずれにせよ、『アストロフェルとステラ』の秘教的な側面がその全貌を表わすのは、ソングが十全なかたちで詩人が本来意図した位置に置かれたときである。[*26]クォート版のソングは抜粋であるのみならず、正しい位置にも置かれていない。一五九八年のフォリオにいたってようやく認識可能になるとはいえ、『アストロフェルとステラ』の数秘学的要素はそれでもなおシークエンスとしての美学を要請する。一五九一年のクォートが九〇年代のソネットへの熱狂を生み出したとしても、当時のソネット詩人たちは、シドニーが『アストロフェルとステラ』に込めた秘教的な要素を完全には理解してはいなかったと考えなければならない。一五九八年のフォリオ出版以前に『アストロフェルとステラ』の秘教的な意味を認識しえたのは、シドニー本人を除けば、フォリオの元となった手稿を子細に検討し、これをシークエンスとして――一種のナラティヴとして――理解することができたきわめて少数の人間だけであろう。クォートを不十分なものと考え、フォリオを用意させた妹メアリ＝ペンブルック伯爵夫人にはこの可能性と能力があったように思われる。

さて、出版年代不明のクォートは一五九一年のクォートからのリプリントであるという理由で取り上げないことにするが、一五九一年に出版された二種類のクォートにせよ、一五九八年に出版されたフォリオにせよ、活字組み作業の背後には元原稿となる手稿が存在しなければならない。ウィリアム・リングラーによるオックスフォード版[*27]が一九六二年に刊行されて以来、「不正確なテクストと糾弾されるものを含む」クォートのもとになったのが悪い手稿であり、「ソネット・シークエンスの最良のテクスト」を与えてくれるフォリオのもとになったのが良い手稿であると解釈されてきた。リングラー的な見方によれば、完全な原本から写本が作製され、写本からさらに写本が派生される過程で書き間違いを含む手稿が世に出ることになったのであり、手稿はその書き間違いの程度によって原本からの距離が測られることになる。しかしながら、シドニー批評における重要な問題の一つは「完全な原本」という概念それ自体にある。シドニーは自作を改変不能な完成稿としてしか提示しなかったのかということである。『アーケイディア』については、改訂されたからこそ「オールド」と「ニュー」という明白な異版が存在するという事実を忘れるわけにはいかない。「シドニーは『アストロフェルとステラ』を改訂したのか」というのはまさにマイケル・ベアード・センジャーが最近著わした論文の題名である[*28]。センジャーによれば、『アストロフェルとステラ』の場合、クォートとフォリオのあいだには「書き間違い」では理解できない異同が数多く存在し、これらを詳細に検討してみると、クォートがより初期の版であり、フォリオはそれを改訂したものという方向を示しているという。クォートとフォリオのあいだの異同は手稿制作者の過誤によってではなく、シドニー自身が行なった改訂によって生じているということである。フォリオが——これでさえシドニーの決定稿でない可能性はあるにせよ——改訂稿である可能性と、クォートでは不十分であったシークエンスの美学を実現しているという視点はシドニーの創作過程の問題に絡んできわめて重要である。

とはいえ、すでに指摘したように、『アストロフェルとステラ』の手稿はどれひとつとして活字化を目的としてシドニーが用意したものではない。そもそもシドニーはいかなる作品であれ、出版を意図して創作したことはなかった。生前からシドニー作品の管理を任されていたのはペンブルック伯爵夫人であった。ペンブルック伯爵夫人を経由してとはいえ、シドニーは自作が公にされるべき範囲を意識していたようである。

モリノー［一五八七頃に活躍］もハリントン［一五六一―一六一二］も、この作品［the Old *Arcadia*］を目にしたのはシドニーの社会的および政治的上位者（女王あるいは多分レスター伯［一五三二頃―八八］やフランシス・ウォルシンガム卿［一五三〇頃―九〇］というよりはシドニーの友人であったと語っている――妹がこの作品を気の置けない友人たちに見せることをシドニー自身が許した、ということが思い起こされるであろう。[*29]

シドニーの作品を目にすることができたのは基本的に友人のみであった。話を『アストロフェルとステラ』に限定するにならば、S・K・ヘニンガーは、「シドニーの死以前に遡るような『アストロフェルとステラ』の手稿は現存していないため、彼がこの詩を回覧させなかったと論じることも可能なのではないか」とさえ示唆している。[*30]

だが、『アストロフェルとステラ』は完全に秘匿されていたわけではない。密かにそして部分的に公にされていたのである。「密かに」という言い方をするのは、ファマトンがソネットに関して行なったような記述が当てはまる側面があるからであり、「部分的に」というのは、公にされたものとされなかったものが存在するからである。『アストロフェルとステラ』の一部は一五九一年のクォート以前にも活字になっていた。

シドニーの詩のなかで最初に活字のかたちで現われたのは『アストロフェルとステラ』のソング六番であり、これはウィリアム・バード［一五四三―一六二三］の『詩篇、厳粛にして敬虔なソネッツおよびソングズ』［*Psalmes, sonets, & songs of sadness and piety*］に含まれている。クリストファー・ハットン卿［一五四〇―九一］を献呈先とするこの本は一五八八年に出版されている（一五八七年十一月六日にトマス・イースト［一五四〇頃―一六〇八頃］に登録許可が出ている）が、これはこの詩が一五九一年にクォートで最初に出版される三、四年ほど前のことである。他のシドニー作品と切り離されたこのソングのあとには、翌一五八九年にヘンリー・ケアリ卿［一五二四頃―九六］に献じられた『さまざまな性格のソング、真面目なものや陽気なもの』［*Songs of sundrie natures, some of grauitie, and others of myrth*］のなかでバードがシドニーのシークエンスから採ったソング一〇番の冒頭十八行が公にされている[*31]。

この引用に現われている二つの例はいずれもソングである。『アストロフェルとステラ』の手稿に関しては、ソネットとソングの歴史的・社会的状況が異なるように思われる。ウッドホイゼンは、「『アストロフェルとステラ』のソネットが手稿としてシドニー直近のサークルの外ではそれほど流通しなかったと述べるべきであろう。ソネットは秘匿されていたのである。他方、『アストロフェルとステラ』のソングは、シークエンスが一五九一年に二種のクォートで出現される以前にも、かなり広範に入手可能であった」と述べている。[*32]『アストロフェルとステラ』の手稿が一冊のシークエンスとしては流通していなかった可能性は否定できないにせよ、なぜ、ソネットとソングの流通の仕方に違いが生じているのだろうか。おそらくシドニーの詩の創作方法を検討する必要があると思われる。しかしながら、この問題に入る前に手稿と活字というメディアが初期近代においてどのような関係にあったのかに触れておきたい。

四　二つの文化――手稿と活字

私たちが検討しようとしている時代は手稿という〈アンシェント〉なメディアと活字という〈モダン〉なメディアが併存する時期として〈アーリー・モダン〉＝初期近代と呼ばれるべきなのかもしれない。グーテンベルクが発明した活版印刷がイギリスの文字文化に多大な影響を与えたことは疑いないが、手稿が活字によって一挙に駆逐されたと考えることは誤りである。[*33]手稿は活版印刷の導入後も一世紀以上にわたって生き長らえたし、王政復古という遅い時期になっても、手稿を書いて生計を立てている人々が存在していた。もちろん、手稿と活字が同時期に存在していたと述べるだけでは不十分であろう。

二つのメディアは——それぞれの特長を生かし、相補い合いながら——互いに異なる文化的機能を果たしていたと考えられる。

『アストロフェルとステラ』のソネット一番で、“Oft turning others' leaves, to see if thence would flow / Some fresh and fruitful showers upon my sunne-burn'd brain.” (7-8)［何らかの新鮮にして実り多き雨が私の太陽に焼かれた脳髄に／降り注いでこないものかと、しばしば誰かの書物の頁を繰りながら］と語られるとき、詩人が繰っているのはオックスフォード・イングリッシュ・テクストの頁ではない。ある程度の頁数があり、綴じてあれば、「本」［book］である。活字であろうが手稿であろうが「本」である。もちろん、本の体裁をなしていなくとも手稿と呼べるものは数多く存在する。たんなる紙切れであることもあれば——“leaves”とは呼べないが——巻物［roll］である場合もある。シドニーが手本にしたテクストの中には、活字による古典古代の文学者たちの作品も含まれるだろうが、より近い時代や同時代の——イングランド国内はもとより大陸の——文学者による作品の多くは手稿として存在していた。

手稿のままで回覧されるにせよ、活字出版の出典となったにせよ、どのような人たちが手稿を製作したのだろうか。ウッドホイゼンは手稿製作者をWriting-Masters／Stationers and Booksellers／Scriveners／Secretariesの四種に分類している。[*34] 識字率がそれほど高かったとはいえない初期近代イングランドでは達筆であることが資本となりえた。職業的な書家や代書屋ではないにしても、貴族たちはその少年期・青年期に他の貴族のもとに秘書として入ることも多く、書家としての能力は不可欠であった。この件に関して少々脱線するならば、達筆であったシドニー本人とは対照的に、弟のロバートは悪筆だったらしく、シドニーが大陸旅行に出かけた弟に対して書き方をもっと練習するようにと手紙で助言していることは注目に値する。[*35]

マロッティは「筆写した詩は一篇一篇がそれぞれに独特である。それに対し、印刷されたテクストはすべてが同じであることを意図している。手書きそれ自体は、秘書体、イタリア書体、混交体の使用によってさらに個性化された」と述べている。[*36]また、ウッドホイゼンは、「手稿による流通が人を引きつけたのは、手稿という媒体には社会的なステータスがあり、個人に訴えかける力があり、比較的プライヴェートであり、当局による統制を受けないこと、安価であり、作品を選ばれた読者に速やかに届ける能力を有する点にあった」[*37]と語っている。「プライヴェート」という側面に関しては、「書き記すことによって、書家はそれをみずからのものとしたと言うこともできるであろう」という発言が参考になる。[*38]現代の日本でいえば、書道家が書いた杜甫や李白の詩は、書道家の魂がこもっているがゆえに、書道家の作品なのである。しかし、芸術性の高低のみが問題なのではない。芸能人やスポーツ選手のサインや有名な作家の自筆原稿は高額で取り引きされる。「肉筆」はそれ自体がもつ〈カリズマ〉[charisma]のゆえに人を魅了する。[*39]手稿と活字の流通範囲および流通形態も重要である。「プライヴェートで印刷された作品の流通でさえ、手稿に――少なくとも短期的には――可能であったほど効果的には統御できなかった。」[*40]手稿は――活字とは異なり――その流通に関して書き手の意向がある程度は反映可能な媒体だった。いったん印刷出版業者が絡んでしまえば、本は不特定多数の読者に――原則的には代金を支払ってくれる人になら誰にでも――拡散された。以上のような側面をすべて含めた上で、手稿は“precious”だった――「高価」でなかったにせよ、「大切」だったという意味において。

書いた者の人格と分かち難く結びついており、「友人に貸与した作家は、ある意味において彼自身の一部を贈与してしまった」ことになるとさえ言われる手稿の移動はどのように行なわれたのであろうか。[*41]主な移動の形態としては贈与ないし貸与が思い浮かぶ。窃盗などという例はそれほど考えなくてよいだろうが、持主の死亡による財産相続・分与による移動は頻繁に行なわれていた。いずれにせよ、これらは手稿が貴重品であったことを裏づけている。とりわけ貴重だったのは贈呈用手稿である。

達筆な作家は自作を自筆でパトロンに贈与することができた。こうした個人的な贈り物は格別の個人的訴求力をもっていた――少なくとももっていると意図されていた――に違いない。さほどの技倆ではない作家たちは代書させるために何らかの書の専門家を利用したと考えられる。作家は自作を筆写させるために使用人を用いるかもしれないし、いかなる個人や組織や公務とも無関係の代書屋を用いるかもしれないし、たんなる友人に依頼するかもしれない。[*42]

自筆が格別の意味をもっていたことはまちがいないにせよ、作家本人から手渡されるという情況は書き手の如何を問わず、手稿に相当の価値を与えた。だが、そうした情緒的な面のみならず、贈呈用手稿は物質的にも立派であった。きわめて特徴的な例を紹介しておこう。

さらにずっと歓迎された(と推察される)献呈品はレディ・ペンブルックが一五九〇年代のある年の新年にウィリアム・スミス[一五九六頃に活躍]から受け取ったものである。スミスはレディ・ペンブルックとは旧知の仲ではないと認めながら、「新年の贈り物、いくつかの花を題材に」［'A New-years Guifte; made upon certain Flowers'］を捧げている。この手稿は挨拶の詩が数行付されたのち、花を題材とした六つの連が続き、〈時〉と題されたもう一連で締めくくられる。花はプリムローズ、マリゴールド、バラ、カーネーション［おそらく。原語はGillyflowerである］、スミレ、キバナノクリンザクラ［Cowslip］であり、それぞれが順にレディ・ペンブルックに喩えられる。詩人は純粋に彼女を楽しませるために魅力的な花束を捧げている。そして、彼女が以下の詩を読んだときの喜びを想像することは難しくない。

「スミレ」

スミレは林や野に育つ、
生け垣や、庭や、街道にも。
しかし、どこに育つにせよ、スミレは人を楽しい気分にさせる。
同じだ。どこに足を向けようと、私はいつもあなたへの賞賛を目にする。
　あなたの名前、そして美徳にも。人々は皆
　　驚異の念をもって聞き、細心の注意を払って触れる。

レディ・ペンブルックが受けてきたあらゆる種類の洗練された宮廷風の追従のあとで、この詩行は野原から吹いてくる新鮮なそよ風のように思われたに違いない。……

これらの花［を主題とする詩］が収められた手稿は、おそらくスミス自身によって、華麗に書かれている――花は一つひとつ別々の紙に書かれ、ペンとインクで縁取りがなされている。シドニー自身が習得した優美なイタリア書体は彼のサークルの者の多くが用いていた。ハーヴィー［一五五〇頃―一六三一］やフランス［一五八七―一六三三頃に活躍］もその内に含まれる。おそらく、フロリオがこの書体を高貴な生徒たちに教えたものと思われる……。[*43]

この引用のなかでとくに注目すべきなのは、手稿の献呈が新年の贈り物として行なわれていることと、贅沢にも一頁に一篇ずつの詩が割り振られていることである。手稿に限らず、本が新年の贈り物として贈られることは多かった。とりわけ、「ソネットは色恋にまつわる抒情性のみならず、追従や推奨のための詩にも関係していたため……パトロン制度内部において恩義を表明するための伝統的な機会であった新年の贈り物という情況にもぴったりだった」とマロッティは述べている。[*44] また、「新年の贈り物、いくつかの花を題材に」が一頁に一篇ずつというレイアウトを取っているのは『アストロフェルとステラ』の一五九八年版フォリオ（そしておそらくその底本となった手稿）に共通する特徴であるとともに、数秘学的な要素を強調するものでもある。

少々視野を広げて、初期近代イングランドにおいて、「もの」としての抒情詩が社会的にどのような位置にあったのかを考えてみたい。

イギリス・ルネサンスでは、抒情詩創作は社会生活の一部であり、上流の教養あるサークルでのさまざまな社会的慣習と関係していた。聴衆を目の前にして朗読されたり、紙切れ一枚、小冊子、未製本冊子ないしパンフレットとして手渡されたりもしたが、典型的な姿としては、詩は印刷された本に入るというよりは手書きの備忘録に収められた――ただし、印刷業者が最終的に単独の著者ないし著者群の作品をとどめている手稿を入手し、これを経済的および社会的目的のために利用することがしばしばあったことはもちろんである。単独であるか否かにかかわらず、詩は〈オケイジョナル〉な作品として書かれた。こうした詩の作者は自分が文学のアマチュアであることを公言したし、社会的に見て偶然のたまものでしかない自作について、その正しいテクストとか歴史的永続性を気にかけることはほとんどないと主張した。近代の学者たちはこうした作品を創造された環境から分離可能な自律的な文学作品と扱うが、こうした詩はそれをかたち作った社会的文脈の内部で、そうした作品が本来生産、流通、変更、集積、保存された体系の内部で考えるのがもっとも適当である。こうした焦点はそうしたテクストの特定の歴史的情況、そうした詩の作者および本来の聴衆が共有する文化に固有の文学の定義によりふさわしい。

イギリス・ルネサンスでは、驚くほど多様な環境で抒情詩が書かれた。世辞を述べたり経済的庇護を求めるといった比較的伝統的な情況に加え、獄中で、新年の贈り物として、手紙のなかで、詩は書かれた。詩は他の者が決めたテーマに合わせて創作された。既知のテクストに対する返答ないしパロディを意図して書かれた。よく知られている楽曲に合わせて、あるいは即興を求められたことへの応答として創作された。社会的な気晴らしを目的とする韻文による謎掛けとして、知られている個人に関する誹謗ないし警句として、パトロンないし雇い主のためのゴーストライト文書として詩は存在していた。詩は紙上のみならず、指輪、食べ物を載せる木皿、ガラス窓（ピンないしダイヤモンドで引っ掻いて）、絵画、墓石や記念碑、木、そして場合によっては（落書きとして）ロンドンの小便渠にも出現した。[*45]

抒情詩は本来的に貴族階級の手すさびとして「儚い」ものであったし、それ以上に——シークエンスという概念を導入しなくとも——単体としての扱いを困難にするような情況が存在していた。抒情詩はたがいに緊密に結びついたひとつの体系として社会に開かれた存在だったのである。とりわけ『アストロフェルとステラ』が出版される以前、手稿が抒情詩のメディアの中心であった時代には。

手稿伝達の体系では抒情詩が改訂、修正、補足、応答を顕現させるのは正常なことであった。抒情詩は現に進行している社会的言説の一部だったからである。こうした環境では、テクストは本来的に外部からの影響に左右される。テクストは作者の統制を逃れ、受容者が意識的にも無意識的にも受け取ったものを書き変えてしまうような社会世界に足を踏み入れる。印刷のために詩の選集を準備した者がいつも詩の作者であったわけではないが、手稿を集めていた者が作成した備忘録雑集や詩の選集に自作の詩を加えることはしばしばあった。こうした手稿環境では作者、書記者、読者の役割は重なり合っていた。たとえばヘンリー・キング［一五九二—一六六九］はある貴婦人の手帳に書かれた詩のなかで、彼女が「書記者兼作者」となるよう勧めている。近代の理想主義的なテクスト批評が作者中心の観点から〈コラプション〉と見なすものを私たちは特定のテクストにまつわる社会史の興味深い証拠と見ることができる。手稿体系は活字文化よりもはるかに作者中心主義的でなかったし、作者が認めるかたちにテクストを訂正、完成、固定することにはまったく関心を抱いていなかったのである。[*46]

一篇の抒情詩が社会に投入される。これを受け取った社会はこれに影響され、これを元手として抒情詩を再生産しふたたび社会に投入する。これがウォーケンティンが言うところの「修辞的創作方法」の正体である。そもそも最初に投入された抒情詩でさえ真の意味において最初ではない。明確な起源をもちえない抒情詩が連綿と創作されたのであった。

こうした文学環境では、活字文化と近代の文学制度を特徴づける製作者と消費者に分化した役割を考えることはほとんど無意味である。製作者と消費者がテクストの生産・再生産システムに関与していることは豊富な証拠を残してきた。こうした証拠はそれ自体興味深いものであるが、初期近代文学を社会・歴史的に理解するための源としてその価値は計り知れない。本章で扱った収集家・作家たちは、たまたま彼らの詩が載っている手稿に通じていたほんの一握りの学者たちに知られている以外は、文学史のなかではほとんど不可視の存在だった。これには多くの理由がある。第一の理由は、近代の文学制度およびこれに育まれてきた種類の文学史はもっぱら活字文化によって形成されてきたというところにある。作品が手稿資料にしか存在しないような詩人たちは無視されるか、さほど注目する価値なしと判断されてきたのである。第二の理由は、こうした作家たちの詩が載っている手稿は主として大詩人の本文批評研究版を製作する学者たちによって検討されてきたのであり、審美的にさほど価値のない作品の資料はほとんど関心を喚起しなかったということにある。第三に、学者は（手稿であれ活字であれ）文学資料を社会・歴史的な観点から検討することに特別の関心を抱いてこなかったということがある。詩の収集家ないし蒐集家が書いた詩は文学史の範囲の彼方に押しやられてきた。こうした作家・蒐集家のなかには歴史的に人物を比定できるものもいるが、文学史に関するかぎり彼らは無名詩人と言ってよい存在だった。[47]

有名な宮廷人が創作した抒情詩が宮廷の話題となり、多くの者がこれに応答する抒情詩を創作したと想像されるが、彼らのアイデンティティは詩人にはなかった。彼らは詩をたしなむ宮廷人だったのである。

初期近代イングランドにおいて、抒情詩は一種の社会資本であった。資本として投機された自分の詩が他人の手によって改作されたとして——揶揄や誹謗中傷を目的とするのでなければ——これに腹を立てる詩人はいなかったであろう。二〇の手稿と三つの活字版に含まれ、数多くの異稿をもつダイアー卿［一五四三—一六〇七］の抒情詩「低い木にも梢がある」［"The lowest trees have tops"］がこのあたりの事情を典型的に示している。マロッティは、「おそらく編集者にとっては悪夢ということになろうが、この詩は社会史家にとっては喜びであろう——インターテクスチュアルな複雑さと社会的文学的転変においてこの詩は、想像可能なかぎり開かれたテクストとして、協同的社会的生産物である」と述べている。[48]受容者はダイアーの詩を改良する目的でさまざまな可能性をみずからの写本に書き込んだ。結果、ダイアーのオリジナルがどのようなものであったのかは深い霧に包まれてしまった。同様の事情は次の引用にも見てとれる。

ラムジイ[Bod. MS Douce 280の収集家]が自分で用いるためにスペンサーの抒情詩を模倣した(第一、第三連はきわめて忠実な模倣となっている)ことは、手稿の収集および伝播という世界の内部で文学的資産がどのように利用されるかを示してくれる好例である。ラムジイの場合には、印刷された原典がある個人を刺激し、のちの時代ならば剽窃と判断されるかもしれないような仕方で恋人に対する恋愛詩を書かせることとなった。[*49]

手稿を製作・収集していた者の多くは自分で運用するための資本を蓄積していたのであり、このような者たちに公平な記録者であることを求めてはならない。聖書のタラントの譬えを引くまでもなく、社会資本は活用されてはじめて利子を産み、みずからを増殖させることが可能となる。「バーグ[Bod. MS Ash. 38の収集家]の詩は彼がさまざまな様式や形式の恋愛詩や諷刺詩に通暁していたことを証明している。バーグの詩は自作をさらに広大な文学的言説の体系に投機しようとする欲求を表わしているのであり、バーグの大規模な収集はこの体系からの大規模な抜粋ということになる」であろう。[*50]不幸にしてバーグは大詩人と呼ばれることはなかったし、先の引用にも見られるように、手稿の収集家・蒐集家の多くは無名詩人としてその生涯を終えることになったが、結果的に大詩人と呼ばれることになる者たちもこのような資本を元手にしてみずからの地位を築いていったことを忘れるわけにはいかないだろう。

初期近代イングランドにおいて抒情詩は社会・文化資本であったし、これを本来的に支えていた手稿というメディアにも資本として扱いうる側面がいくつか存在していた。しかしながら、初期近代は資本の活用法に変化が生じた時代でもあった。ソネット・シークエンスはともかくとして、抒情詩が活字として流通するようになるには『アストロフェルとステラ』の出版を待つ必要はなかった。「エリザベス時代が始まる直前に、詞華集が印刷され始め、すでに手稿伝播によって普及していた詩の流通を拡大したのである。[*51]「イギリス・ルネサンス抒情詩の最初の重要な出版である『トッテル詞華集』［*Tottel's Miscellany*］（一五五七）は手稿で流通していた詩を活字に自意識的に移植したものであり、ここでは二つのメディアのあいだに存在する差異のいくつかが認識されている」とマロッティは述べている。[*52]詞華集としてはトッテル詞華集があまりにも有名であるが、この時期には他にも多くの詞華集が出版されている。ウィニフレッド・メイナードによれば、

一五七六年に多くの作者によるもうひとつの詩集が出版された。『さまざまな意匠の楽園』［*The Paradyse of daynty deuises*］である。これはリチャード・エドワーズ［一五二三頃―六六］による手稿詞華集として集められたもので、エドワーズが亡くなって十年後に手稿を入手した出版者によって印刷された。詞華集にはエドワーズ本人、ウィリアム・ハニス［不詳―一五九七］およびヴォー卿［一五四二頃―九五］による詩が十数編ずつ、フランシス・キンウェルマーシュ［不詳―一五八〇頃］、ジャスパー・ヘイウッド［一五三五―九八］そしてオックスフォード伯［一五一二―七一］による詩

が数編ずつ含まれている。[*53]

詞華集が寄せ集めであり、ある特定の貴族サークルが共有する文化的財産を活字テクストに固定したものであるという部分から、詞華集と個人作品集の差異についても触れておくべきであろう。

当然のことながら、トッテル詞華集が伝えるメッセージとシドニー作品集が伝えるメッセージは相対立するものである。活字に対するトッテルのより民主主義的な態度は、さほど教養のない者でも教養をもてることを前提にしている。他方、一五九三年版『アーケイディア』の扉絵の考案者はロマンスというジャンルそれ自体によって肯定される階級の境界線を強化している。いずれにせよ、抒情詩を宮廷内の手稿流通から活字というより公的な環境に移植することによって、トッテルは本を普遍的な読者層に向けて売りだそうと試みていた。こうした情況のもとでは、サリー伯［一五一七頃―四七］が高貴な地位にあったことと彼の選集の社会的起源が貴族的なものであったことは、活字というメディア（および、その内部でテクストの流通を支配していた出版者）に威厳を与えることになった。[*54]

トッテルの詞華集が大衆向けであるのに対しシドニーのロマンス作品が貴族的であるということ、つまり、詩集が対象とする公の範囲が異なることについては、ジャンルの違いによっても説明が可能であろう。しかし、詞華集と似たような抒情詩を収めた一五九一年の『アストロフェルとステラ』のような作品集の出版が詞華集の出版よりも時代が下るということも事実である。マロッティはこのあたりの事情を次のように解釈している。

一五九〇年代に文学テクストの印刷に対するシドニーの影響が広く行き渡った。プロテスタント殉教者と思い描かれる国家的英雄が書いた恋愛ソネットとして『アストロフェルとステラ』が出版されたことから二つの事態が帰結した。ひとつには、抒情詩と文学の〈オーサーシップ〉にまつわる社会文化的地位が高まったことである。これに刺激を受けて、他にも多くのソネット集が生産およびび出版されることとなった。もうひとつには、単独作者による世俗的抒情詩の出版に対する当時の文化の態度を根本から変えることで、こうしたテクストに対する社会的否定感を減少させ、本質的に儚い文学として扱われてきたものを永続的な規範的テクストの体系に組み入れる一助となった。シドニーは詩のパンフレットと文学作品集を社会がより受け入れやすいものとし、そうすることでダニエル、ドレイトン、ジョンソン［一五七二―一六三七］といった詩人たちが自作を印刷するという道を整えた。*55

『アストロフェルとステラ』の出版が詞華集から個人詩集への流れに大きな影響を与えたことは疑いない。しかし、気になることがある。先に引用した一節には、「第一クォートには、出版者であるトマス・ニューマンがフランシス・フラワーに宛てた献辞と、トマス・ナッシュによる読者への有名な挨拶文が前口上として付されている。この巻には補足として一群の詩が加えられているが、その大半はサミュエル・

ダニエルによる二十八のソネット集である」という記述があった。一五九一年版はシドニーの個人詩集ではなかったのである。一五九一年版は詞華集と個人詩集の中間に位置する過渡的存在だった。シドニーよりも生き長らえ、一五九一年版の成功を目の当たりにしたダニエルは、一五九一年版から自作を抜き出し、他の作品を加えて自分の個人詩集として出版することになる。これこそが「ソネット・シークエンス出版熱」の開始を告げる存在である。

ダニエル、ドレイトン、ジョンソンといった詩人は（そしてスペンサーも）存命中に自作を出版したが、『アストロフェルとステラ』はシドニーの死後に出版された。シドニーより前の

ワイアット［一五〇三―四二］やサリー伯といったエリザベス朝以前の抒情詩人やそれ以外の宮廷のアマチュア詩人たちは出版を目的として詩を書いていたわけではないし、自分たちの〈オケイジョナル〉な詩が印刷されることを認めなかった。ワイアットの『悔悟の詩篇』［*Penitential Psalms*］（一五五〇）は彼の没後に、ノーザンプトン侯爵兼エセックス伯爵ウィリアム・パー［一五一三―七一］への献辞を付して、ステイショナーのトマス・レイナルドとジョン・ハリントンによって出版された。[*56]

ワイアットやサリー伯に代表される前近代的・貴族的な意識では、活字による出版が品位を汚すものと考えられていた。私的・親密・秘密を行動原理とする貴族的な文化では、抒情詩が活字化されることはその本来的な成り立ちを疎外するものと感じられたのであろう。また、手稿に特徴的な「儚さ」は「文化の美学」の重要な要素でもある。ならば、抒情詩は活字出版という門を通って「文化の美学」的世界からど

こか別の世界へと旅立ったのである。

しかしながら、活字化によって抒情詩が公になることは避けられなかったとはいえ、抒情詩が完全に活字の奴隷になったわけでもなかった。マロッティは、「抒情詩がもともとどのように生産され受容されてきたかという事情によって、また、自分が書いた作品の写しさえもたなかったような作者が綴じていない紙に書いて人に渡したという事実によって、抒情詩を儚いものとして扱うという態度は印刷されたテクストの文化状況にまで影響を与えた」と述べている。[*57] 活字が本来的に傾斜しようとする公的さを妨害しようとする要素が存在したのである。その一例として献辞が挙げられる。献辞を付すことによって、詞華集にせよ、個人作品集にせよ、詩集は——ウィリアム・スミスがペンブルック伯爵夫人に捧げた「新年の贈り物、いくつかの花を題材に」の贈呈用手稿のように——一般読者というよりは個人としての貴族に贈与されるという役割を担うことになった。

活字化が詩人の〈オーサーシップ〉確立の過程と密接な関係にあったことも重要である。抒情詩文化が本来的に開かれたものであり、手稿製作の際に差異をもつテクストが生じる可能性の高さはすでに指摘しておいた。また、『アストロフェルとステラ』の「第一クォートは、通常ソネットの不正確なテクストと糾弾されるものを含んで」いると言われるが、正確／不正確はテクストがオーソライズされて初めて生じる概念である。

『アストロフェルとステラ』の一五九一年版クォートでニューマンは、シドニーのソネット・シークエンスのテクストを確定する際に編集者として細心の注意を払ったと主張している——「私としては、『アストロフェルとステラ』を印刷する際にきわめて注意深くやった。そして、この作品はこれまで手書きのコピーで広く出回っていたため、拙い書家によって多くの〈コラプション〉が生じていた。私はこの作品を校訂・修復して第一級の威厳あるものにする際に書家たちの助力や助言を仰いだ。書家たちがこうした問題に関して技術と経験をもっていることを知っていたからである。」

活字では、テクストは植字上、出版の慣習や印刷所のやり方の内部で物体として固定される。最終的形態はこのような作者および／ないし編集者による「改良」ないし「修正」の結果であることがしばしばある。活字は——オーサーの協力の有無にかかわらず——〈オーソライズされた〉テクストという概念を発達させた。出版者もオーサーも印刷されるテクストの正しさに対する関心を表明し始めた——手稿体系に見られる、テクストに対するより気楽な態度とは対照的である。[*58]

手稿の場合、オーソライズは困難であり——詩人の筆跡が明確に読みとれる手稿には〈オーソリティ〉があったと思われ、これらはとくに大切にされたと考えられるが——可能であったとしても、このようなテクストの流通範囲はきわめて限定的であった。ならば、

……ニューマンの版は——シドニーは偉大な作家であり、彼の未出版の詩は傑作として出版され敬意を表される価値がある、しかしまた、シドニーはその作品が活字に解放されるべき数多いコテリー作家の一人である——という二重のメッセージを伝えている。最初のメッセージは明白であり、一五八六年のシドニーの死とともに始まり一五九〇年代に流行したシドニー崇拝と関係があ

る。第二のメッセージは多分さらに重要である。なぜなら、これによってニューマンは、トッテルがそうであったように、限定的な手稿流通から活字による公的な利用可能性へという、文学のより普遍性への傾斜を支持しているからである。[*59]

活字による詩集はどのような意味をもっていたのであろうか。手稿が一つひとつ独特のものであり、それを製作した者の個性を反映しているという意味で物質性《マテリアリティ》・肉体性《フィジカリティ》を有していたとすれば、活字も――性質は異なるとはいえ――ある種の物質性・肉体性を顕示していた。活字になり製本された文学作品は純粋情報としてのテクスト――私たちの脳内に記憶されたり、コンピュータに取り込めるような実体をもたないテクスト――ではなかった。印刷された本は――〈ブック〉というよりは〈ヴォリューム〉と呼ぶにふさわしく――一定の体積・容積・量感を有していたのである。「活字はたんに抽象的存在ではなく、社会・経済・政治的関係を伝える物理的メディアでもあるため、制度的・文化的変化をかたち作る物質的条件の一部となった。活字化された抒情詩はいくつかの明白な点において手稿体系における抒情詩とは異なっているし、本はそこに掲載されるテクストの受容の基本的条件に影響するような仕方で手稿とは異なっている」とマロッティは述べている。[*60]

出版物の物理的条件をとらえようとする場合、文学作品がさまざまなフォーマットで印刷されたことも見逃すわけにはいかない。

印刷技術によって抒情詩は多様なフォーマットで提示された。読み捨てにされる薄いクォートやオクテイヴォ［八折版］、製本のうえ個人の書庫に収められる比較的厚めのクォートやオクテイヴォ、威信あるフォリオ、携帯可能なデュオデシーモ［十二折版］、さらに小さなシクスティーンモ［十六折版］（一六二八年のモアの『警句集』［*Epigrams*］はこれであった）などである。印刷されたテクストがどのように認知され利用されるか――一時的なものとしてか保存可能なものとしてか、手軽な気晴らしとしてか文学的な記念碑としてか、社会的効用の道具としてか研究されるべき書籍としてか、個人的経験に関わるものとしてか制度化された出現しつつある文学キャノンの一部としてか――に大きさが影響したことは明らかである。もちろん、印刷技術は、より大きな社会文化的変化という文脈のなかで活字文化が発達していくにつれて、作家、出版者、パトロンおよび読者の関係により普遍的に影響を与えた。媒体はそれが伝えるメッセージ以上のものであった。媒体それ自体が多くのメッセージだった。[*61]

もう一度『アストロフェルとステラ』の出版史を振り返ってみよう。一五九一年版はクォートで出版され、一五九八年版はフォリオで出版された。こうしたフォーマットの違いにどのような意味があったのだろうか。マロッティは次のように述べている。

他の種のテクストに関しても同様であるが、抒情詩にとってフォリオはもっとも威信ある伝達媒体であった。しかし、抒情詩がフォリオに収められるのは、特定の作家の選集版に他の種のテクストと組み合わせてという場合に限られるのが普通であった。かくして、ポンソンビー［一五四六頃

――一六〇四」が一五九八年にフォリオでシドニーの選集を世に出したとき、彼は『いくつかのソネット』と、以前の〈オーソライズ〉されていないクォートよりも十全にして正確な『アストロフェルとステラ』のテクストをこれに含めたのであった。[*62]

権威の源は大きさ・豪華さであった。フォリオによる詩集はどう見ても「僭い」ものではありえなかった。フォリオは本棚のなかで――その大きさゆえに本棚にさえ収まらず、貴族の書斎の卓上に常置されて――堂々と自己主張をし不朽の名声を確保しようとした。しかしクォートにせよ、フォリオにせよ、『アストロフェルとステラ』が活字で登場するのはシドニーの死後ということになる。

五　詩作の現場

活字というメディアによって公にすることを前提としなかった『アストロフェルとステラ』の創作過程を考えてみたい。ワイアットやサリー伯の抒情詩は本質的に〈オケイジョナル〉なものとして創作されたようであるが、『アストロフェルとステラ』に含まれる一篇一篇の詩はどのような情況のもとでどのように創造され、一篇一篇の詩からシークエンスはどのように構築されていったのだろうか。ウッドホイゼンは、「シドニーのシークエンスは下書帳、書家による写本、そしてこの写本からさらに写した三種の手稿に存在していた」と述べている。[*63]フォリオにしてもクォートにしても、このように巨大なものを常時持ち歩くのは正気の沙汰ではないため、着想や下書きを携帯可能な下書帳にしたためたことは当然であろう。下書帳から浄書した（させた）ものが写本であり、シドニーはこの写本をもとに校訂作業を行なったと推定される。豪華な手稿＝写本は一定の完成稿として保存や贈呈のために作成された。詩の創作時期と手稿の製作時期とのあいだには時間差が存在することを意識する必要がある。

シドニーは作品を――私たちが現在読めるようなかたちで――順序よく創作したわけではない。『アストロフェルとステラ』のなかで、シークエンスの創作に先立つと考えられてきたのはソング五番である。

リングラーは『オールド・アーケイディア』の七十四番と『アストロフェルとステラ』のソング五番が『オールド・アーケイディア』の三十一番とともにフィリシデスとマイラの物語の内部に属すると考えた。『オールド・アーケイディア』の三十一番と七十四番は――このナラティヴのなかで二つしかない〈クォンティタティヴ詩〉［音の長短をリズムの基礎とする詩］であることで――さらに関係がある。『アストロフェルとステラ』のソング五番はおそらく全体としてのソネット・シークエンスの創作に先立つものであり、このソングと『オールド・アーケイディア』七十四番とのつながりは『オールド・アーケイディア』の詩が早くに書かれたとする議論を支持するであろう。[*64]

ソング五番は『オールド・アーケイディア』にその原型があり、女性名がマイラ［Mira］からステラに替えられただけという判断で、『アストロフェルとステラ』から除外される場合もあるが、先に考慮したような数秘学的な要素のためにシークエンスからこのソングをはずすことは認められない。過程はともあれ、シドニーは最終的にシークエンスの不可欠の一部としてこのソングを採用したものと考えられる。

ヘニンガーはさらに踏み込んで、『アストロフェルとステラ』と『オールド・アーケイディア』の韻文部分に共通するある種の先行テクストの存在を提唱している。

フィリシデス［Philisides］とピロクレス［Pyrocles］とムシドロス［Musidorus］とアストロフェルのあいだにはかなりの類似が存在する。これらの人物は皆同じ素材から発しており、この素材はシドニーに源がある。シドニーが最初に自己を投影したのは……フィリシデスである。おそらく、フィリシデスの最初期の姿はリングラーが第五番としてシドニーの「その他の詩」に含めたソングの中に保存されている。このソングは一五九三年版の『アーケイディア』の編者がどこかで見つけて、三組目の牧歌の中に押し込んだものである。明らかに編者は、フィリシデスによる詩が手元にあれば、何でもアーケイディアのテクストであると考えたのだ。[*65]

さらに範囲を拡大して、『いくつかのソネット』［*Certain Sonnets*］をも先行テクストに取り込もうとする考えもある。

『いくつかのソネット』は、シドニーがある期間に、おそらく一五七七年頃から一五八一年にかけて創作した一連の雑多な詩をみずから集積したもののように思える。一五九八年の証拠は、ペンブルック伯爵夫人がこの詩集の――第五番を除き、完全な――手稿を自分用に所有していたことを示している。リングラーによれば、シドニーは「綴じていないバラバラの紙に書かれた雑多な詩を書類入れに入れて持ち歩き」、これを人に写させてやった。こうした日常的な習慣によって、この詩集が明らかにどこかの段階で被った混乱が説明できる。だが、シドニーは詩をある特定の順序に並べておいたように思えるものの、これらの詩がシークエンスと認識できるような姿をしていたか、自己充足的な詩集を形成していたかは杳として知れない。むしろ、この詩集は個々の詩や小さな詩群を便宜的に寄せ集めたものと言える。テクスト上の証拠は、「この詩集に含まれるどの詩にも作者による改訂の証拠は見あたらない」というリングラーの直截な陳述を支持している。『いくつかのソネット』が早い時期に流通していたことは、これがシドニーのいくつかの詩を暫定的に集めたものであることを示唆している。シドニーはこれらの詩を、好ましい順序の――最初の詩では詩人が恋人に屈し、最後の詩では自分のもとを離れてくれるよう恋人に懇願する――詩群としてもっていた。シドニーがこの詩集からとりわけ気に入った詩を抜き出し、どうすれば詩的なナラティヴを生み出せるだろうと考え始めたことも十分考えられる。この観点からすれば、『いくつかのソネット』が『オールド・アーケイディア』と『アストロフェルとステラ』との橋渡し役となったと見なすことも可能である。[*66]

おそらくシドニーは莫大な量の詩を書き溜めており、この膨大な蓄積から、『オールド・アーケイディア』の筋の展開に合わせて適当な詩が抜き出された。その後、数秘学的な配列を可能にする――手稿をトランプのカードのように選び出し、首をひねりながら、さまざまな順序に並べ替えていた姿が思い浮かぶ――ソネット一〇八篇、ソング十一編が抜き出されて『アストロフェルとステラ』が創造された。その残りの――残りといっても人目に晒しても恥ずかしくないくらいの出来の――詩が『いくつかのソネット』になったということである。

詩人が時々の感興によって創作した詩を雑多に集積していたとしよう。しかしながら、詩人はどのような情況のもとで創作を行なっていたのであろうか。恋する女性を思いながら、私室ないしは野外で孤独に詩想を巡らせる詩人といったロマンティックな幻想は残念ながら大きく裏切られる。バクストンは次のように述べている。

ハンフリー・ウォード女史が（近年では）初めてシドニーの『アストロフェルとステラ』に含まれるソネットとグレヴィル［一五五四―一六二二］の『シーリカ』［*Caelica*］に含まれる数篇のソネットのあいだに見られる並行関係を指摘した。『シーリカ』に含まれる詩のなかでも比較的初期に創作された詩に数多く認められる［シドニーとグレヴィルとのあいだの］類似点や対照はどのような読者にも明らかであろう。しかし、対照と並行関係は二人の詩人の文体や気質の違いをきわめて明瞭に例証するとともに、彼らが詩の技法として実践していた手法をも示してくれる……。

［シドニーを扱ってきた］文筆家のほとんどは、シドニーが最初に詩を書き、そのあとにグレヴィルがコメントやパロディといったかたちで詩を書いたと想定してきた。このような想定を支持する証拠はないし、私はこの二人の詩人がときには同じ部屋でひとつの机に向かって詩を書いてい

た――ちょうどシドニーがメアリのために彼女を脇に座らせて『アーケイディア』を書いたように――のではないかと考えている。詩の大半について正確な創作日時を確かめることはできないが、『シーリカ』に含まれる詩は多かれ少なかれ創作年代順に配列されており、最初の八十三篇がシドニーの詩の前に書かれたことはまちがいない。グレヴィルの『いくつかの教養あり上品な作品』［*Certain Learned and Elegant Works*］の題扉が教えてくれるように、彼の詩は「若い時代に、フィリップ・シドニー卿との気の置けない作詩訓練の際に、書かれたものである」。『シーリカ』という彼の雑詩集の題名さえもが（イェイツ女史が指摘したように）、シドニーの詩集の題名との対照を主張している。シドニーは自分の恋人にステラ＝単一の星と呼びかけている。それゆえ、グレヴィルは自分の恋人をシーリカ＝天空の星全体と呼ばなければならなかった。ステラはある程度までペネロピ・デヴルーと同定できる。ただし、少なくとも最初の三十二編のソネットにおいては、彼女は詩人の献身の対象であるというよりはソネットを書くための口実である。[＊67]

シドニーの場合にも創作は本質的に〈オケイジョナル〉であったことが見てとれる。ペネロピが『アストロフェルとステラ』のソネットの創作に果たした役割も興味深いが、この件はのちに改めて論じるとして、ここでの眼目は、シドニーには創作仲間がいたことである。

シドニー本人の下書帳にある詩を読ませてもらったり写させてもらえること、あるいはひとつかそれ以上の詩を作者本人から送られることは、彼の家人、友人、知人にとって希有にして心躍る特権だったに違いない。彼自身の手になる作品は、彼がイギリス韻文に関する実験において企てていたことのいくぶんかを示してくれる。シドニーが新作を他人に披露したのは、贈り物によって彼らに報いようとか個人的な絆を強めようとしてのことだったのかもしれない。『いくつかのソネット』の社会的な拡がりはこうした実践を反映しているともいえる。シドニーが自分を陰鬱にして孤独な失恋した詩人フィリシデスとして描いているのは、相当量の手稿および印刷テクストのかたちで彼の詩が流通していたことと釣り合いをとるのにふさわしい。シドニーが詩人としてダイアーおよびグレヴィルとライバルでもあり盟友でもあったことは、彼らが対をなす詩を創作していることや「楽しい気分の時には仲間を集め」[**'Joyne Mates in mirth to me'**]――この詩は「シドニーがこの二人の尊敬すべき友人かつ仲間の詩人に会ったこと」を祝福するものである――を通じてよく知られている。私はスペンサーに対するシドニーの関係も、互いの詩を交換し模倣するという同様のパターンに従っていると論じたい。これは『オールド・アーケイディア』の中のいくつかの詩を『羊飼いの暦』[*The Shepheardes calender*]と関係づけることを可能にする過程である。[*68]

シドニー・サークルのメンバーは特別な友人にして運命共同体だった。彼らは自作を披露し合い、意見を交換しながら、新しい詩のかたちを模索していた。シドニーもまた、少なくとも創作段階では、いまだに抒情詩が資本として貴族社会に開かれていた時代に生きていたのである。

六　シドニーの音楽的環境

シドニーは——彼を取りまく詩人サークルの中心にあって——「イギリス韻文に関する実験において」何を「企て」ていたのだろうか。あるいは、もう少し平たく言って、シドニーはどのような詩を書こうとしていたのだろうか。この問題に取り組むためには「詩は何のために創作されるか」というかなり根源的な命題を視野に入れる必要があるように思われるが、ここでは、初期近代イングランドの抒情詩が貴族社会の文化的資本として——利子を産みつつ蓄積されると同時に——さらに実際的な役割を有していたという事実から取りかかることにしたい。

C・S・ルイスは、「詩の力は、注意してかからなければ、「時代の精神」を言葉のあや以上のものとしてと解釈し、詩が実際に「皆の関心事」だったと信じかねないくらいに、社会の中に広まった」と続けている。しかし、皆の関心事だったのは、音楽、より特定して言えばマドリガルだった。家で友人たちが顔を合わせて歌おうとするときにはどこでも、また、中流ないし上流階級で社会的娯楽が企画されるときにはいつも、歌われ聴かれるのはマドリガルであった。マドリガルの本が回覧され、マドリガル詩が書かれ伴奏音楽が付されたのであった。[*69]

初期近代イングランドの抒情詩は、第一義的には「朗読される」ためでもなく——ましてや私たちが文学テクストを読むときのように、「黙読される」ためでもなく——「歌われる」ために創作された。そして当時「歌われる」音楽の主流がマドリガルだった。

あらゆるルネサンス芸術の源がイタリアにあったように、マドリガルの起源もイタリアにあった[*70]。結果的に幸運な結婚も多かっただろうが、詩と音楽という姉妹芸術《シスター・アーツ》――結婚するのであれば夫婦芸術というべきか――のあいだには本来ある種の緊張関係があったと思われる。

歴史的にも実際上にも、イタリアのマドリガルでは歌詞が先行しまた優勢であった。マドリガルはピエトロ・ベンボ［一四七〇―一五四七］などが育んできた文学的コンテクストにおいて発達した。彼らはペトラルカとその一派による詩と組ませるための、フロットラ［frottola］よりも威厳ある音楽の成長を意識的に奨励した。音楽は歌詞に対応し、解釈を通じてこれを強調しながら微妙に絡み合う声部を織り上げてゆく。ヒューマニストのエートスと美学は、歌詞の至上性に高い関心を示しながら、イタリアのマドリガルの基底をなすものであり、マドリガルの多くに見られる深遠さやその崇高性をも部分的に説明してくれる。イタリアのマドリガル作曲者の技術は極上のイタリア詩に奉仕するものだった[*71]。

詩と音楽の優劣は哲学性や深遠さの程度によって判断されたし、詩人と音楽家の力関係は当時の社会のなかでどちらが重用されたかを反映している。余談ではあるが、姉妹芸術間に顕在化した緊張関係を紹介しておくならば、仮面劇という複合芸術をめぐって劇作家＝詩人ベン・ジョンソンと舞台演出家＝視覚芸術家イニゴ・ジョーンズが暗然たる闘争を繰り広げたことはよく知られている。

それはさておき、本家イタリアとは異なり、初期近代イングランドでは詩よりも音楽が、そして詩人よりも音楽家の方が優勢だったようである。

イングランドのマドリガル作曲家はテクストを実際的に用いたが、イタリアと同じようにこれに敬意を表することはなく、詩的価値の高い詩に曲を付けるということもなかった。イングランドのマドリガル作曲家は高尚な芸術的努力に従事しているという感覚はもっていなかった。結果として、イングランドのマドリガル作曲家がマレンツィオ［一五五三―九九］、ジェズアルド［一五六〇頃―一六一三］、モンテヴェルディ［一五六七―一六四三］のような力に到達することはなかった。イングランドのマドリガルはしばしば楽しいものであるが、深遠であることは滅多にない。イングランドのマドリガルは美しく愛らしく歌うが、光輝によって陶然とさせるところはない。[*72]

同じマドリガルという名称で呼ばれながらも、イタリアとイングランドではその音楽に質の違いがあったようであるし、当時のイングランドには音楽家の敬意に値するマドリガル詩人は存在しなかった。メイナードに言わせれば、「これは全然驚くべきことではない。というのは、彼ら［ペトラルカ、アリオスト（一四七四―一五三三）、タッソ（一五四四―九五）］に比肩しうる才能をもつイングランドの詩人はマドリガルをほとんど書いていない」からである。[*73]マドリガルという伴奏付き謡曲の器楽部分が一種の普遍言語であるのに対し、歌詞の部分が地方言語であったことも一因となりうるだろう。普遍言語の移植は比較的容易であるが、地方言語の移植は――固有の文化的背景に対する理解を必要とするため――困難なのである。

あるいは、当時芸術家としてのオーソリティを有していたのは詩人ではなく音楽家だったとも言える。詩は何よりもまず「歌詞」として出版された。詩人が詩集の出版が品位を汚すものと考えたのとは対照的に、音楽家は出版業界に食い込んでいた。

一五七五年、ともに王室礼拝堂の侍従職を務めていたトマス・タリス［一五〇五頃―八五］とウィリアム・バードにむこう二十一年間楽譜と五線紙の唯一の印刷者兼販売者とするとの特権が認められた。（楽譜付き聖書詩篇は含まれなかった。これについてはジョン・デイ［一五二二―八四］が特許を保有していた。）タリスとバードはこの独占をほとんど利用しなかった。彼らは作曲と演奏に専念しており、音楽用のフォントを所有していた彼らの印刷業者ヴォートロリエ［不詳―一五八七頃］はより議論のある種のものを含む他の作品を印刷することに関わっていた。タリスとバードによる『聖なるカンツォーネ』［*Cantiones Sacrae*］は特許が認められた年に出版されたが、これに続く二〇年間は何も出版されなかった。しかしながら、タリスが没して三年後の一五八八年にバードは特許をヴォートロリエから音楽用フォントを相続したばかりのトマス・イーストに譲渡した。イーストは精力的に出版を開始した。この年、注目すべき選集が二篇出現した。バード自身による『詩篇、悲しくも憐れみを誘うソネット・アンド・ソングズ』［*Psalmes, Sonets, & songs of sadnes and pitie*］とニコラス・ヤングが集めた『アルプスの彼方の音楽』［*Musica Transalpina*］である。[*74]

詩人よりも音楽家の方がみずからの活動に関してよりプロフェッショナルな意識をもっていたようである。穿った見方をすれば、どちらも貴族のお抱えになることが多かったにせよ、詩人は下賤な実業界と関わりをもつには貴族的すぎたのかもしれない。

音楽家たちは自分たちが作曲し演奏する音楽に乗せる歌詞を探していたが、当時のイングランドに存在していた歌詞付き音楽はマドリガルだけではなかった。

『不死鳥の巣』［*The Phoenix Nest*］の出版後十年ほどのあいだに、伴奏をつけるための韻文を求めてこの詩集に目を向けたのはマドリガル作曲家ではなく、リュート音楽ないし〈エア〉、すなわち、リュートや時にそれ以外の弦楽伴奏をもつ、単声ないし数声のためのパートをもつ歌の作曲家たちであった。この種の歌はマドリガルとほぼ同じ時期に流行したものであり、マドリガルの流行が最高潮に達したときでさえその命脈を保った。この音楽は十六世紀の終わりに非常に愛好され、エリザベス朝後期の詞華集にはリュート伴奏が付された抒情詩の数が増加している。[*75]

シドニーのソングはこのあたりに位置していると思われる。シドニーのソングは固有の様式を備えたマドリガルではなく、一つひとつ異なる伴奏を要求する不定形の謡曲である。「シドニーやスペンサーといった大詩人はイングランド詩を新たな雄弁と力感に導こうとしており、イタリア詩人の実践から深く影響を受けたが、彼らの接触はマドリガル伴奏を通じてのみならず、彼らの作品を広範に知ることを通じて行なわれた」のであった。[*76]

シドニーは「イタリア詩人の実践から深く影響を受け」ながら、どのような詩を創作しようとしたのだろうか。「新たな雄弁と力感」はどうすれば、そして、どのようなかたちで達成できるのだろうか。バクストンは、「シドニーが自分に課した課題の中に詩を音楽に合わせるというものがあった。これはおそらくシドニーがジャン＝アントワーヌ・ド・ベイ(一五三二―八九)のアカデミーの成果、あるいはフランスが模倣したイタリアの実験の成果を知っていたことから刺激されたものであろう。シドニーはきわめて早い時期から、常に音楽への嗜好を示していた」と述べている。[*77]「きわめて早い時期」という言葉でバクストンがどの時期を指しているのかは明らかでないが、大陸旅行が決定的な契機となったことは確実である。シドニーは大陸旅行中にさまざまな文人や芸術家と知遇を得ているが、そのなかでも重要だったのは、ピエール・ド・ロンサール(一五二四―八五)を中心とするプレイヤード派[the Pléiade]であった。

ピエール・ド・ロンサールは自作の詩に伴奏を付けて公表した、最初期にしてもっとも成功を収めた詩人であった。ロンサールの『アムール』[*Amours*](パリで一五五二年に出版)には十種類の楽譜が補足として載っているが、その楽譜のどれであれ、この詩集に収められた一五〇篇ほどのソネットのすべてに合うようになっている。プレイヤード派の他の者たちも、詩を音楽に調和させようとする同じような関心を示しており、ジャン＝アントワーヌ・ド・ベイがこの運動のもっとも熱心で卓越した技倆を持ち合わせた唱道者となった。一五七〇年が到来する寸前に、ベイは〈詩と音楽のためのアカデミー〉を正式に立ち上げたが、このアカデミーはその意図を公表することによって古典的な〈ムジケー〉の概念を履行した。アカデミーのメンバーに対してコンサートを開催したことに加え、ベイとその盟友たちはアクセントではなく音の長短をリズムの基礎とする韻律を用いて自国語の［ラテン語ではなく、フランス語の］詩を書き、これを〈ヴェル・メジュレ〉［measured verse］と呼んだ。

スペンサーが嬉々として〈アレオパゴス〉と呼んだ集団は、その後すぐにドーヴァー海峡を渡って［イギリスに帰り］、同様の実験に取りかかった。シドニーが詩人のことを、音節［の長さ］を衡量し、音楽的な調べを思い描きながら創作を行なう作詞家と考え始めたことは明らかである。ひとつないしそれ以上の記憶に残る小品のなかで、シドニーは詩人のことを、「人をたっぷりと魅了する音楽の技倆を伴奏とするか、伴奏を念頭においた、見事に均整の取れた言葉を携えて」歩み出る人間と描いている。*78

シドニーが自らの詩で音楽的な実験を試みたことは明らかであるし、彼が自作を歌われるべきものと強く意識していたことは次の引用からも疑いえないだろう。

自作に対するシドニーの数少ない言及のひとつは、彼の詩を歌うときの楽譜の重要性をきわ立たせている。一五八〇年五月二十二日にシドニーはウィルトン［ペンブルック伯爵夫人の屋敷］からエドワード・デニー［一五六五頃—一六三〇］に手紙を書いている——「私の〈ソング〉は必ずあなたの素晴らしい声で歌ってください……」というのも彼らは詩と歌がぴったり合うことを望んでいるのですから」。どんな〈ソング〉が手元にあったかを確認することは不可能であるが、デニーはパストン一族、バードおよびダウ［不詳―一五五八、Christ Church, Oxford, Music MSS 984–8の製作者］の仲間に加えられる人物であり、彼らは音楽への関心とシドニーの詩への関心を共有していた。[*79]

ここにもバードが姿を見せている。さらに言えば、パストン一族、とりわけエドワード・パストン（一五五〇―一六三〇）はバードの音楽をこよなく愛しており、その楽譜も集めていた。

ここで改めてウィリアム・バードという音楽家のことを考えてみたい。バードの周辺にはステラのモデルとなったペネロピ・リッチの影が濃厚である。すでに言及したバードの一五八八年の『詩篇、厳粛にして敬虔なソネッツおよびソングズ』と一五八九年の『さまざまな性格のソング、真面目なものや陽気なもの』にシドニーの詩のテクストが用いられている――シドニーの詩が活字で出版されたもっとも早い時期のものとして、前者には『アストロフェルとステラ』のソング六番が、後者にはソング一〇番の一部が含まれている――理由を考察しながら、ウッドホイゼンは有力な可能性のひとつとして次のように述べている。

これら［バードの楽譜］の手稿は、パストンをペネロピ・リッチとウィリアム・バードとを強く関係づけている。それは、一五八八年および一五八九年のマドリガル集に彼らが関与している可能性を反映しているかもしれない。ペネロピ・リッチとバードが近くに住むようになったのは、作曲家が――彼のパトロンたちが住んでいたピーターズ・オヴ・インゲトストン・ホールの近く――エセックスのスタンドン・マッシーに地所を購入した一五九三年のことである。リッチ家の先祖伝来の土地であるリーズ・プライアリから十ないし十五マイルのところに住むようになったバードはシドニーのステラのモデルを知るようになったのかもしれない。しかしながら、一五八八年および一五八九年の巻にペネロピが存在していることは、バードがエセックスに移る以前から彼らのあいだに何らかのつながりがあったことを示唆する。これが事実ならば、バードが用いた宮廷風の歌詞［シドニーのソング］はペネロピ・リッチ自身が提供したものと論じることもできるかもしれない。だが、次のような偶然には気になるものがある――ペネロピ・リッチに献じた本のなかで、ヤング［一五五七―九八頃に活躍］はパストンをバニスターに結びつけている。バニスターは『いくつかのソネット』の三〇番の写しをもらっていた。シドニーと同じように、パストンもモンテメイヤー［一五二〇―六二］の作品のマニアであった。パストンはダイアーとも繋がりがある。バードの音楽はパストン家で演奏されたが、このことはペネロピ・リッチを題材とするバードの楽曲のひとつで言及されている。そして、ペネロピ・リッチ「について」歌ったシドニーの詩二編がバードの音楽のコレクションに姿を見せている――一連の連想は長大であるが、無理に引き延ばしたものではない。[*80]

名も無きとは言わないまでも、歴史上（とりわけ政治史上）重要な役割を果たさなかった――と解釈され、これまでの歴史ではさほど注目されてこなかった――人物を含む初期近代の貴族の濃密な人間関係を充分に描ききることは困難であるが、些末さを旨とする「文化の美学」的なアプローチではこのような人たちを避けて通ることはできない。とはいえ、当面の関心は、シドニーがソングの創作に際してみずからの詩と音楽とを接合させようとしていたと述べることにある。

七　『アストロフェルとステラ』の〈詩学〉と〈美学〉

ファマトンはソネットと細密画という二つの芸術形態が「経験に対する新たな個人的な態度がその表現の場を求めていた」という「要求をかなえると同時に挫くことによってのみ出現したこと、つまり二つの芸術形態が個人に装飾という仮面を被せた」と語っている。装飾という仮面の下から偽らざる個人が垣間見えると言うべきなのか、装飾を纏ってこその個人であったと言うべきなのかは判然としないが、いずれにせよ、ソネットは――亀裂や矛盾を孕みつつ――絵画性に基づいて創作されたという主張である。あえて指摘するまでもなく、詩と絵画を姉妹芸術として関連づけようとする手法はけっして独創的ではない。ファマトンが独創的なのは、ソネットと細密画に共通する「小ささ」を贈与ないし提示の美学という社会的儀礼の形式のなかで展開する方法である。とはいえ、ソネットの絵画性を強調するファマトンの議論とは裏腹に、『アストロフェルとステラ』に含まれるソングの糸を辿ってみると、音楽の重要性が異様に高いことが見えてきた。シークエンスとしての『アストロフェルとステラ』の「美学」を理解するには詩、音楽、絵画という三姉妹の関係を把握しなければならないが、この問題を詳細に検討するには、イギリスの初期近代の芸術観全体を視野に収める必要があるだろう。このようなことは紙面的にも――もちろん私の能力的にも――到底不可能であるため、絶望的な悪あがきとして、シドニーの『詩の弁護』［*Defence of poesie*］を横目に見ながら、『アストロフェルとステラ』の「詩学」を通じてその「美学」に迫ってみたい。

シドニーはなぜ『詩の弁護』を書いたのか。なぜ詩は弁護されなければならなかったか。詩を攻撃した人物としてはゴッスン（一五五四―一六二四）の名前が挙げられるが[*81]、さらに根本的な問題は、イギリス初期近代にこのような攻撃を支持する勢力や風潮があったことである。ルネサンスは一般に学芸の復興を意味するが、「学芸」という範疇がきわめて曖昧であることに注目してみたい。ともに言語に関わる「学芸」として、詩は修辞学とも密接に関連しているが、修辞「学」がその実用性を誇るのに対し、詩歌を含む「芸」術には社会的余剰の影がつきまとう。芸術の社会的余剰性に関しては古典古代およびキリスト教的な伝統に遡らなければならない。古典古代では、プラトンが『リパブリック』［*Republic*］のなかで、詩は民衆を脆弱にすると非難している[*82]。キリスト教にとっても芸術は厄介な問題であった。「初期の教会では、また、教会の歴史のほとんどを通じて、芸術に対する懐疑が存在した。美、とりわけ絵画的・造形的な美に対する反応が人々を神から引き離し、地上的、感覚的経験へと向かわせると危惧された」のである[*83]。過度の単純化は危険であるが、次の引用からイギリス初期近代の詩をめぐる雰囲気を汲み取ってほしい。

> シドニーやスペンサーといった詩人が詩の道徳的価値に対して抱いていた関心は、人々が古代の異教徒によって書かれた詩に対する好みを正当化する必要があった時代に混乱したかたちで表現されてきたのかもしれない。「なぜ詩を書くのか」という問いに対して、こうした者たちは批判者を

満足させるものとしては「詩は人を向上させるから」と返答するしかなかった。[*84]

芸術は「人を向上させる」という道徳的価値をもたなければならないという議論の背後にも伝統が控えている。ギリシアではアリストテレスが詩人を司祭と同義と考えたし、[*85]ローマではホラティウスが同様の考えを抱いていた。そしてシドニーは大陸遊学中にアリストテレス修辞学の改革者ペトラス・ラムス（一五一五―七二）と深い親交を結んでいた。キリスト教の伝統に目を向ければ、聖アウグスティヌスが芸術の擁護者であった。

古典古代以来、芸術的創造を支えてきた柱のひとつが模倣《ミメーシス》論である。美術も音楽もともにミメーティックであるとする芸術観が存在した。伝統的な理解では、音楽のミメーシス性は天球の音楽、すなわち宇宙の調和《ハーモニー》を模倣するところにある。

> 音楽という教科を四学科《クアドリウィウム》の中に制度化したボエティウス［四七五頃―五二四］の定式によれば、（歌を含む）器楽は〈宇宙の音楽《ムジカ・ムンダナ》〉――すなわち宇宙の創造とその秩序の維持を可能にする宇宙のハーモニー――の反映《エコー》でなければならなかった。さらに言えば、〈宇宙の音楽〉は〈人間の音楽《ムジカ・フマーナ》〉――すなわち、充分な秩序を備えた人間の小宇宙《ミクロコズム》に浸透している調和――に反映される。[*86]

調和とはきわめて密接な関係にあり、ほとんど同義でさえある均整《シンメトリー》が美であるという考えも存在し、こちらの方が絵画性とより密接な関係にあると思われる。ルネサンスや初期近代の人々の精神に深く根づいていたピタゴラス的な幾何学的宇宙観ではシンメトリーこそが美であった。[*87]
ミメーティックな芸術観に従えば、詩人は神が創造した「秩序だった宇宙《コスモス》」に存在するハーモニーやシンメトリーといった美を詩のかたちで「再現《リプリゼント》」すればよい。しかしながら、こうした抽象的存在を言語という素材《マテリア》で模倣することに困難さは否めなかった。そこで、

> コスモスの形相のミメーシスではなくコスモスの可視的領域のミメーシスが詩論の動機づけとなる関心事となった。そこで、互いに形相的特性を強調することで詩が音楽とのあいだに保ってきた絆は弛められた。詩はより写実的となり、理屈っぽさが控えられた。これに付随するように、コスモスのシェーマが有する数字や量を模倣する必要から解放され、詩は音節の長さを基礎とする古代の韻律ではなく、アクセントを基礎とする韻律の体系を受け入れるようになった。[*88]

韻律の〈クォンティタティヴ〉から〈アクセンチュアル〉への移行と、詩の音楽性から絵画性への傾斜には並行関係が認められるというのである。たしかに、シドニーの〈クォンティタティヴ〉なソングも早い時期の創作であった。詩は模倣の対象を形相から可視的領域へと変えたとはいえ、世界はいまだに「韻律によって配置されて」いた。[*89]韻律——言語という質料《マテリア》——は詩人が世界を模倣する際に不可欠の具象であり、散文による世界の模倣は不可能であった。

　ヘニンガーによれば、詩の姉妹芸術が音楽から絵画に変わったのは十六世紀末である。[*90]これと歩調を合わせるように、シドニーは『詩の弁護』の中核に「語る絵画《スピーキング・ピクチャー》」という概念を据えることになる。

シドニーが『アーケイディア』と『アストロフェルとステラ』を書いたのは、語る絵画という混合的伝統の内部においてである。この伝統が展開してゆくにつれ、詩は人間に関わる出来事の記述、一連の連続したエピソード、プロットをもつ継続的なナラティヴと化していった。アリストテレスと考えは同じである――詩は現実の出来事に基づく必要はないが、絵画同様、生きいきとした現実という幻想を与えなければならない。実際、詩を正当化する議論は迫真的なフィクションを語る能力となった[*91]。

私たちの理解によれば、シドニーが『アストロフェルとステラ』を「書いた」という言い方は必ずしも正確でない。シドニーはソネットやソングを「書いた」が、『アストロフェルとステラ』は「構築した」と捉えるべきである。それはともかくとして、「迫真性」の意義は重大である。「迫真性」という言葉に含まれている差異――真に迫ってはいるが真ではない――が暴露しているように、「主体」の存在によって語りはフィクションとならざるをえない。シドニーは歴史／詩、ヒストリア／ストリー、ファクト／フィクションの関係を問題としようとした、とヘニンガーは語っている[*92]。ここではソネット一番の最終行が参考になる。**“‘Foole’, said my Muse to me, ‘look in thy heart and write.’”**［〈愚か者よ〉、私の詩神は私に言った、〈お前の心を覗き込んで書くのだ〉］と述べるとき、詩人は事実そのものではなく、みずからの心に映じたものを書くことになる。

『アストロフェルとステラ』の詩人が示す――強迫的《オブセッシヴ》ともいえる――関心は、みずからの詩による「美」

の「迫真的」な「表象／再現《リプリゼンテーション》」である。ファマトンは絵画的・視覚的表象を試みるソネット詩人の意識を強調しているが、これはソネット一番の言葉遣いを念頭に置けばきわめて妥当である。

Loving in truth, and fain in verse my love to *show*,
That she (dear she) might take some pleasure of my pain;
Pleasure might cause her *reade*, *reading* might make her know,
Knowledge might pitie winne, and pitie grace obtain,
I sought fit words to *paint* the blackest face of woe,
Studying inventions fine her wits to entertain;
Oft turning other's *leaves*, to *see* if thence would flow
Some fresh and fruitful showers upon my sunne-burn'd braine.
　But words came halting forth, wanting Invention's stay;
Invention, Nature's child, fled step-dame Studies blowes,
And others' feet still seem'd but strangers in my way.
Thus great with child to speake, and helplesse in my throwes,
　Biting my trewand *pen*, beating my selfe for spite,
'Fool,' said my Muse to me, 'look in thy heart and *write*.'（強調筆者）

先行する詩人の詩が「書物」として読まれるように、シドニーのソネットは「手稿」として見られることを意識している。言葉は「描く」[paint]ためにあり、詩人は歌うのではなく、「書く」[write]。どのように「書く」べきかについてはとりわけソネット三番の一節が適切に語っている。"How then? Even thus: in Stella's face I reed / What Love and Beauty be; then all my deed / But Copying is what in her Nature writes" (12–14)［ならばどうやって? こうとさえ言えるかもしれない。ステラの顔の中に/私は愛と美が何であるかを読みとる。ならば、私がすべきことといえば、自然が彼女の中に書き込んだものを模写することだけ］というのである。ステラ自身、自然が書いた書物であり、詩人は自然が書いたものを「模写する」――ただし、みずからの心に映じたものとして。

だが、『アストロフェルとステラ』からは、絵画的な描写だけでは――美の形相を詩人の可視的世界で具現する――ステラの美のすべてを表象することはできないという詩人の意識が滲みだしてくる。アストロフェルにとってステラは絵画的な美の極致であるとともに音楽的な美の極致でもある。ステラの声はソネットの所々で絵画性を超越する価値を賦与されている。詩人が必死に努力しようとも、ステラの声が湛える美を見たり、読んだり、それを模倣して書いたり、描いたりすることはできない。詩人が音楽的な美を表象するには、「歌う」[sing]しかない。しかしながら、ここで詩人は能力の限界を実感する。これは、ステラの声以上に美しい詩を創作することができない、そして、詩人が発する言葉のなかでもっとも美しいのは「ステラ」という言葉であるという意識に反映されている。音楽的な美は詩人の創作に先行するし、詩人の表象が実体に劣るのであれば、詩人には存在論的な危機が訪れる。詩人にとって美はステラに付属しているがゆえに美なのであるが、詩人という存在を抜きにしてもステラという美は存在する。ならば、詩人の創作への努力は——ソネット一番の "That she (dear she) might take some pleasure of my pain; / Pleasure might cause her *reade*, *reading* might make her know, / Knowledge might pitie winne, and pitie grace obtain," という一節がすでに暴露しているように——何にもましてステラの歓心を買うためと解釈すべきものとなる。

ソングとソネットの最大の相違はその規模にあるというきわめて単純な事実を強調すべきかもしれない。ロッシュは、「アストロフェルは想いが募りすぎたため、ソネット形式では彼の情熱を収めきれず、ソングになだれ込む」と述べている。[*93] ソネットは「小さすぎた」というのである。しかしながら、「詩人の創作への努力は何にもましてステラの歓心を買うため」というある種の実際的な役割に注目してみることにも意味があるだろう。とりわけ、ソングとソネットがどのような提示のされ方を前提として創作されたかは重要である。ソネットが——細密画のように、そしてラヴ・レターとして——密かに女性に贈られるためにあるとすれば、ソングはまさに歌われるためにあった。しかし誰の前でであろうか。愛する女性を前にして、という場合もあるだろうが、シドニーの詩に多く見られるような愛する女性の不在を嘆くという主題は当人を目の前にしては歌いにくい。女性と会えた時点で、詩に描かれる「女性の不在」は虚偽と——少なくとも過去と——化してしまう。愛する女性を目の前にしたときには、会えた喜びを語る詩の方がふさわしい。「女性の不在」を歌うのにふさわしい場所は親しい友人たちのあいだであろう——かりに友人たちの輪の仲にその女性がいたとすれば、かなり気恥ずかしい思いをすることになることはまちがいない。

「公に」される仕方や環境から見て、ソネットとソングの社会的位置は明らかに異なっている。あるいは、私的空間として詩人が外部から切り離す領域に立ち入ることが許される人間は、ソネットとの場合とソングの場合では異なると言うべきかもしれない。密かに恋人に手渡される「小さな」ソネットの手稿と仲間たちのあいだで歌われる「やや大きい」ソングは、その美学において、明確な差異を示している。しかしながら、このような差異はソネットとソングが『アストロフェルとステラ』に編成される過程で隠蔽されてしまう。ヘニンガーはシドニーの詩論について次のようにまとめている。

> ソングズ・アンド・ソネッツの作者、人文主義者、プラトン主義者としてのシドニーは、天上の美を主題とし、ミューズを後援者とする詩学を懐かしげに振り返った。実際的な事柄にかかわる近代人、プロテスタント、最初期の経験主義者としてのシドニーは、心象《イメージ》がその感覚的主張を心の目に向けるような新しい詩学を導入した。詩が芸術の一族のなかでもっとも近しい親族としての音楽から離れ、絵画と連携を更新しつつあった決定的な時代にシドニーは生きていた。シドニーが『弁護』のなかで提唱している混合主義詩学は必要な継続性を与えるために検討を重ねた試みなのであり、これによって、古いものの中から最良のものを保持しながら新しい実験が可能になった。正しい見方をすれば、シドニーはイングランドのみならず広く西洋におけるこうした活力に満ちた移行の仲介者なのである。[*94]

「混合主義詩学」といえば聞こえはいいが、「シドニーが『弁護』のなかで提唱している」のは、本来異なる美学に基づいて創作された詩を『アストロフェルとステラ』や『アーケイディア』に編成し直す際の自己正当化ととらえるべきである。みずから絵画性に傾斜しながらも、シドニーは詩と音楽との連携に打ち込んだかつての情熱を完全に抹消してしまうことができなかったのかもしれない。いずれにせよ、「混合主義詩学」とは、音楽を範とするソングの美学と絵画を範とするソネットの美学が決定的な破綻を露呈させないようなかたちで接合された、本質的に「ひび割れた詩学」なのである。

「ひび割れた詩学」が『アストロフェルとステラ』の「美学」を映し出してくれる。『アストロフェルとステラ』をシークエンスととらえ、「小さなソネットの手稿」を越える存在を認めるからといって、ファマトンが主張する「イギリス・ルネサンスの貴族社会の些細な自己性」に基づく「美学」を否定するつもりはまったくない。「些末な自己性」が「大きなもの」にも忍び込む可能性を指摘したいだけである――実際、ファマトンはバンケット室のような、大きくて些末なものをも扱っている。これにヒントを得て想像をめぐらしてみれば、『アストロフェルとステラ』は「贅沢な骨董品が飾られた部屋」に喩えられるかもしれない。骨董品の中には――以前に人に披露して――有名なものが含まれていたかもしれない。しかし、実際に部屋に入り、その全貌を、とりわけ骨董品の「配置」に込められた「美学」を目にすることができたのは――ましてや、この美学を理解できたのは――きわめて少数に限られていたのである。「贅沢な骨董品が飾られた部屋」の「美学」を徹底できれば、本稿も立派な新・新歴史主義的考察になったかもしれないが、これには私の能力が絶対的に足りなかった。

『アストロフェルとステラ』は唯一無二の贅沢な写本として存在したと想像されるが、その全貌はきわめて厳重に秘匿されていた。シドニーが亡くなったのち、出所不明の未公認クォートによって『アストロフェルとステラ』は中途半端に暴露され、この中途半端さがより権威ある、より豪華なフォリオの出版を促した。しかし活字テクストはどうあがいてみても、シドニーがみずからの手元に置いていた（あるいは妹メアリに託した）手稿テクストに抱いていた思い入れまでを再現することはできない。活字テクストによって『アストロフェルとステラ』を読む現在の私たちは、「贅沢な骨董品が飾られた部屋」を立派な写真集で眺めていると言えるかもしれない。冗漫の誹りを覚悟しつつ、このあたりの事情をファマトンという資本を元手に、あるいは「修辞的創作法」を「模倣」して語れば、次のようになるであろう。

シドニーの『アストロフェルとステラ』の手稿は「貴族の日常生活の贅沢な装飾品」のひとつとして「その内に宇宙を備えて」いたはずである。そもそもの成り立ちからしてそうなのであるが、「この宇宙の中では、中心的な歴史の配置さえもが砕け散り、周辺へと追いやられ、一貫性を失ってしまっ」ていた。シドニーはみずからの手稿をシークエンスとして編成することで、ひび割れた詩人の自己を必死の思いで繋ぎ止めようとした。しかし、手稿は失われてしまい、活字によるテクストは「本来の統一体が持っていたと考えられる完全性を取り戻すことは〈決して〉できず」、その残像をとどめるのみである。

八　装飾の社会的価値

「ひび割れた詩学」は『アストロフェルとステラ』が異質な要素を取り入れることを可能にした。そこには絵画性も音楽性も含まれている。しかしながら、改めて考えてみれば、絵画は「存在」［being］の芸術であり、音楽は「生成」［becoming］の芸術である。もう少し分かりやすい言葉で言えば、絵画は空間芸術であり、音楽は時間芸術である。いかにシンメトリーとハーモニーが類似の概念であると言ってみても、音楽が時間の拘束から逃れることは不可能である。それゆえ、絵画的なソネットから逸脱する詩人の思いがナラティヴに傾斜することは不思議ではない。振り返ってみれば、マイケル・ドレイトンがみずからのソネット集に『イデア』と命名したことは皮肉にも象徴的である。ソネットは、シドニーの『アストロフェルとステラ』を超えたところで、絵画的でありえたのかもしれない。シドニーの詩論に対するひとつの結論としては、「美はもはや新プラトン主義者たちが考えるような神的な形相ではなく、むしろ感覚器官を通じて知覚されるものとなった。そして美の探求はそれ独自でひとつの科学となった」というものがふさわしい。[*95]しかしながら、「科学」［*scientia*］であることは芸術の存在意義を高めることに役立つのであろうか。

美の科学にかぎらず、初期近代における学芸一般の存在意義とは、シドニーの知人の一人であるジョン・フロリオがイングランドにおけるイタリア語の有用性を語っていたのと同じ意味合いなのではないだろうか。

一五八二年十一月十二日、フロリオはエドワード・ダイアーにイタリアの格言集『ジャルディーノ・ディ・レクリアティオーネ』［*Giardino di recreatione*］を献じた。この献辞のなかで、フロリオはオックスフォードでイタリア語を教えていたことに言及し、そもそもこの本はそこでの経験から生まれたと述べながら、次のように語る――「美しい宝石が淑女に歓迎されたり、この上なく上質で完璧な鎧が騎士に歓迎されるのに劣らず、高貴なイタリア語があなた様に歓迎されることは存じております。[*96]」

「宝石」も「この上なく上質で完璧な鎧」も貴族にのみ許された贅沢品である。初期近代イングランドにおいては、たんに芸術のみならず学芸全般それ自体が――武術や馬術と同じようにある種のたしなみとして――上流階級に特有の美学的範疇に属していた。[*97]（「初期近代イングランドにおいては」という限定は必要ないかもしれない。また、学芸のなかでどの領域がとりわけ高く評価されたかは時代や地域によって異なって当然である――現代であればコンピュータを縦横無尽に操るというのも一種の美学性を有するかもしれない。）

詩は貴族のたしなみであると同時に散文的な日常性からの逸脱でもある。初期近代であろうと現代であろうと、貴族であろうと民衆であろうと、人は通常韻文では語らない。しかし時折この日常性から逸脱する瞬間が訪れる。詩は感興の高まりによって、インスピレーションによって発せられる。そして一般人には――「神託」と同じように――完全に理解することは困難である。しかしながら、逆説的ではあるが、こうした非日常の瞬間こそが詩人の本質であり日常である。ここには、詩を創作しなければ詩人ではないという存在論的な問題が含まれている。詩人は詩を創作している瞬間においてのみ詩人であることを実感できる。

詩人が社会的余剰であるとすれば、ソネット詩人たちが描く宮廷恋愛は通常の夫婦関係に対する余剰である。伝統的に、こうした余剰は逸脱として咎められるどころか称揚されてきた。『アストロフェルとステラ』を通じて、詩人はステラに捨てられる恐怖を語りながらも、その夫であるリッチにステラとの関係を追求され、屋敷から追放される恐怖は思い描かない。なぜなのだろうか。詩人にはステラの夫が視野に入っていないようであるが、夫の方にも詩人の姿が見えないかのようである。ファマトンが編集の一端を担った『ルネサンス文化と日常』に収められたリーナ・オーリンの「ルネサンスにおける不可視になるための三つの方法――性、評判、針仕事」[*98]を参考にして「不可視の詩人」という考え方を導入してみたい。オーリンの議論の要点は、針仕事が女性たちを不可視にすると同時にアリバイを提供したというものである。舞台上の女性が針仕事をしていれば観客には見えないものと理解されたし、浮気を見つかりそうになっても「針仕事をしていた」と言えば夫や恋人は納得するしかなかったというのである。詩人にも同じような図式が当てはまるように思われる。詩を創作していれば、夫は詩人が自分の妻の側にいることに文句が言えない。それどころか、詩の創作を通じて自分の妻の声望を高めてくれるのが詩人であるとも言える。詩人が取り上げてくれないようなレディが宮廷の華となることはありえなかった。

貴族のたしなみとしての詩の創作はどのような社会的拡がりをもっていたのであろうか。

ルネサンスの詩歌のなかで最良のものの多くは、シェイクスピアのソネットがそうであるように、私的な友人たちのあいだで手稿で回覧するために書かれた。宮廷人たちは、シドニーという範例に従って、詩を書く技術を教養ある人間ならば誰であれ修得可能な技倆と見なし、彼らの多くが実際これを修得した。宮廷人たちはこうした私的な詩は友人にのみ関心があるものであり、それゆえ束の間のものと考えた。彼らは自作を公にしようなどとは考えず、そのため詩の多くが失われた。だが、宮廷人はみずから詩人であったため、詩を判断する能力を十分持ち合わせていたし、詩人たちの優れたパトロンでもあった。[*99]

詩の創作という科学ないし技倆が開示される場は限られている。さらに言えば、この科学ないし技倆によって生み出される成果の寿命はきわめて短い。それでもなお、この科学ないし技倆は詩のパトロンという社会的存在を構築することには役に立っていたし、こうしたパトロン制度の下でこそ詩人という存在が再生産されていった。

出版された抒情詩の場合、パトロンはさまざまな目的に役立った。パトロンは金銭、社会的・政治的な支援や好意、官職や仕事を（実際に、あるいは思惑上）施してくれる存在であっただけでなく、理想的な読者および名声の推奨者として、象徴的ないし仲介的人物であり、手稿文化から活字文化への移行を助長した。パトロンは社会的に制約された〈オケイジョナル〉な詩が新たに出現しつつあった近代的な文学制度――作家が新たな文学的・美学的エリートの一員としての威信を享受し始める際にパトロンが出版フォーマットの小さな要素に減ぜられるような環境――に組み入れられる過程の一部であった。[*100]

文学に関するかぎり、パトロン制度は活字文化の伸張とともに純粋に装飾的な要素に縮小されていったようであるが、本来的には初期近代イングランド貴族社会の根幹であった。そして、貴族にとっての学芸が社会的装飾であることと呼応するように、パトロン制度における被庇護者たる芸術家は一種の「学芸の人格化」として本質的に装飾的存在であったととらえることもできるだろう。

パトロン制度下の被保護者は、存在しなくともさほど困らない立場にある人間として社会的余剰であると同時に貴族社会に対する寄生的存在でもある。このような詩人像はファマトンが『文化の美学』の第二章「贈り物交換」において描いた子供像と奇妙に符合する。

……子供は小さく、周縁的で、孤立しており、しかも……装飾的なのである。

さまざまな点で、子供は実際的な大人の世界の周縁に位置し、これから切り離されている。……子供は成熟したとしても……もっぱら家庭内の愛玩動物として扱われていた。子供は愛玩動物のような「慰みもの、気を紛らす玩具」として愛情を注がれ大切にされた……。実利的な役割を果たすときでさえ、貴族の子供は、将来担うはずの社会的な地位の外側に留まっていた。子供とは奉仕するものだったのである。貴族の子供は日々の食事のおりに、食卓の端に――一種の装飾的境界として――無言で立ち、親や他の大人の給仕を務めた。結局、子供はその儚さの点で、周縁的あるいは周辺的な存在であった。……

私たちが辿ろうとしているのは、贈り物交換が、子供という生き物を宝石と同等の価値をもつ意味の詰まった装飾品へとかたち作っていく方法である。文明社会から子供が遊離ないし孤立しているという事実に向き合ったとき、ルネサンスは子供を一種の美的な人工物としたが、この人工物はまさに孤立しているがゆえに、〈流通させられることで〉途方もなく高価なものとなった。交換される子供の一人一人は、社会が儀礼を損なっていないことを示す、文化が作る壮大な円環ないし首輪の中の接ぎ輪となったのである。交換可能な子供たちは高値のついた装飾品であり、これは――《クーラ》の輪の人格化された小さな装身具のように――生産的分化機能を果たしていた。[*101]

もちろん、詩人が子供とまったく同じというわけではない。詩人が貴族の食卓の端に無言で立って他の人たちの給仕を務めたりすることはなかったであろうが、どう見ても芸術家は根本的な意味で社会的余剰であった。

自身が詩人であったシドニーはアンビヴァレントな位置にある。シドニーは社会的立場からすれば庇護者の側に立つ存在であった。

シドニーがウィルトンに妹を初めて訪ねたのがいつかは不明であるが、一五七七年の十二月にはレスター伯およびウォーリック伯[一五二八頃―九〇]とともに妹に招かれてそこに滞在していたことは確実である。もう一人の伯父であるサセックス伯[一五三〇―九三]に宛てて書かれたウィルトン発の十二月十六日の手紙でシドニーはささやかなパトロン行為に言及している。

近ごろ、私は大胆にも可哀想な異国の音楽家の件で閣下にご無理を聞いていただきました。この者がこれまでにすでに閣下から頂戴いたしましたご好意については、当人になり代わり身を低くして御礼を申し上げます。とはいえ、この件があったため、閣下に引きつづきもう一名お引き受けいただくようお願いせざるをえなくなりました。

今ではこの外国人音楽家の名前を知るすべはないが、シドニーが記録に残る最初のウィルトン訪問の際に、この音楽家の支援に心を砕いていると知ることは心地よい。*102

パトロン制度のなかで音楽家はあたかも贈り物となっているかのような記述である。実際、芸術家がパトロン制度の中に身を投じるということは、その作品はもちろんのこと、みずからの全人格を贈り物として差し出すことを意味していた。

初期近代イングランドでは詩人は民衆のあいだには存在しえなかった。このことは詩人が中・下層階級の出身ではないとか、民衆のあいだには詩的活動が存在しなかったという意味ではない。民衆のあいだにも活発な詩的活動が存在していた。しかし、この領域における活動は集合的であり、匿名的であったということである。詩人がオーサーシップを獲得するのは、貴族の庇護のもとにおいてである。単純に言っても、民衆には詩人という高価な社会的装飾を賄うだけの財力をもたなかった。そして、社会的装飾としての詩人は商品としての流通性をも備えていた。詩やその手稿が流通することはもちろんのこと、詩人自体が貴族の宮廷を渡り歩いたのである。このような情況を目にすれば、みずから有力な貴族でありながら、詩人としても時代の先頭に立っていたシドニーの価値は計り知れない。シドニー自身が宮廷文化の典型であった。

存命中も、そして死後にはなおのこと、シドニーは英雄的かつロマンティックな人物として重要であった。彼にパトロンになってほしいと思う者は多かったし、それほど金銭的には豊かでなかったものの、気前が良かったことは証拠が強く示唆している。旅行者、外交使節、ついには軍事指導者として外国に赴いたが、外国では君主のような扱いを受けた。国内的には廷臣でもあり、最新流行の騎士道風娯楽や国王の国内巡幸に役割を果たした。地元のロンドンでも人気があったが、それは一族のタウン・ハウスがあるベイナード・キャスルのみならず、伯父の宮殿然としたレスター・ハウスも含めてのことである。シドニーは時間の多くをケントのペンズハーストにある一族の領地、ウィルトシャのウィルトンにある妹の屋敷、そしてウェールズとの国境地域――とりわけ学生時代にいたシュルーズベリと議会任命の知事として父が住んでいたラドロゥ――で過ごした。かつて通っていたオックスフォードとケンブリッジの両大学にも強い繋がりがあった。友人知人からなるシドニー・サークルには有名な者もそれほどでない者もいたが、その範囲は広く人間関係は複雑であった。

まちがいなく、多くの者が友人であると主張したり友人の格好をしたがったし、彼の文学活動について知っていた者の多くはひとつかふたつでも彼の作品がもらえることを希望していた。友情とか親密さを証明する手段として、手書きではないにせよ、少なくとも直接もらった物をもっていること以上に有効なものはあるだろうか。『オールド・アーケイディア』の献辞は、個人的な贈り物としてのこの書物の力をシドニーが拭いきれないものとして認識していることを示している。シドニーの友人や一族の幾人かが自筆の作品――ないしその写し――を受け取ったことは確実であるし、彼らがそれを読んだのみならず、さまざまな目的に利用したことは証拠が示している。シドニーの手稿はたんに楽しみのために読まれるということを超えた実際的な役割を有していた。手稿は他の書物を編集するのに、騎士道の幻想をかき立てるのに、所有者のウィットの鍛錬をするのに役立った。ペンブルック伯爵夫人は『オールド・アーケイディア』の手稿をもらった。グレヴィルはひとつしかないと言われている『ニュー・アーケイディア』の写しをもらった。シドニーは弟ロバートに「ぼくの戯れの本」を送り、『詩の弁護』のペンズハースト手稿には弟の筆跡が残っている。多分、これら三人の近親者および友人のそれぞれが、シドニーが書いたもののすべてとは言わないまでもそのほとんどの写しをもっていた――伯爵夫人は一五九八年版のシドニー作品の下敷きとして、多分シドニーが彼女に与えた権威あるテクストを用いた。

シドニーが手稿を贈った者が他にもいたに違いない。その中には――シドニーが『アストロフェルとステラ』の写しをペネロピ・リッチに与えたと想像することは可能である。もしシドニーとスペンサーがレスター・ハウスで自分たちの作品について議論したとすれば、スペンサーはおそらく友人の詩の写しをもっており、それをアイルランドに携えていったことであろう。同様に、エドワード・ダイアーが――彼が一篇の詩を寄せている――『いくつかのソネット』だけでなく、シドニーの著作についてより多くを知っていたことはほとんど確実である。シドニーの妻フランシスは、『ニュー・アーケイディア』を見たいと望んでおり、シドニーの著作に関心があったのかもしれない。こうした人物たちの秘書や使用人たちがシドニーの作品を知っていたかもしれないが、より年輩の親族――シドニーの父母、伯父や義理の父が知っていたという証拠はない。*103

この引用はもっと早くに提示すべきだったかもしれないが、「文化の美学」を縦糸として議論を組み立てるにはそれ自体の構築性があまりに高すぎた。ここではこの引用を参考にしながら、これまでの議論を回顧し、シドニーの日常を思い描いて欲しい。

詩人は宮廷の装飾物であり、ステラを含め宮廷のレディも装飾品である。装飾品は欲しがる人間が多ければ多いほどその価値はつり上がる。アストロフェルという崇拝者が存在して初めてステラは価値を獲得したとも言える。ステラを描いた「ソネット」は、卓越した技倆で描かれた見事な細密画として、シドニー自身が作らせた貴重な手稿として、ペネロピに贈与され、彼女のキャビネットにしまい込まれ、見せて欲しいとせがむ多くの人を拒絶する。「ソング」のステラは――ステラ＝ペネロピが不在のまま――シドニーの親しい友人・知人たちのあいだで歌われ、これを聴いた者は皆、ステラ＝ペネロピの美を一度は拝みたい、彼女を歌ったソネットを見たい、ソングを聴きたいと切望する。「不在の存在」に投機される欲望の循環から、ステラ＝ペネロピのインフレが招来する。しかし、どの一部を見てもどの一部を聴いても、シドニーが『アストロフェルとステラ』に込めた思いは伝わらない。『アストロフェルとステラ』の全貌は、すべてのソネットとすべてのソングが正しい順序で配列されたときに初めて出現するからである。断片として創作され、断片として流通していた『アストロフェルとステラ』はイングランド貴族社会の仮像として流通し高騰していったのである。

一五八六年に亡くなると、今度はシドニー自身が貴族社会における重要な「不在の存在」と化した。シドニーの不在はステラ＝ペネロピの不在以上の社会的・文化的影響をイングランド貴族社会に及ぼした。

いったん同時代の者たちにとってのプロテスタント殉教者、文化的英雄となってしまうと、そして一五九〇年代に彼の韻文と散文が出版されたあとには、イギリス・ルネサンスの傑出した作家フィリップ・シドニー卿は死後に、実際に生きているパトロンに帰されるような社会・文化的機能のいくつかを行使した。シドニーの名前を引き合いに出してみずからのテクストや他人のテクストの出版を合法化しようとする作家たちの文学テクストをオーソライズしたというのがその一例である。しかしながら、ニューマンが一五九一年に出版した『アストロフェルとステラ』の第一クォートを見れば、手稿で流通していた詩が活字という公的なメディアに移植される際の興味深い社会・文学的軋轢と摺り合わせ《ネゴシエーション》の痕跡が発見できる。大英図書館収蔵の版本に残されているかたちでは、シドニーのソネットに先だって、ニューマンがこの作品をフランシス・フラワーに捧げるとする旨の献辞とトマス・ナッシュの読者への序文が付されている――どちらもシドニーのテクストをより大きなエリザベス朝の社会体制に関係づける証拠である。*104

一五九一年版のニューマンによる献辞は結果的にペンブルック伯爵夫人の不興を買い、一五九八年版の出版を促すこととなったが、これがなければ手稿と活字の歴史は私たちが現在理解するようなかたちとは異なっていたかもしれない。文学の領域にかぎらず、シドニー以降の文化的事象の多くは、シドニーの詩の理論と実践および彼自身の早すぎた――貴族的にして英雄的な、すなわち美学的な――死が招来したものとさえ言えるかもしれない。

註

（1）Patricia Fumerton and Simon Hunt, eds., *Renaissance Culture and the Everyday* (Philadelphia: U of Pennsylvania P, 1999).

（2）Patricia Fumerton, *Cultural Aesthetics: Renaissance Literature and the Practice of Social Ornament* (Chicago: U of Chicago P, 1991).［生田省悟、箭川修、井上彰訳『文化の美学——ルネサンス文学と社会的装飾の実践』（松柏社、一九九六年）］

（3）本書の「序」7頁も参照のこと。

（4）Fumerton and Hunt 3-4.

（5）Fumerton and Hunt 4.

（6）Fumerton and Hunt 5.

（7）Fumerton and Hunt 5.

（8）『文化の美学』一—三。

（9）『文化の美学』xiii—xiv。

（10）『文化の美学』一六一—六二。

（11）『文化の美学』一三〇—一。

（12）Germaine Warkentin, "The Meeting of the Muses: Sidney and the Mid-Tudor Poets," in Gary F. Waller and Michael D. Moore, eds., *Sir Philip Sidney and the Interpretation of Renaissance Culture* (London: Croom Helm, 1984) 18.

（13）H. R. Woudhuysen, *Sir Philip Sidney and the Circulation of Manusucripts, 1558-1640* (Oxford: Clarendon P, 1996) 387.

（14）Arthur F. Marotti, *Manuscript, Print, and the English Renaissance Lyric* (Ithaca: Cornell UP, 1995) 311.

(15) Woudhuysen 356.
(16) Marotti 312-13.
(17) John Buxton, *Sir Philip Sidney and the English Renaissance*, 3rd ed. (London: Macmillan, 1987) 164.
(18) Thomas Roche, Jr., *Petrarch and the English Sonnet Sequences* (New York: AMS P, 1989) 242.
(19) Roche 233.
(20) Roche 220.
(21) Roche 220.
(22) Roche 236.
(23) Warkentin 30.
(24) 『文化の美学』一七四—九三。
(25) Katherine Duncan-Jones, "Sidney's Personal *Imprese*," *Journal of the Warburg and Courtauld Institutes* 33 (1970): 321-24を参照のこと。
(26) とりわけ、Roche 234-42の分析を参考にして欲しい。
(27) William A. Ringler, Jr., ed., *The Poems of Sir Philip Sidney* (Oxford: Clarendon P, 1962). いくぶんのためらいを感じつつも、本稿における『アストロフェルとステラ』からの引用はこの版による。
(28) Michael Baird Saenger, "Did Sidney Revise *Astrophel and Stella*?" *Studies in Philology* 96-4 (1999): 417-38.
(29) Woudhuysen 301.
(30) S. K. Heninger, Jr., *Sidney and Spenser: the Poet as Maker* (University Park: Pennsylvania State UP, 1989) 397.
(31) Woudhuysen 249.
(32) Woudhuysen 246.

(33) Marotti 1を参照のこと。
(34) Woudhuysen, Chapter 2, “Producers” を参照のこと。
(35) Buxton 141-42; Woudhuysen 44.
(36) Marotti 25.
(37) Woudhuysen 15.
(38) Woudhuysen 16.
(39) Woudhuysen 15.
(40) Woudhuysen 12.
(41) Woudhuysen 17.
(42) Woudhuysen 88.
(43) Buxton 236-37.
(44) Marotti 188.
(45) Marotti 2-3.
(46) Marotti 135.
(47) Marotti 207.
(48) Marotti 139.
(49) Marotti 190.
(50) Marotti 196.
(51) Marotti 211.
(52) Marotti 294.
(53) Winifred Maynard, *Elizabethan Lyric Poetry and Its Music* (Oxford: Clarendon P, 1986) 21.
(54) Marotti 216.
(55) Marotti 229-30.

(56) Marotti 294.
(57) Marotti 227.
(58) Marotti 230.
(59) Marotti 231.
(60) Marotti 281.
(61) Marotti 289-90.
(62) Marotti 287.
(63) Woudhuysen 366.
(64) Woudhuysen 271.
(65) Heninger, *Sidney* 469.
(66) Woudhuysen 237.
(67) Buxton 105.
(68) Woudhuysen 297.
(69) Maynard 64.
(70) この時期のイングランドのマドリガルについては、Gustave Reese, *Music in the Renaissance*, rev. ed. (New York: W. W. Norton, 1959), Chapter 16, "England (c. 1535 to c. 1635): The Madrigals, including those of Morley, Weelkes, and Wilbye; the Ayre; Instrumental Music, including the Lute Works of Dowland, the Keyboard Works of Byrd, Bull, and Farnaby, and the Ensemble Compositions of Tye, Morley, and Gibbons; Music in the Theater" を、イタリア・マドリガルに関する比較的新しい研究については、Howard M. Brown, "Genre, Harmony and Rhetoric in the Late Sixteenth-Century Italian Madrigal," in Jean R. Brink and Willimam F. Gentrup, eds., *Renaissance Culture in Context: Theory and Practice* (Aldershot: Scolar P, 1993) を参照のこと。
(71) Maynard 42. フロットラ――「喜劇的なバラッド。十五世紀―十六世紀ごろにイタリアの貴族たちのあいだで行なわれたいろいろな曲を組み合わせて作った4声部の民謡曲集。マドリガルの先駆けをする曲。はっきりとしたリズム、単純な和声、楽器の伴奏部がある。」小泉治著『新版音楽辞典』（東京堂出版）より。

(72) Maynard 42.
(73) Maynard 61.
(74) Maynard 39-40.
(75) Maynard 54-55.
(76) Maynard 61.
(77) Buxton 113.
(78) Heninger, *Sidney* 82-83.
(79) Woudhuysen 293.
(80) Woudhuysen 254.
(81) Buxton 138も参照のこと。
(82) プラトンによる詩ないし詩人に対する批判は『リパブリック』にのみ見受けられるものであるため、プラトンの中においてさえ、詩や詩人に対する評価に関して悩みや思い直しがあったのかもしれないという意見もある。
(83) Heninger, *Sidney* 183.
(84) Buxton 254.
(85) Heninger, *Sidney* 179.
(86) Heninger, *Sidney* 67.
(87) S. K. Heninger, Jr., *Touches of Sweet Harmony: Pythagorean Cosmology and Renaissance Poetics* (San Marino: Huntington Library, 1974); *The Cosmographical Glass: Renaissance Diagrams of Universe* (San Marino; Huntington Library, 1977)等を参照のこと。
(88) Heninger, *Sidney* 87.
(89) Heninger, *Sidney* 181.

(90) S. K. Heninger, Jr., "Speaking Pictures: Sidney's Rapprochement between Poetry and Painting," in Gary F. Waller and Michael D. Moore, eds., *Sir Philip Sidney and the Interpretation of Renaissance Culture* (London: Croom Helm, 1984) 9.
(91) Heninger, *Sidney* 107-8.
(92) Heninger, *Sidney* 231.
(93) Roche 214.
(94) Heninger, "Speaking Pictures" 15.
(95) Heninger, *Sidney* 305.
(96) Buxton 159.
(97) 馬術に関しては、Karen L. Raber, "'Reasonable Creatures': William Cavendish and the Art of Dresage," in *Renaissance Culture and the Everyday* 42-66が参考になる。
(98) Lena Cowen Orlin, "Three Ways to be Invisible in the Renaissance: Sex, Reputation, and Stitchery," in *Renaissance Culture and the Everyday* 183-203.
(99) Buxton 246.
(100) Marotti 323.
(101) 『文化の美学』五四―五五。
(102) Buxton 98-99.
(103) Woudhuysen 219.
(104) Marotti 312-13.

参考文献

Sidney, Sir Philip. *The Poems of Sir Philip Sidney.* Ed. William Ringler. Oxford: Oxford UP, 1962.

——. *A Defence of Poetry.* Ed. Jan van Dorsten. Oxford: Oxford UP, 1966.

——. *The Countess of Pembroke's Arcadia* (*The Old Arcadia*). Ed. Katherine Duncan-Jones. Oxford: Oxford UP, 1985.

——. *The Countess of Pembroke's Arcadia* (*The New Arcadia*). Ed. Maurice Evans. Harmondsworth: Penguin, 1977.

*

Anglo, Sydney, ed. *Chivalry in the Renaissance.* Woodbridge: The Boydell P, 1990.

Brink, Jean R., and William F. Gentrup, eds. *Renaissance Culture in Context: Theory and Practice.* Aldershot: Scolar P, 1993.

Buxton, John. *Sir Philip Sidney and the English Renaissance.* 3rd ed. London: Macmillan, 1987.

Duncan-Jones, Katherine. "Sidney's Personal *Imprese.*" *Journal of the Warburg and Courtauld Institutes* 33 (1970): 321-24.

Farmer, Norman K., Jr. *Poets and the Visual Arts in Renaissance England.* Austin: U of Texas P, 1984.

Fowler, Alastair. *Triumphal Forms: Structural Patterns in Elizabethan Poetry.* Cambridge: Cambridge UP, 1970.

Fumerton, Patricia. *Cultural Aesthetics: Renaissance Literature and the Practice of Social Ornament.* Chicago: U of Chicago P, 1991.［生田省悟、箭川修、井上彰訳『文化の美学——ルネサンス文学と社会的装飾の実践』松柏社、一九九六年］

——, and Simon Hunt, eds. *Renaissance Culture and the Everyday.* Philadelphia: U of Pennsylvania P, 1999.

Greene, Donald. *Post-Petrarchism: Origins and Innovations of the Western Lyric Sequence.* Princeton: Princeton UP, 1991.

Greenfield, Thelma N. *The Eye of Judgement: Reading the* New Arcadia. Lewisburg: Bucknell UP, 1982.

Hedley, Jane. *Power in Verse: Metaphor and Metonymy in the Renaissance Lyric.* University Park: Pennsylvania State UP, 1988.

Heninger, S. K., Jr. *Touches of Sweet Harmony: Pythagorean Cosmology and Renaissance Poetics.* San Marino: Huntington Library, 1974.

——. *The Cosmographical Glass: Renaissance Diagrams of Universe.* San Marino: Huntington Library, 1977.

——. *Sidney and Spenser: The Poet as Maker.* University Park: Pennsylvania State UP, 1989.

——. *The Subtext of Form in the English Renaissance: Proportion Poetical.* University Park: Pennsylvania State UP, 1994.

Hollander, John. *Melodious Guile: Fictive Pattern in Poetic Language.* New Haven: Yale UP, 1988.

Kennedy, William J. *Rhetorical Norms in Renaissance Literature.* New Haven: Yale UP, 1978.

Lamb, Mary Ellen. *Gender and Authorship in the Sidney Circle.* Madison: U of Wisconsin P, 1990.

Low, Anthony. *The Reinvention of Love: Poetry, Politics and Culture from Sidney to Milton.* Cambridge: Cambridge UP, 1993.

Marotti, Arthur F. *Manuscript, Print, and the English Renaissance Lyric.* Ithaca: Cornell UP, 1995.

Martines, Lauro. *Society and History in English Renaissance Verse.* Oxford: Basil Blackwell, 1985.

Maynard, Winifred. *Elizabethan Lyric Poetry and Its Music.* Oxford Clarendon P, 1986.

Reese, Gustave. *Music in the Renaissance.* Rev. ed. New York: W. W. Norton, 1959.

Roche, Thomas P., Jr. *Petrarch and the English Sonnet Sequences.* New York: AMS P, 1989.
Rose, Mark. *Heroic Love: Studies in Sidney and Spenser.* Cambridge, Mass.: Harvard UP, 1968.
Saenger, Michael Baird. "Did Sidney Revise *Astrophel and Stella?*" *Studies in Philology* 96-4 (1999): 417-38.
Waller, Gary F., and Michael Moore, eds. *Sir Philip Sidney and the Interpretation of Renaissance Culture.* London: Croom Helm, 1984.
Winn, James Anderson. *Unsuspected Eloquence: A History of the Relations between Poetry and Music.* New Haven: Yale UP, 1981.
Woudhuysen, H. R. *Sir Philip Sidney and the Circulation of Manuscripts, 1558-1640.* Oxford: Clarendon P, 1996.

あとがき

この論文集が誕生するそもそものきっかけは、東北英文学会第五十三回大会（一九九八年）のシンポジアム「文学批評と歴史」であった。そのときのレジュメを取り出してみると

文学作品もまた文化的構築物である以上、その批評に歴史というファクターが無視できない重要性を持つことは、今更説くまでもあるまい。とはいえ、一昔前であれば両者の関係は、基本的には文学批評を補強するために歴史を援用するという方向であったように思われる。ところが近年では、例えば新歴史主義の驍将ルイス・モントローズが揚言するところの「テクストの歴史性／歴史のテクスト性」即ち文学（テクスト）と歴史（コンテクスト）との相互関連性こそが、批評の焦点として浮上してきた感がある。つまりこの十数年のあいだに「文学批評」と「歴史」の関係には、かってないほど大きな地殻変動が起こったと言えるだろう。そこでこうした状況を踏まえて、歴史を意識した文学批評は「今」どこへ向かっているのか、またどこへ向かうべきなのかを、あらためて具体的に探ってみたい

と、なんとも壮大なテーマが掲げてある。しかし当然のことながら、こうしたテーマはシンポジアムという限定された時間だけでは（あるいはいくら時間をかけても）語り尽くせるものではなく、私たちは、とりあえずメンバー間の小さなメーリング・リストをこれからも継続し、議論をさらに深化させることだけを約して別れることになった。ただその場で、それぞれの論考をまとめて一冊の本とし

て残すことができればという、いわば夢物語が話題に出たことは鮮明に記憶している。ところが半年ほどして、メンバーのひとり箭川が松柏社の森信久氏に相談したところ、思いがけないことに、森氏は厳しい出版事情のなか、私たちにこの夢を実現する機会を快く与えてくださったのである。

その後、メールを中心にお互いに連絡を取りあい、そのなかで生まれてきたのが「新歴史主義からの逃走」という本論文集のコンセプトであった。詳しくは箭川の序論に譲るが、ただ、この運動の洗礼を受けて自らの研究者としての方向性を確立したという意識を共有しているシンポ・メンバーにとって、これが一度は取り組むべき必然的な方向性だったことはたしかだろう。というのも、アメリカにおいてすでに過去の所産とみなされているというだけで、真剣に対峙することもないまま、日本でもこの運動が早々と葬り去られつつあるというのが、私たちが日頃感じていた率直な思いだったからである。あるいは、グリーンブラットにならっていえば、「まずはじめに私たちには新歴史主義と対話をしたいという願望があった」といっていいかもしれない。

もちろん、この論文集において私たちが実践しているのは、おのおのの専門とする文学テクストを歴史性のもとに読みとる作業である。そしてこの作業を介して、新歴史主義の受容とそこからの逃走というこの論文集の課題がどの程度達成されたのか、つまりは私たちと新歴史主義のあいだにどのような対話が成立したのか、その判断は読者にゆだねるしかないだろう。ただ、こうした対話から聞こえてくる単一ではない声（たとえそれが私たち自身の声の反響に過ぎないとしても）を丁寧に聞き取ることから、次なる文学批評と歴史の関係が構築されていくだろうと、私たちは信じている。

なお最後になったが、この論文集の「父」親役の東北英文学会とその会員の方々には、厚くお礼申し上げたい。シンポジアムという機会を与えていただかなければ、おそらく私たちが出会い、そしてこうした夢を抱くこともなかっただろう。また私たちのそれこそ雲をつかむような企画に賛同いただいた「母」親役の松柏社森社長には、さらに大きな感謝を捧げたい。さまざまな事情で遅れがちの私たちの仕事に対する氏の二年越しの辛抱強い支援が、私たちの夢にかたちを与えてくれたのである。

あとは、新歴史主義という運動の過去と未来を知りたい、あるいはそれを財産として共有しまた活用したいと願う人たちの手に、私たちの論文集ができるだけ広く渡ることを祈るのみである。

二〇〇一年四月

著者のひとりとして　佐々木　和貴

人名索引

ア行

浅田彰　13~5
アテナイウス　Athenaeus　179
アリオスト，ルドヴィーコ　Ariosto, Ludovico　213
アリストテレス　Alistotles　222, 224
イェイツ，フランセス　Yates, Frances　176, 209
イサベル一世　Isabella I　54~5
イースト，トマス　East, Thomas　184, 214
ヴァルトゼーミュラー，マルティン　Waldseemüller, Martin　60
ヴィーザー，H・アラム　Veeser, H. Aram　7~8, 11, 13
ヴェスプッチ，アメリーゴ　Vespucci, Amerigo　60~2, 66
ウェブスター，ジョン　Webster, John　119
ウェルギリウス　Virgil　127, 138~9
ヴォー卿　Lord Vaux of Harrowsden, William Vaux　196
ウォーケンティン，ジャーメイン　Warkentin, Germaine　170, 193
ウォード，ハンフリー　Ward, Humphry　208
ヴォートロリエ，トマス　Vautrolier, Thomas　214
ウォーベック，パーキン　Warbeck, Perkin　58
ウォラー，マルゲリート　Waller, Marguerite　13
ウォーラーステイン，イマニュエル　Wallerstein, Immanuel　51~2
ウォーリック伯　Earl of Warwick, Ambrose Dudley　236
ウォルシンガム卿，フランシス　Walsingham, Sir Francis　183
ウォルフリーズ，ジュリアン　Wolfreys, Julian　5
ウッドホイゼン，H・R　Woudhuysen, H. R.　172~73, 176, 185~7, 204, 218
エウスタティウス　Eustathius　179
エセックス伯(初代)　Earl of Essex, Walter Devereux　179
エドワーズ，リチャード　Edwards, Richard　196
エリアス，ノルベルト　Elias, Norbert　161
エリザベス一世　Elizabeth I　38, 40, 42, 46, 169

オウィディウス　Ovid　129, 133, 137~8
オーゲル，スティーヴン　Orgel, Stephen　7
オックスフォード伯　Earl of Oxford, Edward de Vere　196
オリヴァー，アイザック　Oliver, Isaak　169
オーリン，リーナ　Orlin, Lena　233

カ行

カボート，ジョン　Cabot, John　70~1
ガマ，ヴァスコ・ダ　Gama, Vasco da　61
カレン，ルドルフ　Kjellen, Rudolf　51
カール五世　→　シャルル，カスティリア公
ギアツ，クリフォード　Geertz, Clifford　161
ギャラガー，キャサリン　Gallagher, Catherine　104
キンウェルマーシュ，フランシス　Kinwelmarsh, Francis　196
キング，ヘンリー　King, Henry　192
グウィン，マシュー　Gwinne, Matthew　176
グーテンベルク，ヨハネス　Gutenberg, Johannes　185
クラナッハ，ルーカス　Cranach, Lucas　129
グリーンブラット，スティーヴン　Greenblatt, Stephen　6~7, 13, 17~18, 20, 22, 25, 28~32, 34~8, 40~1, 43~5, 47~8, 50, 82, 103~4, 159~60
グレヴィル，フルク　Greville, Fulke, Baron Brooke　208~10, 239
ケアリ卿，ヘンリー　Carey, Sir Henry　184
ゴッスン，スティーブン　Gosson, Stephen　221
コッター，ジェイムズ　Cotter, James　180
ゴードン，D・J　Gordon, D. J.　7
コロンブス，クリストファー　Columbus, Christopher　65

サ行

サイファー，ワイリー　Sypher, Wylie　25
サヴォイ公爵夫人　Duchess of Savoy, Margaret　77, 79
サセックス伯　Earl of Sussex, Henry Radcliffe　236
サリー伯　Earl of Surrey, Henry Howard　197, 199, 204
シェイクスピア，ウィリアム　Shakespeare, William　34, 40, 105~6, 108, 110, 118, 121, 129, 141, 172, 233
ジェイムズ一世　James I　138~41, 166

ジェイムソン，フレドリック Jameson, Fredric 45~8, 104
ジェズアルド，ドン・カルロ Gesualdo, Don Carlo 213
シドニー卿，フィリップ Sidney, Sir Philip 22, 108, 166~70, 172~87, 190, 197~201, 204~11, 215~24, 226~31, 233, 236~42
シャルル突進公 Charles the Bold 55~6, 78
シャルル，カスティリア公 Charles, Prince of Castile 54~6, 60~1, 78, 80, 85
ジョーンズ，イニゴ Jones, Inigo 163, 212
ジョンソン，ベン Jonson, Ben 106, 198~9, 212
ストロング，ロイ Strong, Roy 7
スペンサー，エドマンド Spenser, Edmund 34, 44, 166, 169, 173, 195, 199, 210, 215, 217, 221, 239
スミス，ウィリアム Smith, William 188, 190, 200
セシル，ロバート Cecil, Robert, Earl of Salisbury 169
セルトー，ミシェル・ド Certeau, Michel de 160~1
センジャー，マイケル・ベアード Saenger, Michael Baird 182
ソーン，ロバート Thorne, Robert 70

タ行

ダイアー卿，エドワード Dyer, Sir Edward 194~5, 210, 219, 231, 239
ダウ，ロバート Dow, Robert 218
ダヴィッド，ジャック・ルイ David, Jacques-Louis 129
タッソ，トルクアート Tasso, Torquato 213
ダービー夫人 Lady Derby 169
ダニエル，サミュエル Daniel, Samuel 173~4, 198~9
タリス，トマス Talis, Thomas 214
タンスタル，カスバート Tunstall, Cuthbert 54, 81
チョーサー，ジェフリー Chaucer, Geoffrey 129, 137
デイ，ジョン Day, John 214
ティリヤード，E. M. W. Tillyard, E. M. W. 25
ティンダル，ウィリアム Tyndale, William 34
デニー，エドワード Denny, Edward, Earl of Norwich 217
トスカネッリ，パオロ・ダル・ポッツォ Toscanelli, Paolo dal Pozzo 65
ド・ベイ，ジャン＝アントワーヌ de Baïf, Jean-Antoine 216~7
ドレイトン，マイケル Drayton, Michael 169, 173, 198~9, 231

ナ行

ナッシュ，トマス　Nashe, Thomas　174, 176, 198, 241
ナップ，ジェフリー　Knapp, Jeffrey　20, 41~5, 47~48, 50, 74~6, 83
ニュートン，ジュディス　Newton, Judith　13
ニューマン，トマス　Newman, Thomas　174~5, 198, 200~1, 241

ハ行

パー，ウィリアム，ノーザンプトン侯爵兼エセックス伯　Parr, William, Marquis of Northampton and Earl of Essex　199
ハーヴィー，ガブリエル　Harvey, Gabriel　190
パーカー，パトリシア　Parker, Patricia　127
バーグ，ニコラス　Burghe, Nicholas　195
バクストン，ジョン　Buxton, John　176, 208, 216
パストン，エドワード　Paston, Edward　218~9
ハットン卿，クリストファー　Hatton, Sir Christopher　184
バード，ウィリアム　Byrd, William　184, 214, 218~9
バーナウアー，ジェイムズ.W.　Bernauer, James W.　13, 15
ハニス，ウィリアム　Hunnis, William　196
バニスター，エドワード　Bannister, Edward　219
バフチン，ミハイル　Bakhtin, Mikhail　48
ハミルトン，A. C.　Hamilton, A. C.　179
バーリー卿，ウィリアム・セシル　William Cecil, Lord Burghley　175
ハリントン，ジョン　Harington, John　183, 199
ハンター，ジョージ．K.　Hunter, George K.　106
ハント，サイモン　Hunt, Simon　159
ヒリアード，ニコラス　Hilliard, Nicholas　166, 169~70
ヒレス，ピーター　Giles, Peter　60, 62
ファウラー，アラステア　Fowler, Alastair　179~80
ファマトン，パトリシア　Fumerton, Patricia　22, 159~61, 164~5, 167~71, 173, 181, 184, 220, 225, 229~30, 235
フィリップ美男王　Philip the Handsome　55, 57~9
フェルナンド五世　Ferdinand V　54~5
フォード，ジョン　Ford, John　119

フーコー，ミシェル　Foucault, Michel　11~2, 15~8, 30, 37, 161
フラー，ニコラス　Fuller, Nicolas　139~40
ブラウン卿，トマス　Brown, Sir Thomas　180
プラトン　Plato　221
ブラニガン，ジョン　Brannigan, John　5, 8~10
フラワー，フランシス　Flower, Francis　174~5, 198, 241
フランス，エイブラハム　Fraunce, Abraham　190
ブルクハルト，ヤーコブ　Burckhardt, Jacob　33, 55
ブルデュー，ピエール　Bourdieu, Pierre　161
ブレイ，アラン　Bray, Alan　122, 125
フレッチャー，ジョン　Fletcher, John　104, 106~7, 111, 115, 117~119, 121, 134, 142
ブローデル，フェルナン　Braudel, Fernand　163
フロリオ，ジョン　Florio, John　176, 190, 231
ヘイウッド，ジャスパー　Heywood, Jasper　196
ペインター，ウィリアム　Painter, William　129
ベーコン，フランシス　Bacon, Francis　59
ペトラルカ，フランチェスコ　Petrarcha, Francesco　176, 212~3
ヘニンガー，S. K.　Heninger, S. K.　183, 206, 223~4, 228
ベンジャミン，エイドリアン　Benjamin, Adrian　179
ペンブルック伯爵夫人　Countess of Pemroke, Mary Sidney　174~6, 181, 183, 188~9, 200, 206~7, 209, 239, 241
ベンボ，ピエトロ　Bembo, Pietro　212
ヘンリー七世　Henry VII　57~9, 70, 77, 79
ヘンリー八世　Henry VIII　33, 54, 56, 61, 68, 80
ホイジンガ，ヨハン　Houzinga, Johan　55
ボエティウス　Boetius, Anicius Manlius Severinus　222
ボードリヤール，ジャン　Baudrilard, Jean　161
ホメロス　Homer　179
ボーモント，フランシス　Beaumont, Francis　104, 106~7, 111, 115, 117~9, 121, 141
ホラティウス　Horace　222
ホルバイン，ハンス　Holbein, Hans　25, 31
ホワイト，ヘイドン　White, Hayden　35, 104
ポンソンビー，ウィリアム　Ponsonby, William　203

Louis Adrian　6, 20, 30, 35~8, 40~1, 44~5, 47, 49~50, 52, 104

マ行

マクシミリアン一世　Maxmilian I　55, 57~8, 77~8
マーストン，ジョン　Marston, John　118
マラン，ルイ　Marin, Louis　48
マルクス，カール　Marx, Karl　11, 75
マレンツィオ　Marenzio, Luca　213
マーロウ，クリストファー　Marlowe, Christopher　34
マロッティ，アーサー．F．　Marotti, Arthur F.　173, 175, 187, 190, 194, 196, 198, 200, 202~3
ミカラチキ，ジョディ　Mikalachki, Jodi　127
ミドルトン，トマス　Middleton, Thomas　118~9, 134
メイナード，ウィニフレッド　Maynard, Winifred　196, 213
モア，トマス　More, Thomas　20, 25, 27~35, 40, 43~4, 48, 51, 54, 56, 60~2, 71~2, 76, 80~1, 83~6, 203
モリノー，エドマンド　Molyneux, Edmund　183
モンテヴェルディ，クラウディオ　Monteverdi, Claudio　213
モンテメイヤー，ホルヘ・ド　Montemayor, Jorge de　219
モントローズ，ルイス　Montrose,

ヤ行

ヤング，ニコラス　Yonge, Nicholas　214
ヤング，バーソロミュー　Yong, Bartholomew　219

ラ行

ラス・カサス，バルトロメ・デ　Las Casas, Bartolomé de　60
ラブジョイ，A．O．　Lovejoy, A. O.　25
ラムジイ，ジョン　Ramsey, John　195
ラムス，ペトラス　Ramus, Petrus　222
リーヴァ，J．W．　Lever, J. W.　168
リウィウス　Livy　129
リッチ卿，ロバート　Rich, Robert, third Baron Rich and Earl of Warwick　179, 233
リッチ，ペネロピ・デヴルー　Rich, Penelope Devereux　179, 209, 218~9, 232, 239~41
リリー，ジョン　Lyly, John　115
リングラー，ウィリアム　Ringler, William, Jr.　182, 205~7
ルイ十一世　Louix XI　56
ルイス，C．S．　Lewis, C. S.　211
ルフェーブル，アンリ　Lefebvre,

Henri　160~1
レイナルド, トマス　Raynald, Thomas　199
レスター伯　Earl of Leicester, Robert Dudley　183, 236
レントリッキア, フランク　Lentricchia, Frank　37, 40
ロッシュ, トマス　Roche, Thomas, Jr.　177~80, 227
ローリー卿, ウォルター　Raleigh, Sir Walter　38, 40
ロンサール, ピエール・ド　Ronsard, Pierre de　216

ワ行

ワイアット, トマス　Wyatt, Thomas　34, 199, 204

執筆者紹介（執筆順）

箭　川　　修　（やがわ　おさむ）

1959年生まれ

東北大学大学院文学研究科博士後期課程単位取得退学

現　在　金沢大学文学部助教授

専　攻　初期近代英文学（ジョン・ミルトン）

著　書　『挑発するミルトン—「パラダイス・ロスト」と現代批評』（共著、彩流社）

論　文　「*Paradise Lost*の裏側：“Chaos”の意味と政治学」『英文学研究』(1998)
「ミルトンと系譜のポリティックス」『十七世紀英文学のポリティックス』（金星堂）

川　田　　潤　（かわた　じゅん）

1966年生まれ

東北大学大学院文学研究科博士後期課程中退

現　在　福島大学教育学部助教授

専　攻　初期近代英文学、ユートピア文学

訳　書　マーガレット・キャヴェンディッシュ　「新世界誌または光り輝く世界」『ユートピア旅行記叢書第2巻』（岩波書店）

論　文　「『ユートピア』と境界線」『英文学研究』（1997）

佐々木　和貴　（ささき　かずき）

1955年生まれ

北海道大学大学院文学研究科博士課程中退

現　在　秋田大学教育文化学部助教授

専　攻　初期近代英国演劇

著　書　『主題と方法：イギリスとアメリカの文学を読む』（共著、北海道大学図書刊行会）
『国家身体はアンドロイドの夢を見るか：初期近代イギリス表象文化アーカイブ　1』（共著、ありな書房）

新歴史主義からの逃走

2001年6月1日　初版発行

著　者　箭川　修／佐々木和貴／川田　潤
発行者　森　信久
発行所　**株式会社　松 柏 社**
〒102-0072　東京都千代田区飯田橋2－8－1
TEL　03 (3230) 4813（代表）
FAX 03 (3230) 4857
e-mail: shohaku@ss.iij4u.or.jp

装幀　ペーパーイート
印刷・製本　（株）平河工業社
ISBN4-88198-966-9
略号＝1055
Copyright © 2001 by O. Yagawa, K. Sasaki & J. Kawata
本書を無断で複写・複製することを禁じます。
落丁・乱丁は送料小社負担にてお取り替え致します。